DANIELLE STEEL
Das Geschenk

Buch

Die sechzehnjährige Maribeth ist tief verzweifelt: Ungewollt schwanger, wird sie von ihrem Vater in ein Heim geschickt, wo sie die Geburt des Kindes abwarten und es dann zur Adoption freigeben soll.

Zuerst läßt Maribeth alles mit sich geschehen, doch nach wenigen Wochen flieht sie und landet schließlich in einer fremden Stadt, wo sie Tommy kennenlernt, einen jungen Mann, dem es gelingt, ihre Zuneigung und ihr Vertrauen zu gewinnen. Tommy hat vor kurzem seine über alles geliebte Schwester verloren, und nun droht seine Familie an diesem Schicksalsschlag zu zerbrechen.

Als er Maribeth jedoch zu Hause vorstellt, müssen die beiden jungen Menschen erst die Vorurteile von Tommys Eltern entkräften, die anfangs befürchten, daß das schwangere Mädchen ihren Sohn in eine überstürzte Heirat manövrieren will. Aber in der Nacht, als Maribeth' Kind zur Welt kommt, erfüllt sich, was wie vorbestimmt scheint...

Autorin

Als Tochter eines deutschstämmigen Vaters in New York geboren, kam Danielle Steel als junges Mädchen nach Frankreich. Sie besuchte verschiedene europäische Schulen. An der Universität von New York studierte sie französische Sprache und Literatur. Seit 1977 schreibt sie Romane, die in Amerika wie auch in Deutschland Bestseller sind. Die deutschsprachigen Ausgaben erscheinen gebunden beim Blanvalet Verlag, als Taschenbücher bei Goldmann.

DANIELLE STEEL
DAS GESCHENK

Aus dem Amerikanischen
von Edith Winner

GOLDMANN

Ungekürzte Ausgabe

Titel der Originalausgabe: The Gift
Originalverlag: Delacorte Press, New York

Umwelthinweis:
Alle bedruckten Materialien dieses Taschenbuches
sind chlorfrei und umweltschonend.
Das Papier enthält Recycling-Anteile.

Der Goldmann Verlag
ist ein Unternehmen der Verlagsgruppe Bertelsmann

Genehmigte Taschenbuchausgabe 5/97
Copyright © 1994 der Originalausgabe bei Danielle Steel
Copyright © 1995 der deutschsprachigen Ausgabe
beim Blanvalet Verlag GmbH, München
Umschlagentwurf: Design Team München
Druck: Elsnerdruck, Berlin
Verlagsnummer: 43741
MV · Herstellung: Heidrun Nawrot
Made in Germany
ISBN 3-442-43741-5

5 7 9 10 8 6

*Meinem Mann John und all meinen Kindern
und den Engeln, die durch mein Leben gekommen sind,
den Segnungen, die sie gebracht haben,
und den Geschenken meines Lebens.
Mit all meiner Liebe*

D. S.

Erstes Kapitel

Annie Whittaker liebte Weihnachten über alles. Sie liebte den Schnee und die klirrende Kälte, sie liebte die lichtergeschmückten Bäume in den Vorgärten und die leuchtenden Silhouetten der Weihnachtsmänner auf den Dächern. Sie liebte die Weihnachtslieder und das Warten auf den Weihnachtsmann, das Schlittschuhfahren und die heiße Schokolade danach. Sie liebte es, mit ihrer Mutter Popcorn zu Girlanden aufzufädeln und den Christbaum zu schmücken. Vor allem aber liebte sie es, wenn alle Kerzen brannten, vor dem Baum zu verweilen und ihn mit großen Augen zu bestaunen. Ihre Mutter ließ sie einfach da sitzen, im Glanz seiner Lichter, und Annies fünfjähriges Gesichtchen strahlte.

Elizabeth Whittaker war einundvierzig Jahre alt, als Annie zur Welt kam. Sie kam wie aus heiterem Himmel, denn Elizabeth hatte schon lange den Traum aufgegeben, noch einmal ein Baby zu bekommen. Tommy war damals zehn. All die Jahre hatten sie es versucht, und schließlich hatten sie ihren Frieden damit geschlossen, nur ein Kind zu haben. Tommy war ein Prachtjunge, und Liz und John hatten sich zu diesem Sohn immer beglückwünscht. Er spielte Football, er spielte Baseball in der Jugendliga, und im Winter war er regelmäßig der Star seines Eishockey-Teams – ein braver Junge, der alles tat, was man von ihm erwartete; er war gut in der Schule, und er liebte seine Eltern. Unfug hatte er trotzdem genug im Kopf. Aber darüber waren sie froh, denn das zeigte nur, daß er ein normales Kind war. Nein, ein Musterknabe war er bestimmt nicht, aber ein guter Junge. Er hatte einen blonden Schopf, wie Liz, und die wachen blauen Augen seines Vaters; er besaß Humor und ein helles Köpfchen. Nachdem er den ersten Schock überwunden hatte, daß seine Mutter schwanger war, schien er sich mit der Vorstellung anzufreunden, ein kleines Schwesterchen zu bekommen.

Und dann war sie, vom Tag ihrer Geburt an, sein ein und alles. Inzwischen war sie fünfeinhalb, ein zartes, kleines Kind mit einem großen, strahlenden Grinsen und einem Lachen, das durch das ganze Haus zu hören war, sobald sie und Tommy zusammen herumtollten. Am Nachmittag konnte sie es kaum erwarten, daß er aus der Schule kam und sich mit ihr in die Küche setzte, um Kekse zu essen und Milch zu trinken. Liz hatte nach Annies Geburt ihre Vollzeitstelle als Lehrerin aufgegeben und sprang nur noch hier und da als Vertretung ein, denn sie sagte, sie wolle mit ihrem letzten Kind jede Minute genießen. Und das tat sie. Ständig waren die beiden zusammen.

Liz hatte sich sogar die Zeit genommen, zwei Jahre ehrenamtlich in dem Kindergarten mitzuarbeiten, den Annie besuchte, und jetzt half sie regelmäßig bei den Malstunden in der Vorschule mit. Den Nachmittag verbrachten sie zusammen zu Hause in der großen, gemütlichen Küche, dann wurden Brot, Brötchen und Plätzchen gebakken, oder Liz las ihr stundenlang Geschichten vor. Ihrer aller Leben war ein warmer, behaglicher Hort, in dem sich jeder der vier wohl und geborgen fühlen konnte, und sie glaubten sich sicher vor vielen Dingen, die anderen Leuten widerfuhren. John sorgte gut für seine Familie, indem er den landesweit größten Obst- und Gemüsegroßhandel führte und genug verdiente, um ihnen ein sorgloses Leben zu sichern. Sie hatten von Anfang an ein gutes Auskommen gehabt, denn er hatte das Geschäft von seinem Vater übernommen, der seinerseits dem Großvater nachgefolgt war. Sie bewohnten ein hübsches Haus in einem besseren Viertel der Stadt, und obwohl sie keine reichen Leute waren, brauchten sie sich vor plötzlichen Notlagen nicht zu fürchten, wie die Farmer, denen Wettereinbrüche zu schaffen machten, oder die Geschäftsleute, die von wechselnden Trends und Moden abhängig waren. Gute Nahrungsmittel brauchten die Leute immer, und John Whittaker sorgte dafür, daß sie sie bekamen. Er war ein gutherziger, treusorgender Mann; er hoffte, daß Tommy eines Tages in das Geschäft einsteigen würde, doch erst einmal sollte er aufs College gehen. Annie ebenfalls – sie sollte auch studieren und einmal eine ebenso kluge Frau werden wie ihre Mutter. Annie wollte Lehrerin werden, genau wie ihre Mom, während John davon träumte, daß sie Ärztin oder Rechtsanwältin würde. Im Jahr 1952 waren das kühne Träume, aber John hatte bereits eine hübsche Summe für Annies Studium zur Seite gelegt, und das Geld für Tommys College-Besuch hatte er schon einige Jahre vorher angespart. Finanziell war also für beide gut vorgesorgt. John war ein Mann, der an Träume glaubte, er sagte immer: »Es gibt nichts, was du nicht erreichen kannst, wenn du es nur fest genug willst und bereit bist, hart genug dafür zu arbeiten.« Er selbst war immer bereit gewesen, hart zu arbeiten, und Liz war ihm dabei stets eine große Hilfe gewesen. Jetzt aber war er glücklich, daß sie zu Hause bleiben und sich ausschließlich um die Familie kümmern konnte. Er liebte es, wenn er am Spätnachmittag nach Hause kam und sie und Annie in irgendeiner

Ecke zusammengekuschelt fand oder die beiden in Annies Zimmer überraschte, wenn sie mit Puppen spielten. Er brauchte sie nur zu sehen, und schon wurde ihm warm ums Herz. Er war neunundvierzig Jahre alt und ein glücklicher Mann, er hatte eine wunderbare Frau und zwei großartige Kinder.

»Hallo, wo seid ihr?« rief er, als er an diesem Nachmittag zur Tür hereinkam. Er bürstete sich den Schnee von Hut und Mantel und versuchte den Hund wegzuschieben, der schwanzwedelnd in den Pfützen herumtapste, die der schmelzende Schnee auf dem Boden hinterließ. Es war ein großer Irish Setter, den sie – nach der Frau des Präsidenten – Bess getauft hatten. Liz hatte dagegen zuerst Einwände erhoben, denn sie fand, daß das eine Respektlosigkeit gegen Mrs. Truman wäre, aber irgendwie paßte der Name, er blieb einfach hängen, und mittlerweile schien sich keiner mehr zu erinnern, wie Bess zu ihrem Namen gekommen war.

»Hier sind wir«, hörte er Liz rufen, und als er ins Wohnzimmer trat, sah er, wie die beiden gerade Lebkuchenmänner an den Christbaum hängten. Den ganzen Nachmittag hatten sie damit zugebracht, den Baum zu schmücken, und Annie hatte Papiergirlanden gebastelt, während die Plätzchen im Ofen waren.

»Hi, Daddy, ist er nicht schön?«

»Wunderschön.« Er lächelte sie an und hob sie mühelos auf seine Arme. John war – wie seine irischen Vorfahren – von kräftiger Statur und sehr heller Haut, sein Haar war noch immer schwarz, obwohl er auf die Fünfzig zuging, und er hatte die gleichen strahlend blauen Augen wie seine Kinder, die beide dieses Blau von ihm geerbt hatten. Liz hatte hellbraune Augen, die manchmal dunkler wurden, fast haselnußbraun, und von ihr hatten die Kinder das blonde Haar. Annies Haare waren hellblond, fast weiß. Als sie ihren Vater jetzt anlächelte und ihre kleine Nase schelmisch an der seinen rieb, sah sie aus wie ein Engel. Er setzte sie behutsam wieder ab und richtete sich auf, um seine Frau, die ihn zärtlich ansah, zu küssen.

»Wie war dein Tag?« fragte sie. Sie waren seit zweiundzwanzig Jahren verheiratet und davon die meiste Zeit, wenn nicht gerade die kleinen Ärgernisse des Lebens an ihnen nagten, ineinander verliebt gewesen. Vor ihrer Heirat hatte Liz den College-Abschluß gemacht und zwei Jahre als Lehrerin gearbeitet. Nach der Hochzeit hatte es sieben Jahre gedauert, bis Tommy auf die Welt gekommen war. Sie hatten schon damals die Hoffnung fast aufgegeben, und auch der alte Dr. Thompson hatte nie herausbekommen, warum sie nicht schwanger werden konnte, oder wenn sie es wurde, das Kind nicht behalten konnte. Liz hatte bereits drei Fehlgeburten hinter sich, ehe sie mit Tommy schwanger wurde, und es erschien ihnen wie ein Wunder, als er schließlich auf die Welt kam. Aber noch größer erschien ihnen das Wunder, als zehn Jahre später Annie geboren wurde. Sie fühlten sich vom Schicksal gesegnet, das gaben sie unumwunden zu, denn die Kinder waren ihre größte Freude, sie schenkten ihnen all das, was sie sich gewünscht und erhofft hatten.

»Ich hab heute die Orangen aus Florida hereinbekommen«, sagte John. Er setzte sich und stopfte sich eine Pfeife, im Kamin knisterte ein Feuer, und im ganzen Haus roch es nach Lebkuchen und Popcorn. »Morgen bringe ich ein paar mit nach Hause.«

»Orangen! Ich liebe Orangen!« Annie klatschte in die Hände und kletterte auf seinen Schoß, und schon kam

Bess und legte ihre Vorderpfoten auf Johns Knie, um sich zu ihnen zu gesellen. John schob den Hund sanft zur Seite. Nun kam Liz von der Leiter heruntergestiegen, gab John noch mal einen Kuß und bot ihm ein Glas heißen Apfelwein an.

»Oh, da kann ich nicht widerstehen.« Er lächelte sie an, und während er ihr, Annie an der Hand, in die Küche folgte, bewunderte er im stillen ihre schöne Figur – sie hatte sich gut gehalten. Einen Augenblick später fiel krachend die Haustür ins Schloß, und Tommy kam herein, die Schlittschuhe in der Hand, mit roter Nase und roten Wangen.

»Mmm ... riecht das gut ... hi, Mom ... hi, Dad ... na, meine Kleine, was hast du den ganzen Tag getrieben? Deiner Mom die Plätzchen weggefuttert?« Er verwuschelte ihr die Haare und drückte ihr sein nasses Gesicht an die Wange. Es war eiskalt draußen, und die Schneeflokken fielen immer dichter.

»Ich hab mit Mommy Plätzchen *gebacken* ... und gegessen hab ich nur vier Stück«, verteidigte sie sich, als alle lachten.

Sie war so niedlich, man konnte ihr einfach nicht widerstehen, am wenigsten ihr großer Bruder und ihre in sie vernarrten Eltern. Trotzdem war sie nicht verzogen, sie wurde nur sehr geliebt, und das zeigte sich darin, wie unbekümmert sie sich in der Welt bewegte und wie unbefangen sie jede Herausforderung annahm. Sie ging auf jeden zu und konnte sich für jedes Spiel begeistern, sie liebte es, bei Wind und Wetter draußen herumzurennen und das Haar hinter sich her flattern zu lassen, sie liebte es, mit Bess zu spielen ... aber am liebsten spielte sie mit ihrem großen Bruder. Sie sah ihn voller Bewunderung an, und ihr Blick fiel auf seine abgewetzten Schlittschuhe. »Gehen wir morgen Schlittschuhlaufen, Tommy?« Es gab in der Nähe einen Teich, zu dem er sie Samstag morgens schon öfter mitgenommen hatte.

»Nur, wenn es bis dahin zu schneien aufgehört hat. Wenn nicht, dann wirst du den Teich nicht mal finden können«, sagte er und nahm sich eines von den Plätzchen, die Annie und seine Mutter gebacken hatten. Sie schmeckten köstlich, das Wasser lief ihm im Mund zusammen, und Tommy schmatzte vor Vergnügen. Liz nahm die Schürze ab und legte sie sorgfältig zusammen. John sah ihr zu, musterte ihre adrette Bluse und den weiten grauen Rock, und es kam ihm so vor, als ob sie noch immer die gleiche Figur hätte wie damals in der High-School, als er sie zum ersten Mal gesehen hatte. Sie war in der ersten Klasse gewesen, er bereits in der Abschlußklasse, und es war ihm anfangs ziemlich peinlich gewesen, daß er sich in ein so junges Mädchen verliebt hatte, und es hatte nicht lange gedauert, bis die ganze Schule Bescheid wußte. Anfangs wurden sie von allen gehänselt, aber nach einer Weile hatte man sich daran gewöhnt, daß sie ein Paar waren. Im Jahr darauf hatte er die Schule verlassen und im Geschäft seines Vaters zu arbeiten begonnen, und sie war weiterhin zur High-School gegangen und hatte dann insgesamt sieben Jahre am College studiert. Nach ihrem Abschluß hatte sie zwei Jahre als Lehrerin gearbeitet. Während dieser ganzen Zeit hatte er auf sie gewartet, aber er hatte keine Minute dieser Jahre daran gezweifelt, daß das Warten sich lohnte, denn alles, was sie sich je ernsthaft gewünscht hatten, was ihnen wirklich etwas bedeutete hatte, hatte seine Zeit gebraucht, so wie ihre Kinder. Und all diese guten Dinge waren das Warten wert gewesen, denn jetzt waren sie glücklich, alle ihre Wünsche hatten sich erfüllt.

»Ich hab morgen nachmittag ein Spiel«, sagte Tommy beiläufig und stopfte sich noch zwei Plätzchen in den Mund.

»Am Tag vor Heiligabend?« frage seine Mutter erstaunt. »Man sollte meinen, da haben die Leute etwas anderes zu tun.« Sie gingen immer zu seinen Spielen, außer wenn etwas wirklich Wichtiges dazwischenkam. John hatte früher auch Eishockey gespielt, Football ebenso. Und er hatte es mit der gleichen Begeisterung getan. Liz war weniger begeistert, die hatte immer Angst, daß Tommy sich verletzte, denn während der vergangenen paar Jahre hatten mehrere Jungs bei den Eishockey-Spielen diverse Zähne verloren, aber Tommy schien aufzupassen – oder einfach nur Glück zu haben. Keine Knochenbrüche, keine größeren Verletzungen, nur jede Menge verstauchter Gelenke und blauer Flecken, von denen sein Vater behauptete, sie gehörten zum Spaß dazu.

»Mein Gott, er ist ein Junge. Du kannst ihn nicht in Watte einpacken.« Natürlich hätte sie es nie zugegeben, aber genau das hätte sie am liebsten getan. Die Kinder waren ihr ein und alles, und sie wollte nicht, daß ihnen oder John etwas Schlimmes zustieß, denn sie war eine Frau, die die Geschenke des Himmels zu schätzen wußte.

»War heute dein letzter Schultag vor Weihnachten?« fragte Annie neugierig. Tommy nickte und grinste über das ganze Gesicht. Er hatte jede Menge Pläne für die Ferien, von denen einige mit einem Mädchen namens Emily zu tun hatten, auf das er seit Thanksgiving ein Auge geworfen hatte. Sie war erst in diesem Jahr nach Grinell gekommen, ihre Mutter war Krankenschwester und ihr

Vater Arzt. Sie waren aus Chicago hierhergezogen, und Emily war ziemlich süß, süß genug jedenfalls, um von Tommy zu mehreren seiner Hockey-Spiele eingeladen zu werden, weiter war die Sache mit ihr allerdings noch nicht gediehen. Er wollte sie fragen, ob sie mit ihm nächste Woche ins Kino gehen würde und ob sie vielleicht auch Lust hätte, am Silvesterabend etwas mit ihm zu unternehmen, aber bis jetzt hatte er noch nicht den Mut dazu aufgebracht.

Annie wußte Bescheid, daß er Emily mochte. Sie hatte genau gemerkt, wie er sie anstarrte, als sie sie eines Tages zufällig beim Teich getroffen hatten. Sie war dort zum Eislaufen mit ein paar Freundinnen und einer ihrer Schwestern gewesen, und Annie fand sie ganz in Ordnung, aber warum Tommy gar so verrückt nach ihr war, das war ihr ein Rätsel. Emily hatte lange, glänzende dunkle Haare, und sie war keine schlechte Eisläuferin, aber sie sprach nicht viel mit ihm, sah nur dauernd zu ihnen herüber, und dann, als sie und ihre Freundinnen gingen, machte sie großes Aufhebens um Annie.

»Das hat sie nur gemacht, weil sie dich mag«, klärte Annie ihren Bruder auf dem Heimweg auf.

»Wie kommst du denn darauf?« fragte er und versuchte ihr den Unbeteiligten vorzuspielen, und merkte gar nicht, daß er dadurch nur noch unbeholfener und verlegener wirkte.

»Sie hat dir beim Schlittschuhlaufen die ganze Zeit solche Augen gemacht.« Annie warf kokett ihre langen, blonden Haare über die Schulter.

»Was meinst du mit ›solche Augen‹?«

»Du weißt genau, was ich meine. Du weißt, daß sie in dich verliebt ist, deshalb war sie so nett zu mir, denn sie hat auch eine kleine Schwester, zu der ist sie nie so nett. Ich hab's dir doch gesagt, sie mag dich.«

»Was du alles weißt, Annie Whittaker! Solltest du nicht noch mit Puppen spielen oder so was?« Er versuchte so zu tun, als ob ihn alles, was sie sagte, völlig kalt ließ, aber dann fiel ihm plötzlich auf, wie lächerlich es war, sich darum zu kümmern, was für einen Eindruck man auf seine fünfeinhalbjährige Schwester machte.

»Du magst sie wirklich, stimmt's?« Sie stichelte weiter, und sie kicherte auch noch, während sie ihn ausfragte.

»Warum kümmerst du dich nicht um deinen eigenen Kram?« Er schlug einen scharfen Ton an, was ihr gegenüber selten vorkam, doch Annie nahm dies überhaupt nicht zur Kenntnis.

»Ich finde ihre große Schwester viel süßer.«

»Gut, ich werd's mir merken, für den Fall, daß ich mal mit einem höheren Semester ausgehen will.«

»Was hast du gegen höhere Semester?« Annie machte ein verdutztes Gesicht, solche Spitzfindigkeiten waren ihr unverständlich.

»Nichts, außer daß sie schon siebzehn ist«, erklärte er, und Annie nickte weise.

»Das ist zu alt. Ich glaube, dann ist Emily doch besser.«

»Danke.«

»Bitte«, sagte sie ernst. Mittlerweile waren sie zu Hause angelangt und gingen in die Küche, um sich bei einer heißen Schokolade aufzuwärmen. Obwohl sie ständig ihre Kommentare über die Mädchen in seinem Leben abgab, liebte er es, mit ihr zusammenzusein. Annie gab ihm das Gefühl, ungeheuer wichtig zu sein, und sie hatte ihn schrecklich gern, das spürte er.

Sie himmelte ihn an und machte nicht einmal einen Hehl daraus; und sie bewunderte ihn rückhaltlos, und er hatte sie ganz genauso fest in sein Herz geschlossen.

An diesem Abend saß sie auf seinem Schoß, bevor sie ins Bett mußte, und er las ihr ihre Lieblingsgeschichten vor, die kürzeste davon zweimal, und dann brachte ihre Mutter sie ins Bett. Tommy blieb sitzen und plauderte mit seinem Vater. Sie sprachen über die Wahl Eisenhowers zum Präsidenten, die gerade einen Monat zurücklag, und über die Veränderungen, die das bringen mochte, und dann sprachen sie, wie sie es immer taten, über das Geschäft. Sein Vater wollte, daß er einen Abschluß in Agrarwissenschaften machte, mit Nebenfach Wirtschaftswissenschaften. Er glaubte an die Bedeutung der einfachen Dinge im Leben, wie Familie und Kinder, eheliche Treue, Anstand und Ehrlichkeit, Hilfsbereitschaft den Freunden gegenüber, und diese Grundwerte versuchte er auch seinem Sohn nahezubringen. Die Whittakers waren in der Gemeinde angesehen und sehr beliebt. Über John Whittaker sagte man, er sei ein guter Familienvater, ein anständiger Mann und ein fairer Arbeitgeber.

Später am Abend ging Tommy noch mit ein paar Freunden aus. Da das Wetter so schlecht war, fragte er erst gar nicht, ob er das Auto ausleihen könne, er ging einfach zu Fuß zu dem Freund, der am nächsten wohnte, und gegen halb zwölf kam er wieder nach Hause. Sie mußten sich um ihn nie Sorgen machen. Ein oder zweimal hatte er über die Stränge geschlagen, indem er zuviel Bier getrunken hatte und sich anschließend im Auto übergeben mußte, während sein Vater ihn nach Hause fuhr. Die Whittakers waren davon nicht begeistert gewesen, aber sie hatten sich deswegen auch nicht verrückt gemacht, denn Tommy war ein braver Sohn, und sie wußten, daß alle Jungen seines Alters solche Dinge taten. John war auch nicht besser gewesen, im Gegenteil. Liz zog ihn manchmal mit seinen Jugendsünden auf, vor allem mit denen, die er begangen hatte, während sie im College war, woraufhin er regelmäßig beteuerte, er sei ein Beispiel tugendhaften Verhaltens gewesen; sie zog dann eine Braue hoch, gab ihm einen Kuß, und sie lachten zusammen darüber.

Sie gingen an diesem Abend ebenfalls zeitig ins Bett. Als sie am nächsten Morgen aus dem Fenster schauten, sah es aus wie auf einer Weihnachtspostkarte, alles lag unter einer weichen, weißen Decke. Gegen halb neun hatte Annie Tommy bereits überredet, mit ihr nach draußen zu gehen und einen Schneemann zu bauen, dem sie dann Tommys liebste Baseballmütze aufsetzte. Als er zu bedenken gab, daß er sie sich am Nachmittag für sein Spiel würde »ausleihen« müssen, sagte Annie, sie werde ihm Bescheid geben, ob er sie haben könne. Daraufhin warf er seine Schwester in den Schnee, und nach einer kleinen Balgerei lagen sie beide erschöpft auf dem Rücken, fuchtelten mit den Armen und Beinen und standen dann ganz vorsichtig auf, um die »Engel« nicht kaputtzumachen, die sie in den Schnee gedrückt hatten.

Am Nachmittag gingen sie alle zusammen zu Tommys Spiel. Seine Mannschaft verlor, aber Tommy war hinterher trotzdem guter Laune, denn Emily war unter den Zuschauern gewesen. Sie war zwar von einer Schar Freundinnen umringt und behauptete, die anderen hätten das Spiel unbedingt sehen wollen, und sie hätte sich ihnen nur »zufällig« angeschlossen, aber sie war gekommen. Sie trug einen Schottenrock und geschnürte Halbschuhe und hatte die langen, dunklen Haare zu einem Pferdeschwanz gebunden, der auf ihren Rücken herunterbaumelte. Annie behauptete, sie sei geschminkt gewesen.

»Woher weißt du das?« Er machte ein erstauntes und amüsiertes Gesicht. Die Familie hatte zusammen das Eisstadion der Schule verlassen und ging zu Fuß nach Hause, aber Emily war schon vorher aufgebrochen, inmitten des Kreises ihrer kichernden Freundinnen.

»Ich schminke mich manchmal mit Mom's Sachen«, antwortete Annie völlig ernst. Die beiden Männer schmunzelten und sahen hinunter auf die kleine Fee, die neben ihnen herlief.

»Mom benutzt gar kein Make-up«, sagte Tommy genauso ernst.

»Doch, das tut sie. Sie benutzt Puder und Rouge, und manchmal auch Lippenstift.«

»Tatsächlich?« Tommy war überrascht. Er wußte, daß seine Mutter gut aussah, aber er hatte immer geglaubt, das sei alles Natur, es war ihm nie aufgefallen, daß sie sich schminkte.

»Manchmal tut sie sich auch schwarzes Zeug auf die Wimpern, aber wenn du das benutzt, dann mußt du weinen«, erklärte Annie, und Liz lachte.

»Ich muß dabei auch weinen, deshalb nehme ich es fast nie.«

Dann unterhielten sie sich über das Spiel, und später ging Tommy wieder mit seinen Freunden aus. Eine Klassenkameradin von ihm kam an diesem Abend zu Annie zum Babysitten, so daß ihre Eltern zu einer Weihnachtsfeier bei Nachbarn gehen konnten.

Als sie gegen zehn Uhr wieder zurückkamen, lag Annie in ihrem Bett und schlief tief und fest. Um Mitternacht legten sie sich auch schlafen. Aber kaum dämmerte der

Morgen, war Annie schon wieder wach und wegen Weihnachten in heller Aufregung. Es war endlich Heiligabend, und sie konnte an nichts anderes denken als an den Wunschzettel, den sie dem Weihnachtsmann geschickt hatte. Sie wünschte sich sehnlichst eine Madame-Alexander-Puppe, allerdings war sie überhaupt nicht sicher, ob sie eine bekommen würde, und einen neuen Schlitten hatte sie sich auch gewünscht, und ein Fahrrad, obwohl sie wußte, es wäre besser, das Fahrrad im Frühjahr zum Geburtstag zu bekommen.

Außerdem waren an diesem Tag noch tausend Dinge zu tun, eine Unzahl letzter Weihnachtsvorbereitungen, und für den nächsten Nachmittag erwarteten sie auch noch einige Freunde zu Besuch, und ihre Mutter mußte unbedingt noch eine Ladung Plätzchen backen; und heute abend würden sie zur Christmette gehen. Annie liebte dieses Ritual, obwohl sie es nicht genau verstand, denn sie mochte es, wenn sie alle zusammen spät in der Nacht zu Fuß zur Kirche gingen, wenn sie dann auf der Bank zwischen ihren Eltern sitzen durfte und langsam einschlummerte, während sie den Weihnachtsliedern lauschte und den Weihrauch schnupperte. Es gab auch eine wunderschöne Krippe dort, mit Josef und Maria und den ganzen Tieren um sie herum, und wenn es Mitternacht schlug, wurde das Baby in die Krippe gelegt. Und jedes Jahr, bevor sie die Kirche verließen, gingen sie an der Krippe vorbei, um das Jesuskind mit seiner Mutter anzuschauen.

»Genau wie du und ich, stimmt's, Mom?« fragte sie dann, eng an Liz geschmiegt, und ihre Mutter beugte sich zu ihr hinunter und küßte sie.

»Genau wie wir«, sagte Liz liebevoll und dankte dem

Himmel für ihr wunderbares Töchterchen. »Ich liebe dich, Annie.«

»Ich liebe dich auch«, flüsterte Annie.

Auch an diesem Abend ging sie wie jedes Jahr mit zum Gottesdienst und schlief ein, als sie zwischen ihren Eltern saß – es war so kuschelig und gemütlich und die Kirche war warm, und der Gesang wiegte sie in den Schlaf. Sie schlief bis zum Schluß, nicht einmal zur Kommunion wachte sie auf. Auf dem Weg nach draußen warf sie einen Blick in die Krippe und vergewisserte sich, daß das Jesuskind da war. Als sie das kleine Figürchen sah, lächelte sie, blickte zu ihrer Mutter hinauf und drückte ihr die Hand, und Liz bekam feuchte Augen, als sie sie ansah. Annie war ein Juwel, manchmal konnte man meinen, sie wäre nur auf der Welt, um Glück und Sonnenschein in ihrer aller Leben zu bringen.

Kurz nach ein Uhr nachts kamen sie nach Hause. Annie schien schon im Stehen zu schlafen und wurde rasch ins Bett gebracht. Tommy ging noch einmal in ihr Zimmer, um ihr einen Gutenachtkuß zu geben. Sie schlief tief und fest und schnarchte leise, und Tommy drückte ihr einen Kuß auf die Stirn. Sie fühlte sich ein bißchen heiß an für sein Empfinden, aber er machte sich weiter keine Gedanken darüber, hielt es auch nicht für nötig, es seiner Mutter zu sagen, denn Annie sah so friedlich aus, und er konnte sich nicht vorstellen, daß sie sich nicht wohl fühlte.

Am nächsten Morgen, es war der erste Weihnachtsfeiertag, schlief Annie ungewöhnlich lange, und als sie endlich aufwachte, wirkte sie ein bißchen benommen. Liz hatte am Abend vorher den Teller mit Karotten und Salz für das Rentier und die Plätzchen für den Weihnachtsmann noch selbst hinausgestellt; normalerweise tat Annie das, aber sie war schon zu müde gewesen. Nachdem Annie aufgestanden war, fiel es ihr sofort ein, und sie schaute nach, ob die Karotte angeknabbert war und ob von den Plätzchen welche fehlten. Sie war ein bißchen matt und klagte über Kopfschmerzen, aber erkältet schien sie nicht zu sein. Liz vermutete, daß sie vielleicht eine leichte Grippe bekommen würde, denn die letzten Tage waren bitter kalt gewesen, und es war leicht möglich, daß Annie sich erkältet hatte, als sie vor zwei Tagen mit Tommy im Schnee herumgetollt war. Um die Mittagszeit schien es Annie wieder gutzugehen. Sie war in allerbester Laune, denn der Weihnachtsmann hatte ihr eine Madame-Alexander-Puppe gebracht und noch viele andere Spielsachen, nicht zu vergessen den neuen Schlitten. Nach dem Essen ging sie mit Tommy eine Stunde nach draußen zum Spielen, und als sie wieder hereinkamen, um heiße Schokolade zu trinken, hatte sie rote Wangen und sah ausgesprochen gesund aus.

»Na, Prinzessin«, sagte ihr Vater. Er lächelte zufrieden und paffte an seiner schönen neuen Pfeife, eine holländische, die Liz ihm, zusammen mit einem handgeschnitzten Ständer für seine übrigen Pfeifen, geschenkt hatte. »War der Weihnachtsmann nett zu dir?«

»Sehr nett.« Sie grinste. »Meine neue Puppe ist so hübsch, Daddy.« Sie lächelte ihn so glücklich an, daß man meinen konnte, sie wüßte, wer sie ihr geschenkt hatte. Aber natürlich wußte sie das nicht, denn sie gaben sich alle zusammen Mühe, ihr den Glauben an den Weihnachtsmann zu erhalten. Ein paar ihrer Freundinnen hatten den Zauber zwar schon durchschaut, aber Liz blieb dabei, daß der Weihnachtsmann zu allen braven und lieben Kindern kam, und sogar zu ein paar nicht so braven, in der Hoffnung, daß sie sich bessern würden. Natürlich stand es ganz außer Frage, zu welcher Art Annie gehörte: Sie war eine von den ganz lieben, und das meinte nicht nur ihre Familie, sondern alle, die sie kannten.

Am Nachmittag kamen die Gäste, drei Familien, die in der Nähe wohnten, und zwei von Johns Angestellten mit ihren Frauen und Kindern. Das Haus war im Nu voll, in allen Winkeln tobende Kinder und Gelächter, denn auch ein paar junge Leute in Tommys Alter waren gekommen. Er zeigte ihnen sofort seine neue Angelrute, denn er konnte es kaum erwarten, daß der Frühling kam und er sie ausprobieren konnte.

Es waren ein paar friedliche, ausgelassene Stunden, und nachdem alle wieder gegangen waren, setzten sie sich zu einem ruhigen Abendessen zusammen. Liz hatte Truthahnsuppe gekocht, dazu aßen sie Reste vom Mittagessen und zum Nachtisch ein paar von den Leckereien, die die Gäste mitgebracht hatten.

»Ich glaube, heute habe ich für einen ganzen Monat im voraus gegessen«, sagte John und lehnte sich in seinem Stuhl zurück. Seine Frau lächelte, sah ihr Töchterchen an und fand, daß Annie ein wenig blaß war und glasige Augen hatte, und auf ihren Wangen bemerkte sie zwei rote Flecken, die ganz nach ihrem Rouge aussahen.

»Bist du wieder an meine Schminksachen gegangen?« fragte Liz, mehr belustigt als besorgt.

»Nein... es ist in den Schnee gefallen... und dann hab ich...« Sie wirkte verwirrt. Dann blickte sie Liz an, mit einem merkwürdigen Ausdruck, halb ängstlich, halb überrascht, als ob sie plötzlich nicht mehr wüßte, was sie gerade gesagt hatte.

»Ist alles in Ordnung, Herzchen?« Liz beugte sich zu ihr hinüber und streichelte ihr sanft über den Kopf. Annies

Stirn glühte, dabei war sie den ganzen Nachmittag so munter und lebhaft gewesen, war mit ihren Freundinnen herumgetollt und hatte mit ihrer neuen Puppe gespielt, und jedesmal, wenn Liz sie sah, war sie gerade durch das Wohnzimmer oder die Küche getobt. »Du wirst doch nicht krank werden?«

»Ich weiß nicht.« Annie zuckte die Achseln, sie sah plötzlich ganz klein aus. Liz zog sie auf ihren Schoß und nahm sie fest in die Arme. Die Kleine hatte eindeutig Fieber, Liz war sich ganz sicher, und sie befühlte noch einmal ihre Stirn und überlegte zusammen mit John, ob man nicht besser den Arzt rufen sollte.

»Ich möchte ihn ungern am Weihnachtsfeiertag stören«, sagte Liz. Es war wieder eiskalt draußen, von Norden her zog ein Sturm auf, und im Wetterbericht hatte es geheißen, daß es im Lauf der Nacht erneut zu schneien anfangen würde.

»Laß sie erst mal eine Nacht schlafen, dann ist das Fieber wieder weg«, sagte John ruhig. Er war von Natur aus nicht so ängstlich wie Liz. »Das war alles ein bißchen viel Aufregung für so ein kleines Persönchen.« Die letzten Tage waren für sie alle recht turbulent gewesen, erst Tommys Spiel, dann Heiligabend, dann die ganzen Vorbereitungen für den Weihnachtstag und das Haus voller Gäste. Liz sagte sich, daß er wahrscheinlich recht hatte, denn es war tatsächlich eine Menge Trubel für so ein kleines Mädchen. »Was hältst du davon, auf Daddys Schultern ins Bett zu reiten?« Der Vorschlag gefiel ihr, aber als er sie hochheben wollte, schrie sie heftig auf und sagte, der Nacken täte ihr weh.

»Was meinst du, was es ist?« fragte Liz, als er aus Annies Schlafzimmer zurückkam.

»Nur eine Erkältung. Von meinen Leuten hat es in den letzten Wochen nacheinander jeden erwischt, und ich wette, in der Schule sind auch alle Kinder krank. Das geht schnell vorbei«, sagte er und tätschelte seiner Frau beruhigend die Schulter. Sie wußte, daß er recht hatte, aber sie hatte immer schreckliche Angst vor Krankheiten wie Kinderlähmung oder Tuberkulose. »Es ist nichts Ernstes«, sagte John noch einmal. Er kannte Liz und ihre Neigung, sich übermäßig große Sorgen zu machen. »Ich verspreche es dir.«

Dann ging sie selbst zu Annie hinauf, um ihr gute Nacht zu sagen. Als sie sie sah, war ihr gleich viel wohler zumute, denn Annies Augen glänzten zwar und die Stirn war nach wie vor heiß und das Gesichtchen blaß, aber ansonsten wirkte sie zufrieden und ruhig. Sie war einfach übermüdet und überreizt, das mußte es sein, John hatte damit recht gehabt, daß Annie nur eine Erkältung, allenfalls eine leichte Virusinfektion hatte.

»Jetzt schläfst du schön, und wenn du dich nicht wohl fühlst, dann kommst du zu uns herüber«, sagte Liz zu Annie, dann deckte sie sie gut zu und gab ihr einen Kuß. »Ich hab dich sehr, sehr lieb, Herzchen... und noch mal danke für das wunderschöne Bild, das du für Daddy und mich zu Weihnachten gemacht hast.« John hatte zusätzlich noch einen selbstgebastelten Aschenbecher für eine Pfeife von ihr bekommen, den Annie hellgrün angemalt und behauptet hatte, das sei seine Lieblingsfarbe.

Liz war noch nicht aus dem Zimmer gegangen, da schien Annie schon eingeschlafen zu sein. Nachdem sie das Geschirr gespült hatte, ging sie noch einmal hinauf, um nach ihr zu sehen. Annies Stirn war noch eine Spur heißer geworden, sie wälzte sich im Schlaf hin und her und stöhnte, aber sie wachte nicht auf, als Liz sie anfaßte. Es war inzwischen zehn Uhr, und Liz beschloß, daß es an der Zeit war, den Arzt wenigstens anzurufen.

Er war zu Hause und nahm sofort den Hörer ab. Liz erzählte ihm, daß Annie Fieber habe, daß sie es aber ungern noch einmal messen wolle, um die Kleine nicht aufzuwecken, und daß sie vor dem Schlafengehen achtunddreißig-vier gehabt hätte, was ja noch nicht gefährlich sei, und sie erwähnte auch den steifen Nacken. Der Arzt meinte, Schmerzen seien bei einer Grippe nichts Ungewöhnliches, und glaubte wie John, daß sie wahrscheinlich nur übermüdet war und sich über das Wochenende eine Erkältung geholt hatte.

»Wenn das Fieber morgen früh vorbei ist, dann bring sie zu mir, wenn nicht, dann komme ich vorbei und sehe sie mir an. Ruf mich einfach an, sobald sie aufgewacht ist. Das wird schon wieder, Liz. Ich habe mehrere Dutzend solcher fieberhafter Erkältungen gehabt, in letzter Zeit. Sie sind nicht weiter tragisch, sie sind nur unangenehm und dauern ein bißchen. Pack sie warm ein, vermutlich wird das Fieber schon im Lauf der Nacht wieder abklingen.«

»Ist gut, Walt. Und vielen Dank.« Walter Stone war bereits ihr Hausarzt gewesen, als Tommy noch gar nicht auf der Welt gewesen war, und außerdem war er ein guter Freund. Wie immer, fühlte sie sich bereits in dem Moment beruhigt, in dem sie mit ihm sprechen konnte. Er hatte recht, es war eindeutig nichts Ernstes.

Liz und John saßen an diesem Abend noch lange im Wohnzimmer und unterhielten sich über ihre Freunde, über ihre Kinder, über ihr Leben im allgemeinen, darüber, wie gut es ihnen ging, wieviel Zeit vergangen war, seit sie sich zum ersten Mal gesehen hatten, und wie wunderbar erfüllt diese Zeit gewesen war. Es war eine Stunde der Besinnung und des Bilanzziehens und eine Stunde der Dankbarkeit für das Erreichte und für das Glück, das sie gehabt hatten.

Bevor sie sich schlafen legten, sah Liz noch einmal nach Annie. Ihre Temperatur war nicht weiter angestiegen, und ihr Schlaf schien ruhiger geworden zu sein. Sie lag still im Bett und atmete gleichmäßig. Bess, die Hündin, lag wie so oft am Fußende des Bettes, und weder das Tier noch das Kind regten sich im Schlaf, als sie die Tür hinter sich zuzog und in ihr eigenes Schlafzimmer hinüberging.

»Wie sieht sie aus?« fragte John, als er ins Bett schlüpfte.

»Schläft völlig ruhig«, sagte Liz lächelnd. »Ich weiß, ich mache mir immer zuviel Sorgen, aber ich kann nicht anders.«

»Deshalb liebe ich dich so sehr. Du kümmerst dich so rührend um uns alle. Ich weiß überhaupt nicht, womit ich es verdient habe, so ein Glückspilz zu sein.«

»Ich schätze, es war einfach schlau von dir, mich gleich zu schnappen, als ich noch unschuldige Vierzehn war.« Sie hatte nie einen anderen Mann kennengelernt oder geliebt, weder vor ihm noch während ihrer gemeinsamen Zeit. Zweiunddreißig Jahre waren es nun, daß sie ihn kannte. Es hatte als zarte Liebe begonnen, und mit der Zeit war leidenschaftliche Liebe daraus geworden.

»Sehr viel älter als vierzehn siehst du immer noch nicht aus, weißt du?« Er sagte es fast ein bißchen schüchtern und zog sie dabei sanft zu sich aufs Bett, und Liz gab ihm mit der gleichen Sanftheit nach. Während er ihr langsam die Bluse aufknöpfte, schlüpfte sie aus ihrem Samtrock, den sie für den Festtag angezogen hatte. »Ich liebe dich, Liz«, flüsterte er in ihren Nacken. Sie fühlte, wie die Lust in ihr aufstieg. Seine Hände glitten zärtlich über ihre nackten Schultern, hinunter zu ihren Brüsten, die sich schon nach ihm sehnten, und dann kamen seine Lippen zu ihren Lippen, weich und fest.

Sie lagen lange beieinander, und nach einer Weile sanken sie in den Schlaf, gesättigt und voller Wohlgefühl. Ihr Leben war wie ein erfüllter Traum, erfüllt von dem, was sie in all den Jahren aufgebaut hatten und was ihnen zugefallen war, und erfüllt von ihrer Liebe, der Achtung voreinander und der Freude aneinander. Liz dachte an ihn, als sie in seinen Armen einschlief. Er drückte sie fest an sich, die Arme um ihre Taille geschlungen, an ihren Rücken geschmiegt, seine Knie in ihren Kniekehlen, sein Unterleib an ihrem Unterleib, sein Gesicht in ihr weiches, blondes Haar vergraben, und sie schliefen friedlich bis zum Morgen.

Als Liz am nächsten Tag erwachte, wollte sie als erstes nachsehen, wie es Annie ging. Sie band sich im Gehen den Morgenmantel zu und trat in Annies Zimmer. Die Kleine lag still in ihrem Bett, schlief noch und sah überhaupt nicht krank aus. Erst als sie näher herantrat, bemerkte Liz, daß sie totenbleich war und nur ganz flach atmete. Liz klopfte plötzlich das Herz bis zum Hals. Sie packte Annie an der Schulter, rüttelte sie ein bißchen und wartete, daß sie sich bewegte, aber es kam nur ein schwaches Stöhnen, sie wachte nicht auf. Liz schüttelte sie noch einmal, diesmal kräftiger, und rief sie beim Namen, immer wieder, immer lauter, aber Annie regte sich nicht. Tommy kam hereingerannt, er hatte Liz rufen gehört und wollte sehen, was passiert war. Er war noch im Pyjama, seine Haare waren zerzaust, und er sah verschlafen aus.

»Was ist los, Mom?« Er hatte eine seltsame Vorahnung gehabt, als er Liz Annies Namen rufen hörte.

»Ich weiß nicht. Sag Dad, er soll Dr. Stone anrufen. Ich bekomme Annie nicht wach.« Sie fing zu weinen an, beugte sich zu Annie hinunter und hielt die Wange vor ihren Mund. Sie konnte ihren Atem fühlen, aber das Kind war bewußtlos. Liz spürte, daß ihr Fieber seit gestern abend noch einmal in die Höhe geschnellt war. Sie wollte das Fieberthermometer aus dem Badezimmer holen, aber sie traute sich nicht, Annie allein zu lassen. »Mach schnell!« rief sie hinter Tommy her, als er aus dem Zimmer eilte. Sie versuchte, Annie aufzusetzen, und diesmal regte sie sich ein wenig und gab einen leisen, gedämpften Schrei von sich, sie schlug die Augen nicht auf, sie sagte nichts, sie wurde nicht wach, und sie schien überhaupt nichts davon mitzubekommen, was um sie herum passierte. Liz saß da und hielt sie fest und weinte leise. »Bitte, Baby... bitte, wach auf... komm... ich hab dich so lieb... Annie, bitte...« Sie schluchzte, als John einen Augenblick später hereingelaufen kam, Tommy direkt hinter ihm.

»Walt hat gesagt, er ist gleich da. Was ist passiert?« Er war bleich vor Schreck und sehr beunruhigt, aber er wollte es Liz nicht zeigen. Hinter seinem Rücken fing auch Tommy leise zu weinen an.

»Ich weiß nicht ... Ich glaube, sie hat schrecklich hohes Fieber ... Ich kriege sie nicht wach ... Gott ... John ... bitte ...« Sie saß schluchzend auf der Bettkante und hielt ihr kleines Mädchen fest, preßte sie an sich, wiegte sie, aber diesmal gab Annie nicht den geringsten Laut von sich, nicht einmal ein Stöhnen, sie lag leblos in den Armen ihrer Mutter.

»Das wird schon wieder. So was kommt vor bei kleinen Kindern, und zwei Stunden später sind sie wieder wohlauf. Das weißt du doch.« John redete gegen seine eigene Panik an.

»Erzähl mir nicht, was ich weiß. Ich weiß, daß sie sehr, sehr krank ist, das ist alles, was ich weiß«, schnauzte Liz ihren Mann an. Sie war nervös und gereizt.

»Walt hat gesagt, wenn nötig, bringt er sie ins Krankenhaus.« Es war nötig, das war allen längst klargeworden. »Warum ziehst du dich nicht an«, schlug John freundlich vor. »Ich bleibe so lange bei ihr.«

»Ich gehe hier nicht weg«, sagte Liz bestimmt. Sie legte Annie wieder zurück auf das Kissen und strich ihr sanft über die Haare. Tommy starrte seine Schwester an, das Entsetzen stand ihm ins Gesicht geschrieben. Sie war so weiß, sie sah fast tot aus, und wenn man nicht ganz genau hinsah, konnte man nicht sagen, ob sie überhaupt noch atmete. Es fiel ihm schwer, sich vorzustellen, daß sie irgendwann wieder aufwachen und kichern und lachen würde wie eh und je, aber er wollte daran glauben, daß das passieren würde.

»Wie kann sie denn auf einmal so krank werden? Gestern abend ging es ihr doch noch gut«, fragte Tommy, Schock und Verwirrung in den Augen.

»Sie war gestern schon krank, aber ich dachte, es wäre nichts Ernstes.« Liz warf John plötzlich einen wütenden Blick zu, als ob es sein Fehler gewesen wäre, daß sie am Abend vorher nicht darauf bestanden hatte, den Arzt kommen zu lassen. Ihr wurde fast übel bei dem Gedanken, daß sie miteinander geschlafen hatten, während Annie in ihrem Bettchen langsam in eine Ohnmacht glitt. »Ich hätte Walt gleich gestern abend bitten müssen zu kommen.«

»Du konntest nicht wissen, daß es sich derart verschlimmern würde«, versuchte John sie zu beruhigen, aber sie sagte nichts.

Da hörten sie ein Klopfen an der Haustür. John rannte hinunter, um den Arzt hereinzulassen. Es war wieder bitterkalt geworden, und der angekündigte Schneesturm war aufgezogen. Dort draußen sah die Welt genauso traurig aus wie in Annies Zimmer.

»Was ist passiert?« fragte der Arzt, als er John mit schnellen Schritten nach oben folgte.

»Ich weiß nicht. Liz sagt, daß ihr Fieber über Nacht enorm gestiegen ist, und wir bekommen sie nicht wach.« Sie traten durch die Tür, und der Arzt ging direkt zu Annies Bett, ohne von Liz oder Tommy überhaupt Notiz zu nehmen. Er befühlte ihre Stirn, versuchte ihren Kopf zu bewegen und kontrollierte die Pupillen, dann hörte er ihr die Brust ab und überprüfte ihre Reflexe. All das tat er in absolutem Schweigen. Schließlich wandte er sich um und sah Liz und John mit einem schmerzlichen Gesichtsausdruck an.

»Ich würde sie gern ins Krankenhaus bringen und eine Rückenmarkspunktion machen. Ich fürchte, sie hat eine Gehirnhautentzündung.«

»O mein Gott.« Liz wußte nicht, was genau diese Diagnose bedeutete, aber soviel wußte sie: Das war keine gute Nachricht, die nackte Angst stieg in ihr auf. »Wird sie wieder gesund?« Liz brachte die Worte nur flüsternd heraus, sie krallte sich an Johns Arm fest. Tommy stand an der Tür und starrte immer noch auf sein Schwesterchen, sein geliebtes, angebetetes Schwesterchen. Die Tränen liefen ihm über die Wangen, aber seine Eltern hatten ihn in diesem Moment völlig vergessen. Liz konnte ihr eigenes Herz klopfen hören, während sie auf die Antwort des Arztes wartete. Sie waren schon so lange mit ihm befreundet, seit der gemeinsamen Schulzeit kannten sie ihn, aber jetzt erschien er ihr wie der schlimmste Feind, wie er dastand, Annies Schicksal abwägend, um es ihnen zu verkünden.

»Ich weiß es nicht«, sagte er, ehrlich und ohne Umschweife. »Sie ist sehr krank. Wir sollten keine Zeit verlieren. Ich möchte sie jetzt sofort ins Krankenhaus bringen. Kann einer von euch mitkommen?«

»Wir kommen beide mit«, entschied John kurzerhand. »Es dauert nur eine Minute, wir müssen uns nur rasch anziehen. Tommy, du bleibst bei Annie und dem Doktor.«

»Ich ... Dad ...« stammelte Tommy, er konnte die Tränen nicht zurückhalten, und schluchzend bettelte er: »Ich will auch mit ... ich ... muß doch dabeisein ...« John wollte ihm erst widersprechen, aber dann nickte er. Er verstand, wußte, was sie ihm bedeutete. Ihnen allen bedeutete sie so viel, sie durften sie nicht verlieren.

»Geh dich anziehen.« Dann wandte er sich an den Arzt: »In einer Minute sind wir fertig.«

Im Schlafzimmer war Liz schon dabei, sich hastig anzukleiden – BH und Unterwäsche, Hüftgürtel und Strümpfe hatte sie bereits an. Sie schlüpfte in einen alten Rock, streifte sich einen Pullover über, stieg in ein Paar Stiefel, kämmte sich in Windeseile, griff nach Handtasche und Mantel und rannte zurück in Annies Zimmer.

»Wie geht es ihr?« fragte sie atemlos, als sie wieder an ihr Bett trat.

»Unverändert«, sagte der Arzt ruhig. Er hatte ihre Vitalfunktion überwacht. Ihr Blutdruck war stark abgesunken, der Puls war schwach, und sie sank allem Anschein nach noch tiefer in einen komatösen Zustand. Er wollte sie unverzüglich ins Krankenhaus bringen, obwohl er nur zu gut wußte, daß es auch im Krankenhaus nicht viel gab, was man gegen eine Gehirnhautenzündung tun konnte.

Einen Moment später kam auch John wieder herein, er hatte das angezogen, was ihm gerade zwischen die Finger geraten war, ebenso wie Tommy, der kurz darauf in seinen Hockey-Sachen erschien.

»Gehen wir«, sagte John. Er hob Annie aus ihrem Bett, und Liz wickelte sie in zwei warme Decken. Der kleine Kopf fühlte sich wie eine Glühbirne an, so heiß war er, ihre Haut war ausgetrocknet, und die Lippen sahen leicht bläulich aus. Im Laufschritt rannten sie zum Auto des Arztes. John setzte sich mit Annie auf den Rücksitz. Liz stieg neben ihm ein, und Tommy setzte sich auf den Beifahrersitz neben den Arzt. Einen Augenblick lang bewegte Annie sich wieder, aber dann blieb sie während der ganzen Fahrt reglos und gab keinen Ton mehr von sich. Keiner sagte ein Wort. Liz sah die ganze Zeit auf Annie hinab und strich ihr mit sanften Fingern die blonden Haare aus dem Gesicht, ein- oder zweimal drückte sie ihr einen Kuß auf die Stirn, aber es jagte ihr jedesmal einen Schrecken ein, wenn sie die Gluthitze des kleinen Köpfchens an ihren Lippen spürte.

Als sie das Krankenhaus erreicht hatten, trug John Annie in die Notaufnahme, wo sie bereits von den Krankenschwestern erwartet wurden, da Walt noch kurz angerufen hatte, bevor sie losgefahren waren. Bei der Rückenmarkspunktion stand Liz zitternd neben Annie und hielt ihr die Hand. Man bat sie, den Raum zu verlassen, aber sie weigerte sich strikt, ihr Töchterchen allein zu lassen.

»Ich weiche nicht von ihrer Seite«, sagte sie entschlossen. Die Krankenschwestern wechselten einen Blick, dann sahen sie den Arzt an, der nickte.

Am Spätnachmittag hatten sie Gewißheit, der Verdacht hatte sich bestätigt: Annie hatte Meningitis. Ihr Fieber war den Nachmittag über noch weiter gestiegen, sie hatte einundvierzig-sechs. Mit allen erdenklichen Mitteln hatten sie versucht, das Fieber zu senken, aber nichts hatte geholfen. Annie lag auf der Kinderstation, der Vorhang um ihr Bettchen war zugezogen, und ihre Eltern und ihr Bruder standen an ihrem Bett und ließen sie nicht aus den Augen. Von Zeit zu Zeit gab sie ein leises Stöhnen von sich, aber sie lag reglos und kam nicht zu Bewußtsein. Als der Arzt sie noch einmal untersuchte, war ihr Hals vollkommen unbeweglich, und er wußte, sie würde nicht mehr lange durchhalten, wenn das Fieber nicht fiel und sie nicht wieder aus dem Koma erwachte. Aber es gab nichts, was sie tun konnten, um sie zurückzuholen, um den Kampf gegen die Krankheit für sie auszufechten, es lag alles in der Hand des Schicksals. Sie war als ein Geschenk des Himmels zu ihnen gekommen, vor fünfeinhalb Jahren, und hatte ihnen nichts als Liebe und Freude gebracht, und jetzt wurde ihnen dieses Geschenk wieder genommen, und sie konnten nichts tun, um sie festzuhalten, außer beten und hoffen. Sie flehten sie an, nicht von ihnen zu gehen, aber sie schien schon längst nichts mehr zu hören. Ihre Mutter stand neben dem Bett und küßte immer wieder das kleine Gesichtchen und streichelte das kleine, heiße Händchen. Auf der anderen Seite des Bettes standen John und Tommy und hielten ihr abwechselnd die andere Hand, bis sie irgendwann das Zimmer verließen, um ein paar Minuten im Flur auf und ab zu gehen. Alle drei weinten, keiner von ihnen hatte sich je so hilflos gefühlt. Aber Liz wich nicht von ihrer Seite, sie weigerte sich, sie loszulassen, sie war fest entschlossen, nicht kampflos aufzugeben, und sie hatte das Gefühl, sie würde den Kampf verloren geben, wenn sie sie nur einen Augenblick im Stich ließe. Sie würde sie nicht still und leise in die Finsternis sinken lassen, sie würde sich an sie klammern und sie festhalten, sie würde ausharren und bis zum letzten darum kämpfen, sie zu behalten.

»Wir lieben dich, Baby ... wir haben dich alle so lieb ... Daddy und Tommy und ich ... du mußt aufwachen ... du mußt die Augen aufmachen ... komm, Baby ... komm doch ... ich weiß, daß du es kannst. Du wirst wieder gesund ... Das ist nur eine dumme Grippe ... sie will dich ganz schrecklich krank machen, aber das werden wir doch nicht zulassen, nicht wahr? ... Komm, Annie ... komm, Baby ... bitte ...« Stundenlang sprach sie auf sie ein, unermüdlich, immer wieder. Es wurde Abend, aber sie weigerte sich immer noch, sie zu verlassen. Schließlich rückte sie wenigstens einen Stuhl an Annies Bett heran und setzte sich, ohne ihre Hand loszulassen. Eine Weile saß sie schweigend da, dann sprach sie wieder zu ihr. John mußte immer wieder nach draußen gehen, er hielt es kaum noch aus. Um die Abendessenszeit holten die Schwestern Tommy aus dem Zimmer. Der Junge war vollkommen verstört, er ertrug den Anblick nicht, wie seine Mutter Annie anflehte, am Leben zu bleiben, während sein geliebtes Schwesterchen immer noch so leblos dalag. Sein eigener Schmerz war schon unerträglich groß, aber dann auch noch sehen zu müssen, wie nah es seinem Vater ging und wie seine Mutter litt – das war alles zuviel für ihn.

Irgendwann stand er nur noch da und schluchzte, und Liz hatte nicht die Kraft, ihn zu trösten. Sie nahm ihn kurz in die Arme, und dann führten die Krankenschwestern ihn hinaus. Liz konnte sich nicht um Tommy kümmern, Annie brauchte sie zu sehr, sie konnte sie jetzt nicht verlassen, sie würde später mit dem Jungen sprechen.

Etwa eine Stunde nachdem Tommy hinausgegangen war, gab Annie einen kleinen, sanften Seufzer von sich, und ihre Lider schienen leicht zu flattern. Eine Minute lang hatte es den Anschein, als ob sie jeden Moment die Augen öffnen würde, aber dann tat sie es doch nicht. Kurz darauf stöhnte sie noch einmal auf, und diesmal drückte sie ihrer Mutter sanft die Hand, und dann, als ob sie einfach nur den ganzen Tag geschlafen hätte, schlug sie die Augen auf und sah ihre Mommy an.

»Annie?« flüsterte Liz heiser. Sie war wie betäubt von dem, was sie sah, und rasch winkte sie John herbei, der wieder ins Zimmer gekommen und neben der Tür stehengeblieben war. »Hi, Baby ... Daddy und ich sind bei dir, wir haben dich lieb, sehr, sehr lieb.« Ihr Vater trat an das Bett heran, und beide beugten sich über ihr Gesichtchen. Annie konnte den Kopf nicht bewegen, aber es war eindeutig, daß sie sie klar sehen konnte. Sie wirkte sehr schläfrig, und für einen Moment fielen ihr die Augen wieder zu, aber dann öffnete sie sie ganz langsam wieder und lächelte sie an.

»Ich hab euch lieb«, sagte sie. Sie sprach so leise, daß man sie kaum hören konnte. »Tommy? ...«

»Er ist auch hier«, sagte Liz. Die Tränen liefen ihr in Strömen über das Gesicht. Sie beugte sich hinunter und drückte ihr einen zärtlichen Kuß auf die Stirn. Jetzt weinte auch John, er schämte sich nicht länger, sie konnte es ruhig sehen. Er hätte alles getan, wenn es ihr nur irgendwie helfen könnte durchzukommen.

»Tommy so lieb ...«, flüsterte sie noch einmal, »... hab euch lieb ...« Und dann lächelte sie, ein heiteres, seliges Lächeln. In diesem Moment sah sie schöner und vollkommener aus denn je, mit ihren blonden Haaren, den großen blauen Augen und den kleinen runden Wangen, die sie alle so gern küßten. Sie sah sie an und lächelte, als ob sie ein Geheimnis wüßte, das ihnen verborgen war. Da kam auch Tommy wieder ins Zimmer, trat ans Fußende ihres Bettes, und sie sah ihn an und lächelte ihm ins Gesicht, und Tommy brach in Tränen der Erleichterung aus. Er hielt es für ein Zeichen, daß es ihr wieder besser ging, daß sie wieder gesund werden würde, daß sie sie nicht verlieren würden! Annie sah noch einmal von einem zum anderen, schien sie alle mit ihrem Lächeln zu umfangen, und flüsterte, leise wie ein Windhauch: »... Danke ...« Dann schloß sie die Augen, und einen Augenblick später war sie schon eingeschlafen, von der Anstrengung erschöpft. Tommy war glücklich, als er wieder aus dem Zimmer ging, aber Liz wußte es besser. Sie ahnte, daß etwas nicht stimmte, daß dies etwas anderes gewesen war, als es den Anschein hatte, und als sie Annie ansah, fühlte sie, wie sie fortgetragen wurde – das Geschenk, das sie gewesen war, ging dahin, es wurde ihnen wieder genommen. Sie war nur für kurze Zeit bei ihnen gewesen, kaum mehr als ein paar Momente schienen es gewesen zu sein. Liz saß da, hielt Annies Hand und ließ sie nicht aus den Augen. John kam und ging, und Tommy war inzwischen auf einem Stuhl im Flur eingeschlafen. Es war fast Mitternacht, als sie sie schließlich verließ. Sie öffnete die Augen nie wieder, sie wachte nie wieder auf. Sie hatte ihnen gesagt, was sie zu sagen hatte ... jedem von ihnen hatte sie gesagt, daß sie ihn liebhatte ... sie hatte ihnen sogar gedankt ... danke ... für fünf schöne Jahre ... fünf winzige, kurze Jahre ... danke für dieses goldene kleine Leben, für dieses vergängliche Geschenk. Liz und John waren bei ihr, als sie starb. Sie hielten jeder eines ihrer Händchen, aber sie wollten sie nicht mehr festhalten, sie wollten ihr ebenfalls danken für all das, was sie ihnen geschenkt hatte. Sie wußten, daß sie Annie nun nicht mehr zurückhalten konnten, daß sie unwiderruflich von ihnen ging, aber sie wollten dabeisein, wenn sie sie für immer verließ.

»Ich liebe dich«, flüsterte Liz ein letztes Mal, als Annie die letzten kleinen Atemzüge aushauchte ... »Ich liebe dich ...« Es war nur noch ein Echo. Annie hatte sie auf Engelsflügeln verlassen, das Geschenk war ihnen genommen worden. Ihr Bruder schlief auf einem Stuhl im Flur des Krankenhauses, und in seinen Träumen war er bei ihr, dachte an sie ... liebte sie ... wie sie alle sie geliebt hatten ... und sah sie wieder vor sich, wie wenige Tage zuvor, als sie im Schnee lagen und spielten, sie wären Engel. Jetzt war Annie wirklich ein Engel.

Zweites Kapitel

Die Begräbnisfeier war eine qualvolle Mischung aus Schmerz und Trost – der Stoff, aus dem die Alpträume von Müttern gemacht sind. Sie fand zwei Tage vor Silvester statt. Alle waren gekommen, sämtliche Freunde der Familie, die Freunde der Kinder mit ihren Eltern, Annies Erzieher aus dem Kindergarten und der Vorschule, Johns Angestellte und viele seiner Geschäftsfreunde, und sogar ehemalige Lehrerkollegen von Liz, und Walter Stone war ebenfalls da. In einer ruhigen Minute gestand er ihnen, daß er sich Vorwürfe machte, nicht gleich an dem Abend zu ihnen hinausgekommen zu sein, als Liz ihn angerufen hatte. Er sei davon ausgegangen, es wäre nur eine kleine Erkältung oder Grippe, und diese Annahme hätte er nicht machen dürfen, aber er räumte auch ein, daß er, selbst wenn er gekommen wäre, nichts hätte ausrichten können. Die Prognosen für Meningitis im Kleinkindalter seien verheerend, die Statistik kenne fast nur tödliche Krankheitsverläufe. Liz und John baten ihn in aller Liebenswürdigkeit, sich keine Vorwürfe zu machen, denn im stillen machte Liz sich selbst den Vorwurf, daß sie ihn an diesem Abend nicht gedrängt hatte, doch noch zu kommen. John seinerseits grämte sich, weil er Liz eingeredet hatte, es sei nichts Ernstes, und beide haßten sich selber dafür, daß sie miteinander geschlafen hatten, während Annie in ihrem Bett in die Krankheit hinüberglitt. Tommy fühlte sich ebenfalls mitschuldig an ihrem Tod, obwohl er nicht recht wußte, woher dieses Gefühl kam. Er bildete sich ein, er hätte etwas merken sollen, aber keiner von ihnen hatte etwas gemerkt.

Der Priester sagte in seiner Trauerrede, Annie sei für sie alle ein Licht gewesen, ein Engel, den Gott ihnen für eine kurze Dauer geschickt habe, wie eine Leihgabe, eine kleine Freundin, die gekommen sei, sie die Liebe zu lehren und sie einander näherzubringen – und das hatte sie wirklich getan. Jeder einzelne unter den Trauergästen sah es noch vor sich, ihr schelmisches Lächeln, und die großen blauen Augen in dem strahlenden kleinen Gesicht; jedem hatte sie irgendwann ein Lächeln oder ein Lachen entlockt, sie hatte alle Herzen gewonnen, und es gab keinen, der daran zweifelte, daß sie als ein Engel der Liebe zu ihnen gekommen war. Die Frage war nur, wie das Leben jetzt ohne sie weitergehen sollte. Es kam allen so vor, als ob der Tod eines Kindes einem unwillkürlich alle Schuld ins Gedächtnis ruft, die man auf sich geladen hat, alle Sünden, die man begangen hat, und daß man an die Vergänglichkeit alles Irdischen erinnert wird, an alles, was man mit Sicherheit eines Tages verlieren wird. Der Tod eines Kindes schien alles mit sich zu reißen, die Hoffnung, das Leben, die Zukunft, alles Glückliche und alles, woran das Herz hängt. An jenem bitterkalten Dezembermorgen gab es wohl keine drei einsameren Menschen auf der Welt als Liz und John und Tommy Whittaker. Sie standen frierend an Annies Grab, umringt von ihren Freunden, und waren unfähig, sich von ihr loszureißen, konnten den Gedanken nicht ertragen, weggehen und sie dort in dem kleinen weißen, blumengeschmückten Sarg zurücklassen zu müssen.

»Ich kann nicht«, sagte Liz mit erstickter Stimme zu

John, als die Messe vorbei war. Er wußte, was sie meinte. Er drückte ihren Arm und befürchtete, daß sie einen hysterischen Weinkrampf bekommen würde. Seit Tagen waren sie alle nahe daran gewesen, und so schlecht wie jetzt hatte Liz die ganze Zeit über nicht ausgesehen. »Ich kann sie nicht hier lassen ... Ich kann nicht.« Sie schluchzte und schluckte und schluchzte, und er zog sie gegen ihren Widerstand an sich.

»Sie ist nicht hier, Liz, sie ist von uns gegangen ... da, wo sie jetzt ist, geht es ihr gut.«

»Es geht ihr nicht gut. Sie gehört zu mir ... Ich will sie wiederhaben ... Ich will, daß sie wiederkommt«, schluchzte sie. Die Freunde zogen sich langsam zurück, verlegen, bedrückt, weil sie nicht wußten, wie sie ihr hätten helfen können. Es gab nichts, was man tun oder sagen konnte, es gab nichts, um ihren Schmerz zu lindern, um etwas zu ändern. Tommy stand da und sah ihnen nach, zerrissen vom Schmerz und der Sehnsucht nach seiner kleinen Annie.

»Alles in Ordnung, mein Junge?« fragte sein Hockey-Trainer, als er vorbeikam. Er wischte sich die Tränen aus den Augen und machte gar nicht erst den Versuch, sie zu verbergen. Tommy wollte nicken, aber er schüttelte den Kopf, ohne es zu wollen: Nein. Weinend brach er in den Armen des kräftigen Mannes zusammen. »Ich weiß ... ich weiß ... ich habe meine Schwester verloren, als ich einundzwanzig war, sie war fünfzehn ... es ist Scheiße ... es ist einfach Scheiße. Du mußt dich an den Erinnerungen festhalten ... sie war ein süßes, kleines Kind«, sagte er zu Tommy, ließ den Tränen freien Lauf und weinte mit Tommy. »Halt die Erinnerung fest, mein Junge, vergiß sie nicht, dann wird sie immer wieder zu dir kommen, in kleinen Momenten, dein ganzes Leben lang. Die Engel schenken einem solche Momente ... manchmal merkst du nicht mal was davon. Aber sie sind da. Sie ist bei dir. Sprich mit ihr, wenn du allein bist ... sie wird dich hören ... und du wirst sie auch hören ... du wirst sie nie verlieren.« Einen Moment lang musterte Tommy ihn irritiert und fragte sich, ob der Mann verrückt sei, dann nickte er. Inzwischen hatte sein Vater es mit großer Mühe geschafft, seine Mutter von dem Grab wegzuführen. Sie konnte sich kaum auf den Beinen halten, als sie zu ihrem Wagen zurückgingen. Sein Vater fuhr sie alle nach Hause, grau im Gesicht, und während der Fahrt sprach keiner ein Wort.

Den ganzen Nachmittag über kamen Leute, um zu kondolieren und ihnen Essen zu bringen. Manche legten nur Blumen und Speisen auf den Stufen vor der Haustür ab, da sie fürchteten, die Trauernden zu stören, oder Scheu davor hatten, ihnen gegenüberzutreten, einige blieben ein Weilchen und gingen dann wieder. Es gab auch welche, die nicht kamen, als ob sie Angst hätten, daß, wenn sie den Whittakers zu nahe kämen, ihnen auch ein Unheil widerfahren könnte, als ob Unglück ansteckend wäre.

Liz und John saßen im Wohnzimmer, erschöpft, mit leeren Gesichtern. Sie gaben sich alle Mühe, die Anteilnahme ihrer Freunde zu würdigen und sie freundlich zu empfangen, aber sie waren erleichtert, als es endlich spät genug war, um die Haustür verriegeln zu können und nicht mehr ans Telefon gehen zu müssen. Tommy saß während der ganzen Zeit allein in seinem Zimmer und wollte niemanden sehen. Ein- oder zweimal ging er an Annies Zimmer vorüber, aber er konnte es nicht ertragen, und schließlich zog er die Tür zu, um es nicht mehr sehen zu müssen. Die einzige Erinnerung an sie, die er im Kopf hatte, war die an jenen letzten Morgen, wie sie ausgesehen hatte, so krank, so leblos, so bleich, nur Stunden vor ihrem Tod. Es war schrecklich schwierig, sich in Erinnerung zu rufen, wie sie vorher ausgesehen hatte, als sie gesund war, wenn sie ihn geärgert hatte, wenn sie lachte. Plötzlich hatte er nur noch das Bild im Kopf, wie sie ihn im Krankenhaus angesehen hatte, ihr Gesicht im Krankenhausbett, in jenen letzten Minuten, als sie »Danke ...« sagte und dann einschlief.

Dieses letzte Wort aus ihrem Mund verfolgte ihn, ihr Blick, und das Rätsel ihres Todes. Warum war sie gestorben? Warum war das geschehen? Warum hatte es nicht ihn getroffen anstelle von Annie? Er sprach mit niemandem über das, was er fühlte, er vertraute sich niemandem an. Auch die anderen Familienmitglieder sprachen nicht miteinander, die ganze Woche nicht. Seine Eltern sprachen nur mit den Freunden, und nur wenn sie es mußten. Er mußte mit niemandem sprechen.

Der Silvesterabend kam und ging wie irgendein anderer Abend im Jahr, und der Neujahrstag ging vorüber, als wäre er ein beliebiger Tag. Nach zwei weiteren Tagen waren die Ferien zu Ende, und Tommy ging wieder zur Schule. Jeder wußte, was passiert war, aber keiner sagte etwas zu ihm. Sein Hockey-Trainer war besonders nett zu ihm, aber er sprach nie wieder ein Wort über Annie oder über seine eigene Schwester. Keiner sprach Tommy an, keiner verlor ein Wort über das, was geschehen war. Er hatte niemanden, mit dem er seinen Kummer hätte teilen können, und auf einmal erschien ihm sogar Emily, das Mädchen, bei dem er seit Monaten seine schüchternen Annäherungsversuche gemacht hatte, wie eine Beleidigung, weil er mit Annie über sie gesprochen hatte. Alles erinnerte ihn immerzu an diesen großen Verlust, den er nicht ertragen konnte. Er haßte den permanenten Schmerz, der wie ein Phantomschmerz war, er haßte es, zu wissen, daß alle ihn voller Mitleid ansahen. Vielleicht dachten sie ja, er wäre sonderbar geworden, denn sie sagten überhaupt nichts zu ihm, sie ließen ihn allein, und so blieb er allein – genauso wie seine Eltern, die nach dem anfänglichen Besucheransturm keine Lust mehr hatten, ihre Freunde zu sehen, und fast hatten sie auch keine Lust mehr, einander zu sehen. Tommy hörte auf, mit ihnen zusammen zu essen, er konnte es nicht ertragen, mit ihnen am Küchentisch zu sitzen, wo Annie fehlte. Nachmittags wollte er nicht nach Hause gehen, weil sie nicht da war, um mit ihm Milch zu trinken und Kekse zu essen. Er konnte es einfach nicht mehr aushalten, ohne sie zu Hause zu sein, also blieb er immer so lange wie möglich in der Schule. Seine Mutter hielt ihm dann das Abendessen in der Küche warm, da er meistens im Stehen aß, direkt neben dem Herd, und die Hälfte davon in den Mülleimer warf. Manchmal nahm er sich nur eine Handvoll Kekse und ein Glas Milch mit in sein Zimmer und ließ das Abendessen komplett ausfallen. Seine Mutter schien überhaupt nicht mehr zu essen, sein Vater kam jeden Tag später von der Arbeit nach Hause, und wenn er endlich da war, hatte er keinen Hunger mehr. Ein richtiges Abendessen schien für sie alle etwas zu sein, was der Vergangenheit angehörte. Sie vermieden es, Zeit gemeinsam zu verbringen, sie fürchteten sich regelrecht davor, als ob sie wüßten, daß sie nicht zu dritt zusammensein konnten, ohne daß die Abwesenheit des vierten den unerträglichen Schmerz wieder heraufbeschwor. Sie gingen einander aus dem Weg, zogen sich zurück, jeder vor dem anderen und genauso vor sich selbst.

Jede Kleinigkeit rief die Erinnerung an Annie wieder wach, und diese Erinnerung war wie ein bloßgelegter Nerv, dessen pochender Schmerz sich nur ab und zu für einen kurzen Augenblick legte und den Rest der Zeit das Maß des Erträglichen nahezu überstieg.

Tommys Hockey-Trainer wußte, was in ihm vorging, und eine seiner Lehrerinnen sprach ihn kurz vor den Frühjahrsferien an, denn zum ersten Mal in seiner Schulzeit waren Tommys Leistungen stark abgefallen, und es schien ihn nicht zu kümmern, er schien sich überhaupt für nichts mehr zu interessieren. Nicht ohne Annie.

»Um den Whittaker-Jungen steht es gar nicht gut«, sagte seine Klassenlehrerin eines Tages zur Mathematiklehrerin. Die beiden saßen beim Essen am Lehrertisch in der Cafeteria. »Letzte Woche wollte ich schon seine Mutter anrufen, aber dann habe ich sie zufällig in der Stadt gesehen. Sie sieht noch schlimmer aus als er. Ich glaube, es war für sie alle ein schwerer Schlag, daß diesen Winter ihr kleines Mädchen gestorben ist.«

»Für wen wäre es das nicht?« sagte die Mathematiklehrerin. Sie empfand großes Mitgefühl, da sie auch Kinder hatte und sich nicht vorstellen konnte, wie sie selbst so einen Schlag überstehen würde. »Wie schlimm ist es? Wird er irgendwo durchfallen?«

»Noch nicht, aber es wird knapp werden«, antwortete die Klassenlehrerin ohne Umschweife. »Er war immer einer meiner besten Schüler, und ich weiß, wie sehr seinen Eltern seine Ausbildung am Herzen liegt. Sein Vater hat sogar davon gesprochen, daß er ihn gern auf ein Ivy League College schicken würde, falls er das will und die

Noten dazu hat, und die hat er zur Zeit bestimmt nicht mehr.«

»Er wird sich wieder fangen, denn es liegt ja erst drei Monate zurück – gib dem Jungen eine Chance. Ich glaube, man sollte sie in Ruhe lassen, ihn und seine Eltern, und abwarten, wie er am Ende des Schuljahres steht. Wir können sie immer noch anrufen, falls er tatsächlich weiterhin alles schleifen läßt und riskiert, durch eine Prüfung zu fallen oder so etwas.«

»Ich kann es einfach nicht mit ansehen, daß er sich derart gehenläßt.«

»Vielleicht kann er nicht anders und braucht im Moment seine ganze Kraft, um über den Verlust hinwegzukommen, vielleicht ist das für ihn wichtiger. Es fällt mir zwar nicht leicht, es einzugestehen, aber es gibt im Leben wichtigere Dinge als Sozialkunde und Trigonometrie. Geben wir dem Jungen eine Chance, wieder auf die Beine zu kommen und sein Gleichgewicht wiederzufinden.«

»Das geht jetzt schon drei Monate so«, wandte die andere Lehrerin ein. Es war inzwischen Ende März, und Präsident Eisenhower war seit zwei Monaten im Amt. Salk hatte seinen Impfstoff gegen Kinderlähmung erfolgreich getestet, und Lucille Ball hatte im Blitzlichtgewitter der Fotografen endlich ihr Baby bekommen. Die Welt drehte sich weiter, aber nicht für Tommy Whittaker. Sein Leben war zum Stillstand gekommen durch Annies Tod.

»Weißt du, ich glaube, ich würde ein Leben lang brauchen, um das zu verarbeiten, wenn es mein Kind gewesen wäre«, sagte die gefühlvollere der zwei Frauen.

»Ich weiß.« Die Lehrerinnen schwiegen beide, denn sie mußten an ihre eigenen Familien denken. Am Ende der Mittagspause kamen sie überein, daß man Tommy noch eine Weile zugestehen sollte, sich treiben zu lassen. Es war auch allen anderen aufgefallen, daß er für nichts mehr Interesse aufzubringen schien. Er hatte sogar beschlossen, in diesem Frühjahr weder in der Basketball- noch in der Baseball-Mannschaft mitzuspielen, obwohl der Trainer alles daransetzte, ihn dazu zu überreden. Sein Zimmer zu Hause war ein einziges Durcheinander, seine Hausaufgaben waren nie gemacht, und mit seinen Eltern hatte er, was früher so gut wie nie vorgekommen war, ständig Streit.

Aber die beiden kamen auch miteinander nicht mehr aus. Seine Mutter und sein Vater schienen sich nur noch zu zanken, einer machte dem anderen lauthals Vorwürfe wegen irgendeiner Kleinigkeit: Der Wagen war nicht getankt, der Müll nicht hinausgetragen, der Hund nicht hinausgelassen, die Rechnungen waren nicht bezahlt, die Schecks nicht zur Post gebracht, kein Kaffee war eingekauft, Briefe sind nicht beantwortet worden. Es waren lauter unbedeutende Dinge, aber das einzige, was sie überhaupt noch miteinander taten, war streiten. Sein Vater war nie zu Hause, seine Mutter lächelte nie; keiner hatte je ein nettes Wort für den anderen übrig. Dabei schienen sie nicht einmal mehr traurig zu sein, sie waren nur noch mißmutig und voller Ärger. Sie waren zornig, einer auf den anderen, und jeder für sich auf die Welt, auf das Leben, auf das Schicksal, das so grausam gewesen war, ihnen Annie wegzunehmen, aber keiner sprach das aus. Sie schrien nur herum und beklagten sich über alles andere, und sei es nur die hohe Stromrechnung.

Da war es für Tommy leichter, ihnen einfach aus dem Weg zu gehen. Er hing die meiste Zeit draußen im Garten herum, setzte sich unter die Hintertreppe und grübelte. Er hatte angefangen, Zigaretten zu rauchen, und ein paarmal hatte er auch schon Bier getrunken. Immer häufiger saß er einfach draußen, unter der Hintertreppe, starrte in den endlosen Regen, der einen ganzen Monat lang herniederprasselte, und trank Bier und rauchte Zigaretten, was ihm das Gefühl gab, erwachsen zu sein. Einmal passierte es ihm, daß er lächeln mußte bei dem Gedanken, daß Annie, wenn sie ihn so sehen würde, sich furchtbar aufgeregt hätte. Aber sie konnte ihn nicht sehen, seine Eltern kümmerten sich nicht mehr um ihn, also war es egal, was er tat, und außerdem war er nun schon sechzehn Jahre alt – ein Erwachsener.

»Es ist mir völlig schnuppe, ob du sechzehn bist, Maribeth Robertson«, sagte ihr Vater. Es war ein Märzabend in Onawa, Iowa, etwa zweihundertfünfzig Meilen entfernt von dem Ort, wo Tommy hinter dem Haus seiner Eltern unter der Treppe saß und zusah, wie der Sturm die Blumen seiner Mutter umknickte, während das Bier ihn langsam betrunken machte. »In diesem Flittchenkleid gehst du nicht aus dem Haus. Und ein halbes Pfund Make-up im Gesicht! Wasch dir das Zeug ab und zieh dieses Kleid aus.«

»Daddy, es ist der Frühjahrstanz. Alle tragen Ballkleider und Make-up.« Das Mädchen, mit dem ihr älterer Bruder vor zwei Jahren zum Ball gegangen war, war genauso alt gewesen wie sie jetzt und hatte ein sehr viel gewagteres Kleid angehabt. Damals hatte ihr Vater sich nicht so aufgeregt, aber dieses Mädchen war ja auch Ryans Freundin gewesen, das war natürlich etwas anderes. Ryan durfte alles, er war ein Junge, Maribeth nicht.

»Wenn du ausgehen willst, dann zieh dich gefälligst

anständig an, sonst kannst du daheim bleiben und mit deiner Mutter Radio hören.« Am liebsten hätte sie alles abgesagt und wäre zu Hause geblieben, aber den Frühjahrsball der zweiten Klassen gab es nur einmal. Sie hatte überhaupt keine Lust mehr auszugehen, jedenfalls nicht, wenn sie sich anziehen sollte wie eine Nonne, aber sie hatte genausowenig Lust, zu Hause zu bleiben. Das Kleid hatte sie sich von der älteren Schwester einer Freundin geborgt, und es war ein bißchen zu groß, aber sie fand es einfach wunderschön. Es war ein pfauenblaues, trägerloses Taftkleid, dazu Schuhe in genau der gleichen Farbe, die reinste Marter für Maribeths Füße, weil sie eine Nummer zu klein waren, aber sie waren die Quälerei wert. Außerdem gehörte ein passendes Bolero-Jäckchen dazu, das das weite Dekolleté und den schönen Busen, mit dem Maribeth gesegnet war, ein wenig verdeckte. Ihr war klar, daß es die nackten Schultern waren, die ihren Vater so aufregten.

»Daddy, ich lasse die Jacke an. Ich verspreche es.«

»Mit oder ohne Jacke, dieses Kleid kannst du hier zu Hause bei deiner Mutter tragen. Wenn du tanzen gehen willst, dann suchst du dir besser was anderes zum Anziehen, sonst kannst du den Ball vergessen, und wenn du's genau wissen willst, das wäre mir nur recht. Diese Gören mit den tiefen Ausschnitten sehen doch alle wie Nutten aus. Du hast es nicht nötig, deinen Körper so zur Schau zu stellen, damit sich alle Jungs nach dir umdrehen. Damit brauchst du gar nicht erst anzufangen, sonst bringst du uns am Ende bloß die übelste Sorte von Kerlen nach Hause. Merk dir das«, sagte er unnachgiebig. Noelle, ihre jüngere Schwester, verdrehte die Augen. Sie war erst dreizehn, aber sie war viel rebellischer als Maribeth, sie traute sich Dinge, auf die Maribeth nicht einmal im Traum gekommen wäre.

Maribeth dagegen war ein folgsames Mädchen, Noelle zwar auch, aber sie erwartete vom Leben viel mehr Aufregung als Maribeth. Obwohl sie erst dreizehn war, geriet sie jedesmal außer Rand und Band, sobald ihr ein Junge nachpfiff. Maribeth mit ihren sechzehn Jahren war viel schüchterner, und sie hatte bei weitem nicht so viel Mut, sich ihrem Vater zu widersetzen.

Es endete damit, daß Maribeth in ihr Zimmer ging und sich weinend auf das Bett warf, bis ihre Mutter hereinkam und ihr half, etwas Passendes zu finden. Viele Kleider besaß sie nicht, aber sie hatte ein braves marineblaues Kleid mit weißem Kragen und langen Ärmeln, von dem Margaret Robertson wußte, daß es den Vorstellungen ihres Mannes entsprach. Aber als Maribeth das Kleid nur ansah, traten ihr erneut die Tränen in die Augen, denn es war wirklich häßlich.

»Mom, ich werde aussehen wie eine Nonne. Die werden mich aus der Turnhalle hinauslachen.« Sie machte ein mitleiderregendes Gesicht, als ihre Mutter das Kleid aus dem Schrank nahm und es ihr hinhielt.

»Nicht alle werden solche Kleider tragen, Maribeth«, sagte ihre Mutter, indem sie auf das blaue Taftkleid deutete. Hübsch war das Kleid ja, das mußte sie zugeben, aber es jagte auch ihr einen kleinen Schrecken ein, denn Maribeth sah darin wir eine reife Frau aus. Sie war mit einer für ihre sechzehn Jahre ziemlich üppigen Brust gesegnet – oder geschlagen, wie man es nahm –, und sie hatte eine dünne Taille, schmale Hüften und wohlgeformte lange Beine. Auch in einem schlichten Kleid ließ sich ihre Schönheit nicht verbergen, denn sie war nicht nur größer als die meisten ihrer Freundinnen, sondern auch schon weiter entwickelt.

Es dauerte eine Stunde, bis sie Maribeth überredet hatte, dieses Kleid anzuziehen. Inzwischen war der Junge gekommen, der sie abholen wollte, und er mußte sich solange zu ihrem Vater ins Wohnzimmer setzen, der ihn ohne Umschweife einem gnadenloser Verhör unterzog. Der Junge, den Maribeth im übrigen kaum kannte, war furchtbar nervös, und er wurde noch nervöser, als Mr. Robertson ihn fragte, was er denn für eine Arbeit aufnehmen wolle, wenn er die Schule hinter sich habe. Er mußte gestehen, daß er sich das noch nicht überlegt hatte. Daraufhin erklärte Bert Robertson ihm, daß ein bißchen harte Arbeit für einen jungen Burschen gut sei und daß es ihm auch nicht schaden würde, wenn er in die Armee eintrat. David O'Connor beeilte sich, ihm zuzustimmen, aber in seinem Gesicht breitete sich zunehmend ein Ausdruck von Verzweiflung aus. Endlich kam Maribeth herein, mißmutig, in dem verhaßten Kleid, die Perlenkette ihrer Mutter um den Hals, damit es nicht gar so trostlos aussah, und statt der unbequemen, hochhackigen, pfauenblauen Pumps, auf die sie sich schon so gefreut hatte, trug sie flache, marineblaue Halbschuhe. Sie versuchte sich damit zu trösten, daß sie sowieso ein paar Zentimeter größer war als David, aber sie konnte es nicht ändern, sie fühlte sich grauenhaft in dem Kleid.

Sie hatte sich in ihrem Leben noch nie so häßlich gefühlt wie in diesem Moment, als sie David die Hand gab.

»Du siehst wirklich hübsch aus«, sagte David, wenig überzeugend. Er hatte einen Anzug seines älteren Bruders an, der ihm mehrere Nummern zu groß war. Er hatte ihr ein kleines Sträußchen zum Anstecken mitgebracht, aber als er es ihr an die Brust heften wollte, zitterten seine Hände so stark, daß ihre Mutter ihm zu Hilfe kam.

»Amüsiert euch gut«, sagte Margaret freundlich, als sie aufbrachen. Maribeth tat ihr nun doch ein bißchen leid. Im Grund fand sie, daß man es ihr ruhig hätte erlauben können, das hellblaue Kleid anzuziehen, es stand ihr so gut, und warum sollte sie nicht erwachsen aussehen? Aber es hatte keinen Zweck, mit Bert zu streiten, wenn er sich einmal etwas in den Kopf gesetzt hatte, und außerdem wußte sie, daß er nur besorgt um seine Töchter war, denn zwei seiner Schwestern waren gezwungen gewesen zu heiraten. Das lag zwar schon viele Jahre zurück, aber er hatte zu Margaret immer wieder gesagt, daß so etwas, koste es, was es wolle, seinen Töchtern nicht passieren würde. Sie würden brave Mädchen sein und nette Jungs heiraten, denn in seinem Haus würde es keine Hurerei geben, keinen unerlaubten Sex, kein wildes Treiben, da werde nicht lange gefackelt. Nur Ryan durfte tun, was er wollte, er war schließlich ein Junge, achtzehn Jahre alt, und er arbeitete bei Bert im Betrieb mit. Bert Robertson hatte die größte Kfz-Werkstatt in Onawa, und für einen Stundensatz von drei Dollar lieferte er verdammt gute Arbeit, und darauf war er stolz.

Ryan machte es Spaß, für ihn zu arbeiten, und er behauptete, er wäre ein genauso guter Mechaniker wie sein Vater. Sie kamen gut miteinander aus. Am Wochenende gingen sie manchmal zusammen auf die Jagd oder zum Fischen, während Margaret mit den Mädchen zu Hause blieb und Wäsche ausbesserte oder ab und zu mit ihnen ins Kino ging. Sie hatte nie gearbeitet, auch darauf war Bert stolz, denn er war zwar kein reicher Mann, aber er brauchte sich in der Stadt vor niemandem zu schämen, und das ließ er sich von keinem vermasseln, schon gar nicht von seiner Tochter, nur weil sie sich einbildete, sich ein Kleid ausleihen und wie ein Pfau aufgedonnert zum Frühjahrsball gehen zu müssen. Sie war ein hübsches Mädchen, aber das war nur ein Grund mehr, sie im Zaum zu halten und gut auf sie aufzupassen, damit sie nicht so verlotterte wie seine Schwestern.

Bert Robertson hatte ein anständiges Mädchen geheiratet; Margaret O'Brien hatte ins Kloster gehen wollen, als er sie kennenlernte. Sie war ihm seit nunmehr knapp zwanzig Jahren immer eine gute Frau, aber er hätte sie nie und nimmer geheiratet, wenn sie sich so schamlos angezogen hätte, wie Maribeth das gerade vorgehabt hatte, oder wenn sie so ein streitsüchtiges Weib gewesen wäre, wie Noelle es manchmal war. Mit einem Sohn war alles einfacher als mit einer Tochter, das hatte er sich schon vor Jahren gesagt, obwohl Maribeth ihm bis jetzt noch nie ernsthaft Sorgen gemacht hatte. Sie hatte allerdings ein paar seltsame Ideen über Frauen und darüber, was Frauen tun und lassen sollten, daß Frauen zum Beispiel nicht nur zur Schule, sondern auch noch aufs College gehen sollten. Hatten ihr ihre Lehrer diese Flausen in den Kopf gesetzt, die behaupteten, sie wäre wer weiß wie schlau? Es war ja nichts dabei, wenn ein Mädchen etwas lernte, fand Bert, allerdings nur bis zu einem gewissen Punkt, solange sie wußte, wann sie aufhören mußte und wo sie davon Gebrauch machte und wo nicht. Bert sagte immer, man müsse nicht aufs College gehen, um zu lernen, wie man eine Windel wechselt. Ein bißchen Lernen war ja völlig in Ordnung, wenn sie ihm dann im Betrieb helfen könnte, denn er hätte nichts dagegen, wenn sie Buchhaltung lernte und ihm bei seinen Abrechnungen half. Aber manche ihrer Ideen waren einfach weltfremd: Frauen als Ärzte, weibliche Ingenieure, Frauen als Anwälte! Für Bert waren schon

Krankenschwestern eine Übertreibung. Was, zum Teufel, dachte sie sich eigentlich? Manchmal fragte er sich das wirklich. Mädchen hatten anständig zu bleiben, damit sie ihr Leben nicht ruinierten oder das Leben von jemand anderem. Irgendwann hatten sie zu heiraten und Kinder zu kriegen, so viele, wie der Mann es sich wünschte oder leisten konnte, und dann hatten sie sich um ihren Mann und die Kinder und um den Haushalt zu kümmern, und nicht irgend jemandem eine Menge Ärger zu machen. Alles das hatte er Ryan auch schon gesagt und ihn gewarnt, er solle bloß nicht das erstbeste Flittchen heiraten, und aufpassen, daß er kein Mädchen schwängerte, das er nicht im Notfall auch heiraten würde. Aber mit Töchtern, das war eine ganz andere Geschichte, sie sollten anständig bleiben ... und nicht halbnackt zu einem Tanzball gehen, oder zu Hause die ganze Familie verrückt machen mit versponnenen Ideen von Frauen, die aufs College gingen. Manchmal fragte er sich, ob die Filme, in die Margaret sie mitnahm, sie auf diese Spinnerein brachten, denn von Margaret konnte das nicht stammen. Sie war eine ruhige Frau, die ihm noch nie wegen irgend etwas Scherereien gemacht hatte. Anders Maribeth. Sie war im Grunde ein braves Mädchen, aber Bert war überzeugt davon, daß sie ihm mit ihren neumodischen Ideen noch eine Menge Ärger machen würde.

Maribeth und David kamen mehr als eine Stunde zu spät zum Ball, und alle schienen sich auch ohne sie bereits prächtig zu amüsieren, und obwohl Alkohol auf dem Tanzball verboten war, machten einige der Jungen aus ihrer Klasse schon einen reichlich betrunkenen Eindruck, und ein paar von den Mächen ebenso. Als sie auf den Parkplatz gefahren waren, waren Maribeth in mehreren der geparkten Autos Paare aufgefallen, aber sie hatte so getan, als ob sie nichts gesehen hätte, denn es war ihr peinlich, daß David dabei war. Sie kannte ihn kaum, sie war nicht einmal mit ihm befreundet, aber es hatte sie kein anderer eingeladen, mit ihm zum Ball zu gehen, und sie hatte unbedingt hingehen wollen, nur um dabeizusein und zu sehen, wie das war. Sie hatte es satt, von allem ausgeschlossen zu sein, nie paßte sie dazu, immer war sie anders, denn seit Jahren war sie die Klassenbeste und wurde von ihren Mitschülern dafür gehaßt, von einigen jedenfalls, und von den anderen wurde sie ignoriert.

Für ihre Eltern schämte sie sich jedesmal, wenn sie in die Schule kamen. Ihre Mutter war eine graue Maus, und ihr Vater war ein lauter Polterer, der jedem sagte, was er tun und lassen sollte, vor allem ihrer Mutter, die sich nie gegen ihren Mann aufgelehnt hatte und die sich von ihm einschüchtern ließ und in allem immer seiner Meinung war, auch wenn er offensichtlich unrecht hatte. Und ihr Vater war äußerst freimütig und hielt mit seinen Meinungen nicht hinter dem Berg, von denen er mehrere Millionen hatte, die meisten davon über Frauen und ihre Rolle in der Familie, sowie über die Wichtigkeit der Männer und die Unwichtigkeit der Schulbildung, und dabei verwies er immer auf sich selbst als Beispiel. Er war ein Waisenkind aus Buffalo und hatte es weit gebracht, obwohl er nach der sechsten Klasse die Schule verlassen hatte, denn seiner Meinung nach wäre das für jedermann genug gewesen, und daß ihr Bruder es bis zum Schluß auf der High-School ausgehalten hatte, war für ihn sowieso ein Wunder. Ryan war der Schrecken seiner Lehrer gewesen, ständig hatte man ihn wegen seines schlechten Benehmens vor die Tür gesetzt, aber solange es Ryan war und nicht eines der

Mädchen, fand ihr Vater das nur lustig. Ryan hätte bereits Marinesoldat sein und nach Korea eingeschifft werden können, wenn er nicht wegen Untauglichkeit zurückgestellt worden wäre, weil er Plattfüße hatte und ein kaputtes Knie, das er sich beim Footballspielen geholt hatte. Sie und Ryan hatten sich wenig zu sagen, und es war für sie immer ein Rätsel, wie sie aus derselben Familie stammen und auf demselben Planeten geboren sein konnten.

Ryan sah gut aus und war furchtbar eingebildet, obwohl er nicht besonders intelligent war. Es war wirklich merkwürdig, daß sie miteinander verwandt waren, denn im Grunde verband sie nichts miteinander. »Was ist dir eigentlich wichtig?« hatte sie ihn eines Tages gefragt, da sie herausfinden wollte, was für ein Mensch er war, und vielleicht auch, ob es nicht doch irgend etwas Verwandtes an ihm zu entdecken gäbe. Er sah sie erstaunt an und verstand nicht recht, wie sie auf diese Frage kam.

»Autos, Mädchen ... Bier ... meinen Spaß haben ... Dad redet immer nur von der Arbeit. Ich meine, das ist okay ... solange ich Autos reparieren kann und nicht in einer Bank arbeiten muß oder in einer Versicherung oder so was. Ich schätze, ich hab Glück, daß ich für Dad arbeiten kann.«

»Ja, das hast du«, sagte sie freundlich und nickte. Sie musterte ihn mit ihren großen, grünen Augen, sie war neugierig, und sie wollte ihn verstehen. »Willst du irgendwann mal mehr als das?«

»Als was?« Die Frage schien ihn zu verwirren.

»Willst du mehr, als einfach nur für Dad zu arbeiten? Zum Beispiel nach Chicago gehen oder nach New York oder einen besseren Job finden... oder aufs College gehen...« Das waren ihre Träume. Sie wollte so viel mehr, und sie hatte niemanden, mit dem sie über ihre Träume sprechen konnte. Die Mädchen in ihrer Klasse waren alle anders als sie. Keine konnte verstehen, warum sie sich um Noten kümmerte, und warum sie sich für Schule und College und all das interessierte. Was war das schon, und wen interessierte das? Maribeth interessierte es. Aber die Folge davon war, daß sie keine Freunde hatte und daß sie mit einem Jungen wie David zum Frühjahrsball gehen mußte.

Trotzdem gab sie ihre Träume nicht auf, denn die konnte ihr niemand wegnehmen – nicht einmal ihr Vater. Maribeth träumte davon, Karriere zu machen, in einer interessanten Stadt zu leben, sie sehnte sich nach einem aufregenden Job, nach einem Studium, falls sie sich das je leisten konnte, und schließlich nach einem Ehemann, den sie liebte und den sie respektierte, denn sie konnte sich nicht vorstellen, das Leben mit einem zu teilen, den sie nicht bewunderte. Ein Leben wie das ihrer Mutter stellte sie sich grauenhaft vor, verheiratet mit einem Mann, der sie überhaupt nicht beachtete, der ihr nie zuhörte, der sich nicht dafür interessierte, was sie dachte. Sie wollte sehr viel mehr, sie hatte so viele Träume, so viele Ideen, die alle für verrückt hielten, nur ihre Lehrer nicht. Sie waren die einzigen, die wußten, wie außergewöhnlich intelligent sie war, und die ihr helfen wollten, sich von den Fesseln zu befreien, in denen sie gefangen war, und die wußten, wie wichtig es für sie war, eines Tages ein Studium zu beginnen. Aber vorläufig waren die einzigen Gelegenheiten, bei denen sie zeigen durfte, was sie dachte und was sie konnte, die Aufsätze, die sie ab und zu für einen ihrer Kurse schreiben mußte. Dann wurde sie für ihre Ideen gelobt...

einen kurzen, flüchtigen Moment lang, aber unterhalten konnte sie sich mit niemandem darüber.

»Willst du einen Punsch?« fragte David.

»Hm?...« Sie war mit ihren Gedanken ein paar Lichtjahre entfernt gewesen. »Entschuldige... Ich habe gerade an etwas anderes gedacht... Tut mir leid, daß mein Vater dich so vollgequatscht hat. Wir haben gestritten heute abend, wegen des Kleides, das ich anziehen wollte, und ich mußte mich noch mal umziehen.« Es war ihr peinlich, das zu erzählen.

»Das hier ist doch hübsch«, sagte er nervös. Er log, das war offensichtlich, denn das Kleid war alles andere als hübsch, und das wußte sie, es war langweilig und hausbacken, und sie hatte ihren ganzen Mut gebraucht, es anzuziehen. Aber sie war es gewöhnt, eine Außenseiterin zu sein und ausgelacht zu werden, jedenfalls sollte sie es gewöhnt sein, denn immer und überall war sie das fünfte Rad am Wagen, war es immer gewesen. Das war auch der Grund, weshalb David O'Connor kein bißchen unsicher war, als er sie gefragt hatte, ob sie mit ihm zum Frühjahrsball gehen wolle. Er wußte genau, außer ihm würde keiner sie fragen, denn von Maribeth sagte man: Sie sieht zwar gut aus, aber sie hat eine Macke; sie hat zwar eine tolle Figur und feuerrote Haare, aber sie ist zu groß; und außerdem interessiert sie sich für nichts, außer für die Schule, ausgehen kann man mit ihr nicht. Und David hatte völlig recht gehabt: Keiner hatte sie gefragt. Er ging davon aus, daß sie zusagen würde, und sie sagte zu. Er war unsportlich, er war klein, und sein Gesicht war voller Pickel – wen sonst hätte er also fragen können, außer Maribeth Robertson? Sie war die einzige gewesen, die in Frage kam, außer ein paar wirklich häßlichen Mädchen, mit denen er sich nicht mal tot erwischen lassen wollte. Und eigentlich mochte er Maribeth, nur auf ihren Vater stand er nicht so. Der Alte hatte ihn ziemlich ins Schwitzen gebracht, während er auf sie wartete, und er hatte sich schon gefragt, ob er dort den ganzen Abend schmoren sollte, aber dann war sie ja doch endlich gekommen in diesem dunkelblauen Kleid mit dem weißen Kragen. Sie sah okay aus, man konnte immer noch sehen, daß sie eine gute Figur hatte, sogar in dem häßlichen Kleid. Was spielte das schon für eine Rolle, denn er war scharf darauf, mit ihr zu tanzen und ihren Körper an seinem zu spüren. Er bekam schon einen Steifen, wenn er nur daran dachte.

»Willst du einen Punsch?« fragte er noch mal, und sie nickte. Eigentlich wollte sie keinen, aber sie wußte nicht, was sie sonst sagen sollte, denn sie bereute es schon jetzt, daß sie gekommen war. Er war so ein Idiot, und es käme bestimmt kein anderer, um sie zum Tanz aufzufordern, sie sah einfach zu doof aus in ihrem dunkelblauen Kleid. Sie hätte zu Hause bleiben und Radio hören sollen, genau das, womit ihr Vater ihr gedroht hatte. »Ich bin gleich wieder da«, versprach David und verschwand. Sie sah den tanzenden Paaren zu. Die meisten Mädchen sahen schön aus, ihre Kleider hatten helle Farben, weite Röcke und kleine Jäckchen, genau wie das, was sie selbst hätte anhaben können, wenn es ihr nicht verboten worden wäre.

Es kam ihr wie eine Ewigkeit vor, bis David wieder auftauchte, und als er endlich vor ihr stand, grinste er über das ganze Gesicht. Er sah aus, als ob er ein aufregendes Geheimnis hätte, und als sie den Punsch probierte, war ihr klar, warum er so fröhlich aussah, denn der Punsch hatte einen eigenartigen Beigeschmack, und sie vermutete, daß jemand einen Schuß Alkohol hineingeschüttet hatte.

»Was ist da drin?« fragte sie, nahm einen kleinen Schluck und schnupperte an dem Getränk. Alkohol hatte sie noch nicht oft probiert, aber sie war ziemlich sicher, daß diesem Punsch etwas zugesetzt worden war.

»Nur ein bißchen Kicherwasser«, grinste er. Auf einmal kam er ihr noch kleiner und häßlicher vor als an dem Tag, als er sie eingeladen hatte. Er war ein dummer Knilch, und die Art, wie er nach ihr schielte, war abstoßend.

»Ich möchte nicht betrunken werden«, sagte sie mit Nachdruck und bereute es, hierhergekommen zu sein, vor allem in seiner Begleitung. Es war wie immer, sie fühlte sich wie ein Fisch auf dem Trockenen.

»Komm schon, Maribeth, sei kein Spielverderber. Du wirst nicht betrunken. Trink ein paar Schlückchen, dann fühlst du dich gleich wohler.«

Sie sah ihn eindringlich an und merkte, daß er getrunken haben mußte, als er ihr den Punsch holte. »Wie viele davon hast du schon intus?«

»Die aus der vorletzten Klasse haben ein paar Flaschen Rum da draußen hinter der Turnhalle, und Cunnigham hat einen halben Liter Wodka mitgebracht.«

»Toll. Einfach klasse.«

»Ja, finde ich auch.« Er grinste begeistert und war erleichtert, daß sie nicht protestierte; ihr Ton war ihm völlig entgangen. Sie sah voller Abscheu auf ihn herab, aber er schien es gar nicht zu merken.

»Ich bin gleich wieder da«, sagte sie kühl. Sie wirkte ein paar Jahre älter, als sie war, denn ihrer Größe und ihrer Haltung wegen hielt man sie eigentlich für etwas älter, aber neben ihm sah sie wie eine Riesin aus. Sie war zwar nur einen Meter zweiundsiebzig groß, aber David war gute zehn Zentimeter kleiner als sie.

»Wo willst du hin?« fragte er beunruhigt. Sie hatten noch gar nicht getanzt.

»Zur Damentoilette«, sagte sie kühl.

»Hab gehört, da haben sie auch ein Fläschchen.«

»Ich bring dir was mit«, sagte sie und verschwand in der Menge. Die Tanzkapelle spielte »In the Cool, Cool, Cool of the Evening«, und die Paare tanzten eng umschlungen. Maribeth bahnte sich einen Weg nach draußen, sie fühlte sich niedergeschlagen. Als sie hinter der Turnhalle an einer Gruppe von Jungs vorbeikam, merkte sie, wie sie hastig eine Flasche verschwinden ließen, aber die Wirkung des Alkohols ließ sich nicht so leicht verstecken wie die Flasche. Ein paar Schritte weiter standen zwei an der Wand und übergaben sich, doch das kannte sie schon von ihrem Bruder. Sie lief auf die andere Seite der Turnhalle und setzte sich auf eine Bank, um sich ein bißchen zu erholen und zu sammeln, bevor sie wieder zu David hineinging. Er hatte es offenbar darauf angelegt, sich zu betrinken, und sie würde sich kein bißchen amüsieren. Vielleicht sollte sie einfach zu Fuß nach Hause gehen und das Ganze vergessen, denn wahrscheinlich würde David es nach ein paar weiteren Gläsern gar nicht mehr merken, wenn sie plötzlich verschwunden war.

Sie saß lange auf der Bank. Die Kälte der Nacht ließ sie frösteln, aber es war ihr egal, es war angenehm dazusitzen, weit weg von den anderen, von David, von den Leuten aus ihrer Klasse, von all denjenigen, die sie nicht kannte, und von denjenigen, die sich betranken und sich dann übergeben mußten, und es war auch angenehm, weit weg von ihren Eltern zu sein. Einen Augenblick lang wünschte sie sich, sie könnte immer hier sitzen bleiben. Sie legte den Kopf zurück auf die Banklehne und streckte die

Beine aus, dann schloß sie die Augen und genoß die kühle Luft und hing ihren Gedanken nach.

»Zuviel getrunken?« fragte eine sanfte Stimme neben ihr. Sie zuckte zusammen, als sie sie hörte, und schlug sofort die Augen auf. Das Gesicht kam ihr bekannt vor, es war einer aus der Abschlußklasse, der Football-Star, aber er kannte sie nicht. Sie konnte sich nicht vorstellen, was er hier suchte und warum er sie angesprochen hatte, aber vielleicht verwechselte er sie mit einer anderen. Sie setzte sich auf und schüttelte den Kopf. Sie war sich sicher, daß er gleich wieder gehen und sie allein lassen würde.

»Nein. Nur zu viele Leute. Da drinnen ist mir zuviel Trubel.«

»Ja. Mir auch«, sagte er und setzte sich ohne zu fragen neben sie. Er sah fabelhaft aus, das konnte man sogar im Mondlicht erkennen. »Ich hasse solche Menschenansammlungen.«

»Das ist ja kaum zu glauben«, sagte sie leicht ironisch, denn eigenartigerweise war sie kein bißchen verlegen, obwohl er der tollste Kerl auf dem ganzen Campus war. Es war alles so unwirklich – hier draußen zu sitzen, hinter der Turnhalle, auf einer Bank im Dunkeln. »Du bist doch sonst immer von tausend Leuten umgeben.«

»Und du? Woher kennst du mich?« Er klang tatsächlich neugierig, und er sah unwiderstehlich aus. »Wer bist du?«

»Ich bin Cinderella. Mein Buick hat sich gerade in einen Kürbis verwandelt und mein Tänzer in einen Trunkenbold, und ich bin hier herausgekommen, um meinen gläsernen Pantoffel zu suchen. Hast du ihn vielleicht gesehen?«

»Kann sein. Beschreib ihn mir doch. Wie sieht er aus? Und woher soll ich wissen, ob du wirklich Cinderella bist?« Er fand sie amüsant und fragte sich, warum sie ihm noch nie aufgefallen war. Sie hatte zwar ein scheußliches Kleid an, aber sie hatte ein hübsches Gesicht und eine gute Figur, und außerdem Humor. »Bist du auch in der Abschlußklasse?« Er wirkte plötzlich ziemlich interessiert, obwohl jeder in der Schule wußte, daß er schon seit dem zweiten Schuljahr mit Debbie Flowers zusammen war, und es ging sogar das Gerücht, daß die beiden heiraten wollten, sobald sie den Abschluß gemacht hätten.

»Ich bin in der zweiten Klasse«, sagte sie mit einem schiefen Lächeln, in aller Ehrlichkeit, obwohl sie den Märchenprinzen persönlich vor sich hatte.

»Vielleicht habe ich dich deshalb noch nie gesehen«, sagte er, genauso ehrlich. »Aber du siehst älter aus.«

»Danke, ich weiß.« Sie lächelte ihn an und dachte, daß sie jetzt entweder zurück zu David gehen oder sich auf den Heimweg machen sollte, jedenfalls sollte sie nicht so lange allein mit einem aus der Abschlußklasse hier sitzen. Aber sie fühlte sich sicher bei ihm.

»Mein Name ist Paul Browne, und wie heißt du, Cinderella?«

»Maribeth Robertson.« Sie lächelte und stand auf.

»Wohin gehst du?« Er war groß, hatte dunkle Haare und ein umwerfendes Lächeln, aber jetzt machte er ein enttäuschtes Gesicht.

»Ich wollte nach Hause gehen.«

»Allein?« Sie nickte. »Soll ich dich fahren?«

»Nein danke. Ich gehe lieber.« Sie konnte es nicht fassen, soeben hatte sie Paul Browne, dem Star der Abschlußklasse, einen Korb gegeben. Wer hätte das gedacht? Sie mußte lächeln, was für ein grandioser Erfolg!

»Komm, ich bringe dich wenigstens zurück in die Turnhalle. Willst du deinem Kavalier sagen, daß du nach Hause gehst?«

»Das sollte ich wohl.« Sie schlenderten wie zwei alte Freunde zusammen zum Haupteingang der Turnhalle zurück. Als sie näher kamen, sah sie David, hoffnungslos betrunken mit einem halben Dutzend Freunde, die eine Flasche herumgehen ließen. Es gab jede Menge Ordner bei dem Ball, aber die Jungs schien das nicht zu kümmern, sie taten, was sie wollten. »Ich glaube, ich brauche ihm nichts zu sagen«, sagte Maribeth diskret und blieb ein ganzes Stück von dem Grüppchen entfernt stehen. Sie lächelte zu Paul hinauf, er war um einiges größer als sie. »Vielen Dank, daß du mir Gesellschaft geleistet hast. Ich gehe jetzt nach Hause.« Der Abend war ein Reinfall gewesen, die reinste Zeitverschwendung, bis auf die kurze Plauderei mit Paul Browne.

»Ich kann dich doch nicht allein nach Hause gehen lassen. Komm, laß dich heimfahren. Oder hast du Angst, daß sich mein Chevy in einen Kürbis verwandelt?«

»Das glaube ich nicht, du bist doch der schöne Prinz, oder nicht?« fragte sie zum Spaß, aber gleich darauf war es ihr peinlich. Er war es ja wirklich, er war der schöne Prinz, aber das durfte man ihm doch nicht sagen!

»Bin ich das?« fragte er schmunzelnd. Er sah unglaublich gut aus und wirkte unglaublich erwachsen, als er ihr die Tür seines Wagens aufhielt. Es war tatsächlich ein Chevy, ein tadellos gepflegter 1951er Bel Air, lauter blitzende Chromleisten und innen alles aus rotem Leder.

»Dein Kürbis gefällt mir, Paul«, scherzte sie, und er lachte. Als sie ihm sagte, wo sie wohnte, schlug er vor, noch irgendwo einen Hamburger zu essen und einen Milkshake zu trinken.

»Viel Spaß kannst du ja noch nicht gehabt haben. Dein Kavalier sah aus wie eine Niete... verzeih mir, das hätte ich nicht sagen sollen... aber er hat bestimmt nicht viel für dich getan heute abend. Ich wette, du hast nicht ein Mal getanzt, da sollst du dich wenigstens auf dem Heimweg noch ein bißchen amüsieren. Was meinst du? Es ist noch ziemlich früh.« Das stimmte, und sie mußte erst um Mitternacht zu Hause sein.

»Okay«, sagte sie zögernd. Sie wollte liebend gern noch ein bißchen mit ihm zusammenbleiben. Er beeindruckte sie mehr, als sie sich eingestehen wollte, es war einfach ummöglich, von ihm nicht beeindruckt zu sein. »Bist du heute abend allein gekommen?« fragte sie, denn sie wunderte sich, wo er Debbie gelassen hatte.

»Ja, bin ich. Ich bin wieder frei.« Nach der Art, wie Maribeth gefragt hatte, schien sie von Debbie zu wissen, jeder in der Schule wußte es. Sie hatten sich allerdings vor zwei Tagen getrennt, weil Debbie herausbekommen hatte, daß er in den Weihnachtsferien mit einer anderen ausgegangen war. Das erzählte er aber nicht. »Ich glaube, das war mein Glück, was, Maribeth?« Sein Lächeln war entwaffnend, und er stellte ihr eine Frage nach der anderen, alles mögliche wollte er wissen. Sie fuhren zu Willies, einem Lokal, in dem die Schüler, die etwas auf sich hielten, zu jeder Tages- und Nachtzeit verkehrten. Als sie ankamen, war es gerammelt voll, und die Jukebox spielte laut. Hier schienen viel mehr Leute zu sein als auf dem Ball, und sie schämte sich noch mehr in dem häßlichen Kleid, das ihre Eltern ihr aufgezwungen hatten. Plötzlich fühlte sie sich keinen Tag älter als sechzehn, eher noch jünger, und Paul war achtzehn. Er schien ihre Schüchternheit zu spüren und stellte sie allen seinen Freunden vor. Einige von ihnen zogen die Augenbrauen hoch und sahen ihn fragend an, weil sie wissen wollten, wer sie war, aber keiner schien etwas dagegen zu haben, daß sie sich zu ihnen gesellte. Sie waren verblüffend nett zu ihr, weil sie mit Paul da war, und sie fühlte sich wohl und lachte und unterhielt sich. Sie bestellten sich Cheeseburger und Milchshakes, und nach dem Essen tanzten sie ein halbes Dutzend Lieder lang. Sogar ein paar langsame Stücke waren dabei, bei denen er sie atemberaubend nah zu sich heranzog, so eng, daß er ihre Brüste spürte, und sie konnte fühlen, wie ihn das erregte. Es war ihr peinlich, sie versuchte, sich ein wenig zurückzuziehen, aber er ließ sie nicht los, er hielt sie fest an sich gedrückt und tanzte mit ihr und lächelte sie dabei an, und sein Gesicht war ganz nah.

»Wo bist du nur die letzten vier Jahre gewesen, kleines Mädchen?« fragte er sie, seine Stimme war heiser. Sie lächelte ihn an.

»Ich glaube, du warst zu beschäftigt, um von mir Notiz zu nehmen«, sagte sie. Das gefiel ihm an ihr, daß sie so ehrlich war.

»Ich glaube, du hast recht. Ich war ein Idiot. Aber heute ist mein Glückstag.« Er zog sie noch enger an sich und ließ seine Lippen über ihre Haare gleiten. Sie hatte etwas an sich, das ihn erregte, aber es waren nicht einfach ihr Körper oder die eindrucksvollen Brüste, mit denen er bei den langsamen Tänzen Bekanntschaft gemacht hatte, sondern es war etwas an der Art, wie sie ihn ansah, wie sie mit ihm sprach. Sie hatte etwas sehr Kluges, Freches, Tapferes, so als ob sie vor nichts Angst hätte. Er wußte, daß sie noch ein Kind war, und ein Mädchen aus der zweiten Klasse sollte vor einem Achtzehnjährigen eigentlich eine gewisse Scheu haben, aber das war bei ihr überhaupt nicht der Fall. Sie hatte keine Angst vor ihm, sie sagte ehrlich, was sie dachte, und das gefiel ihm an ihr. Die Trennung von Debbie hatte seinen Stolz verletzt, und Maribeth war genau der Balsam, den seine Wunde brauchte.

Als sie zu seinem Wagen zurückgingen, drehte er sich um und sah sie an, denn er hatte noch keine Lust, sie nach Hause zu bringen. Es gefiel ihm, mit ihr zusammenzusein, alles an ihr gefiel ihm, und für Maribeth war es wie ein Rausch, daß er überhaupt Augen für sie hatte.

»Willst du noch eine kleine Spazierfahrt machen? Es ist erst elf.« Sie hatten zwar ziemlich lange bei Willies miteinander getanzt und gesprochen, aber sie waren ja schon sehr früh von dem Ball aufgebrochen.

»Ich sollte besser nach Hause fahren«, sagte sie zögernd, als er den Motor anließ, doch er fuhr in Richtung Park anstatt zu ihr nach Hause, aber dies beunruhigte sie nicht weiter, denn er war den ganzen Abend der vollendete Gentleman gewesen; sie wollte nur nicht zu lange ausbleiben.

»Nur eine kleine Runde, und dann bringe ich dich nach Hause, versprochen! Ich will noch nicht, daß der Abend zu Ende ist. Das war heute etwas ganz Besonderes für mich«, sagte er bedeutungsvoll, und sie spürte, wie ihr vor Aufregung schwindlig wurde. Paul Browne – was, wenn das wahr wäre? Was, wenn er fest mit ihr zusammenbliebe, anstatt mit Debbie Flowers? Sie konnte es nicht glauben. »Es hat mir wirklich großen Spaß gemacht, Maribeth.«

»Mir auch, viel mehr als auf dem Ball«, lachte sie. Dann plauderten sie heiter und unbeschwert, und ein paar Minuten darauf bog er ab und fuhr zu einer einsamen Stelle an einem See. Dort hielt er den Wagen an und drehte sich zu ihr herum.

»Du bist ein außergewöhnliches Mädchen«, sagte er, und Maribeth zweifelte keine Sekunde daran, daß er das ernst meinte. Er öffnete das Handschuhfach und zog eine Halbliterflasche Gin heraus und hielt sie hoch. »Möchtest du einen kleinen Drink?«

»Nein danke. Ich trinke nicht.«

»Weshalb?« Er schien überrascht.

»Es schmeckt mir einfach nicht.« Er fand das merkwürdig und bot ihr die Flasche trotzdem an. Sie wollte schon ablehnen, aber weil er darauf beharrte, nahm sie einen kleinen Schluck, um ihn nicht zu enttäuschen. Die farblose Flüssigkeit brannte ihr in der Kehle und trieb ihr die Tränen in die Augen, im Mund blieb ein heißes Gefühl zurück, und dann spürte sie, wie sie rot wurde, als er sich zu ihr herüberlehnte, sie in seine Arme zog und sie küßte.

»Schmeckt dir das besser als Gin?« fragte er, nachdem er sie noch einmal geküßt hatte. Lächelnd nickte sie, sie fühlte sich erregt und ein bißchen sündhaft, er war so unglaublich aufregend, und so unbeschreiblich schön. »Mir auch«, sagte er und küßte sie wieder, und diesmal knöpfte er ihr das häßliche Kleid auf. Sie versuchte die Knöpfe wieder zuzumachen, aber seine Finger waren viel flinker und routinierter als die ihren, und innerhalb von Sekunden hielt er ihre Brüste in seinen Händen und liebkoste sie, während er sie atemlos küßte. Sie hatte keine Ahnung, wie sie ihn aufhalten sollte.

»Paul ... nicht ... bitte ...« flüsterte sie und wünschte, sie meinte es auch so, aber sie meinte es nicht so, sie wußte zwar, was sie zu tun hatte, aber es war so schwierig, ihm zu widerstehen. Er beugte sich vor und küßte ihre Brüste, und plötzlich war ihr Büstenhalter offen, und das Oberteil ihres Kleides klaffte auseinander. Seine Lippen lagen auf ihren Brüsten, dann auf ihrem Mund, und dann rieb er ihre Brustwarzen mit den Fingern. Sie stöhnte unwillkürlich auf, als er seine Hand unter ihren Rock gleiten ließ und rasend schnell und gewandt seinen Weg fand, obwohl sie versuchte, die Beine zusammenzupressen. Sie sagte sich immer wieder, daß sie das nicht wollte, was er tat, sie wollte, daß es sie erschreckte; aber nichts von dem, was er tat, machte ihr angst, alles war erregend und himmlisch schön, aber sie wußte, daß sie aufhören mußte, und endlich zog sie sich mit einem Ruck zurück, außer Atem und völlig durcheinander. Sie sah ihn an, voller Reue, und schüttelte den Kopf. Er verstand.

»Ich kann nicht. Es tut mir leid, Paul.« Sie war wie betäubt von den Gefühlen, die er in ihr ausgelöst hatte.

»Schon gut«, sagte er sanft. »Ich weiß... Ich hätte das nicht... Es tut mir leid, wirklich...« Aber während er das sagte, küßte er sie wieder, und alles fing wieder von vorn an, und diesmal war es noch schwieriger aufzuhören. Als sie ihn von sich wegschob, sahen sie beide völlig zerzaust aus, und dann sah sie mit Entsetzen, daß seine Hose offen war. Er zog ihre Hand zu sich, und sie versuchte, es nicht zu wollen, aber sie wollte es, sie war fasziniert von dem, was er mit ihr tat. Dies war es, wovor man sie gewarnt hatte, wovon man ihr gesagt hatte, das dürfe sie niemals tun, aber es war alles so überwältigend, sie konnte nicht aufhören, sie konnte ihn nicht zurückhalten. Er schob ihre Hand in seine Hose, und fast ohne es zu merken, begann sie ihn zu streicheln und zu drücken, während er sie unaufhörlich küßte. Plötzlich lag sie auf dem Sitz, und er lag auf ihr, und sie wanden sich, stöhnend vor Erregung und Begehren. »O Gott... Maribeth, ich will dich so sehr... o Baby... Ich liebe dich...« Er schlug ihren Rock zurück und riß seine Hose herunter, und sie fühlte, wie er sich an sie preßte, wie er sie suchte, wie rasend er sie wollte, wie rasend auch sie ihn jetzt wollte. Und dann, in einer einzigen Woge von Verzückung und Schmerz, drang er in sie ein. Keine Sekunde darauf, noch ehe er die kleinste Bewegung in ihr gemacht hatte, verlor er die Kontrolle, und ein gewaltiger Schauder schüttelte ihn, er kam in ihr. »O Gott... o Gott... o Maribeth...« Langsam segelte er zur Erde zurück. Als er sie ansah, stand ihr der Schock in den Augen, sie konnte nicht glauben, daß sie es getan hatten. Er berührte ihr Gesicht sanft mit den Fingern. »O Gott, Maribeth... Es tut mir leid... du warst noch Jungfrau... Ich konnte nicht anders... Du bist so schön, und ich wollte dich so sehr... Es tut mir leid, Baby...«

»Es ist schon in Ordnung«, hörte sie sich sagen, während er reglos auf ihr lag und sich dann langsam zurückzog. Die Erregung stieg von neuem in ihm auf, aber er wagte es nicht, noch einmal anzufangen. Er zauberte ein Handtuch unter dem Sitz hervor und half ihr, ihre Kleider wieder in Ordnung zu bringen, während sie angestrengt versuchte, sich nicht zu schämen. Er nahm einen großen Schluck Gin und bot ihr dann die Flasche an. Diesmal griff sie zu, und sie fragte sich, ob der Schluck, den sie vorher getrunken hatte, schuld daran war, daß sie seiner Verführung erlegen war, oder ob sie verliebt in ihn war, oder er in sie. Sie fragte sich, was das alles bedeutete und ob sie jetzt seine feste Freundin wäre.

»Du bist unglaublich«, sagte er. Er küßte sie und zog sie näher zu sich heran. »Es tut mir leid, daß es hier passiert ist, einfach so im Auto. Das nächste Mal wird besser, das verspreche ich dir. In zwei Wochen fahren meine Eltern ein paar Tage weg, dann kannst du zu mir kommen.« Er kam überhaupt nicht auf den Gedanken, daß sie das vielleicht gar nicht wollte, er ging davon aus, daß sie mehr wollte, und vielleicht lag er damit nicht einmal ganz falsch. Aber im Moment wußte Maribeth nicht, was sie wollte, sie wußte nicht, was sie fühlte, ihre Welt war innerhalb weniger Minuten auf den Kopf gestellt worden.

»Hast du... mit Debbie... auch...« Sie wußte, noch ehe sie es ausgesprochen hatte, daß das eine dumme Frage war. Er lächelte sie an, einen Augenblick lang sah er aus wie ein sehr erfahrener großer Bruder.

»Du bist noch jung, nicht? Wie alt bist du eigentlich?«

»Ich bin vor zwei Wochen sechzehn geworden.«

»Na ja, jetzt bist du ein großes Mädchen.« Er zog seine Jacke aus und legte sie ihr um die Schultern, weil er bemerkte, daß sie zitterte. Es war ein Schock für sie, was sie getan hatten, und sie mußte ihm eine Frage stellen.

»Kann es sein, daß ich davon schwanger geworden bin?« Allein der Gedanke daran versetzte sie schon in Panik, denn sie wußte nicht genau, wie groß das Risiko war, das sie auf sich genommen hatte, aber sein Blick war beruhigend.

»Ich glaube nicht. Nicht von einem einzigen Mal. Ich meine, natürlich könntest du... aber du bist es nicht, Maribeth, und nächstes Mal passe ich auf.« Sie wußte nicht genau, was das hieß, aufpassen, aber eines wußte sie: Falls sie das je wieder tun würde, was durchaus sein konnte, wenn sie zum Beispiel fest zusammenblieben und wenn Debbie Flowers es auch getan hatte, dann jedenfalls würde sie um jeden Preis aufpassen wollen. Wenn sie irgend etwas im Leben jetzt nicht haben wollte, dann war das ein Baby. Sie zitterte bei dem Gedanken, daß sie schwanger geworden sein könnte, auch wenn die Wahrscheinlichkeit noch so gering war. Sie wollte nicht gezwungen sein zu heiraten so wie ihre zwei Tanten, und auf einmal fielen ihr die Geschichten ihres Vaters wieder ein.

»Woran merke ich denn, ob ich schwanger bin?« fragte sie ihn arglos, als er den Motor anließ. Er drehte sich zu ihr um, verblüfft über ihre Unerfahrenheit, denn vor ein paar Stunden noch hatte sie so erwachsen auf ihn gewirkt.

»Weißt du das nicht?« fragte er ungläubig. Sie schüttelte den Kopf, ehrlich, wie sie war. »Wenn deine Periode ausbleibt.« Es war ihr peinlich, ihn das sagen zu hören, aber sie nickte, sie hatte verstanden, aber sehr viel mehr wußte sie nun auch noch nicht, doch sie wollte ihn lieber nicht noch weiter ausfragen, sonst dachte er womöglich, sie wäre dumm.

Er sprach nicht viel, während er sie heimfuhr, und als sie vor ihrer Haustür stehenblieben, schien er sich umzusehen, und dann beugte er sich zu ihr hinüber und küßte sie. »Danke, Maribeth. Es war ein wunderbarer Abend.« Irgendwie hatte sie erwartet, daß ihre Jungfräulichkeit zu verlieren mehr bedeuten würde als einen »wunderbaren Abend«, aber sie hatte nicht das Recht, mehr von ihm zu erwarten, das war ihr klar. Es war falsch gewesen, es mit ihm gleich an dem ersten Abend zu tun, an dem sie ihn kennengelernt hatte, und sie wußte, daß sie großes Glück hatte, wenn daraus mehr wurde. Trotzdem, immerhin hatte er »Ich liebe dich« gesagt.

»Für mich war es auch ein wunderbarer Abend«, sagte sie. Es klang schüchtern, höflich, und sie fügte hoffnungsvoll hinzu: »Wir sehen uns in der Schule.« Dann gab sie ihm seine Jacke zurück und hastete vom Auto zum Hauseingang und die Stufen hinauf. Die Tür war unverschlossen, und sie trat ein. Es war zwei Minuten vor Mitternacht, und sie war heilfroh, daß schon alle im Bett waren, so mußte sie niemandem etwas erklären oder irgendwelche Fragen beantworten. Sie wusch sich, so gut es ging, dann weichte sie den Rock des Kleides in Wasser ein und hängte ihn anschließend auf. Zum Glück merkte niemand etwas davon, und so könnte sie einfach sagen, jemand hätte ihr Punsch über das Kleid geschüttet oder es sei jemand schlecht geworden.

Sie schlüpfte in ihr Nachthemd, am ganzen Leib zitternd, und ging schnell ins Bett. Ihr war übel. Sie lag im Dunkeln, im gleichen Zimmer mit Noelle, und dachte über all das nach, was passiert war, und sie versuchte, sich zu beruhigen. Vielleicht war das der Beginn einer wichtigen Beziehung in ihrem Leben, aber sie wußte nicht recht, was das alles zu bedeuten hatte, ob Paul Browne es wirklich ernst mit ihr meinte. Sie war immerhin noch soweit bei klarem Verstand, um sich zu fragen, ob er alles, was er gesagt hatte, auch so gemeint hatte. Natürlich hoffte sie das, aber sie hatte schon Geschichten von anderen Mädchen gehört, denen das gleiche passiert war und die hinterher von den Jungs, die sie dazu gebracht hatten, es zu tun, eiskalt fallengelassen wurden. Aber Paul hatte sie nicht »dazu gebracht«, es zu tun, das war ja das Beängstigende an der Sache, denn sie hatte es gewollt, sie wollte es mit ihm tun, und das war das, was sie am meisten erschreckte.

Er hatte zwar damit angefangen, sie zu berühren und zu verführen, aber dann hatte sie es auch gewollt, und jetzt, im nachhinein, tat es ihr nicht einmal leid. Sie hatte nur Angst vor dem, was nun kommen würde, und diese Angst ließ sie nicht schlafen. Stundenlang lag sie noch wach und betete, daß sie nicht schwanger werden würde.

Am nächsten Morgen fragte ihre Mutter sie am Frühstückstisch, ob sie einen netten Abend gehabt habe. Maribeth sagte, ja, das hätte sie. Das Merkwürdige war, daß niemand irgend etwas zu ahnen schien, obwohl sie selbst sich so fühlte, als ob man es ihr auf den ersten Blick ansehen müßte, daß sie auf einmal ein anderer Mensch war. Sie war jetzt erwachsen, eine erwachsene Frau, sie hatte es getan, und sie war verliebt in den wunderbarsten Jungen der ganzen Schule. Sie konnte es einfach nicht fassen, daß keiner etwas merkte.

Ryan war schlechter Laune, Noelle war wütend, weil sie am Abend vorher wegen irgend etwas Streit mit ihrer Mutter gehabt hatte. Ihr Vater war in die Werkstatt gegangen, obwohl es Samstag war, und ihre Mutter sagte, sie hätte Kopfschmerzen. Sie lebten alle ihr eigenes Leben, und keiner bemerkte, daß Maribeth sich von der Raupe in den Schmetterling verwandelt hatte und daß sie für den Märchenprinzen Cinderella gewesen war.

Das ganze Wochenende schwebte sie wie auf Wolken, aber am Montag landete sie mit einem schmerzhaften Aufprall wieder auf dem Boden, denn als sie morgens zur Schule kam, sah sie Paul Browne über den Campus gehen, Arm in Arm mit Debbie Flowers. Bis zum Mittag hatte die Neuigkeit die Runde gemacht: Er und Debbie hatten einen heftigen Krach gehabt, sich dann aber doch wieder versöhnt. Irgend jemand hatte ausgeplaudert, daß er am Wochenende mit einer anderen ausgegangen war, und da war Debbie der Kragen geplatzt. Es wußte zwar keiner, wer es gewesen war, aber eines wußten alle: Debbie hatte einen Wutanfall bekommen. Am Sonntag hatten sie sich schließlich ausgesprochen, und nun waren sie wieder ein Paar. Maribeth war wie am Boden zerstört, sie wollte ihn nicht sehen und ging ihm aus dem Weg, aber am Mittwoch konnte sie ihm nicht mehr ausweichen. Sie verstaute gerade etwas in ihrem Spind und versuchte ihr Gesicht vor ihm zu verbergen, in der Hoffnung, er würde einfach vorbeigehen, aber er blieb stehen und sprach sie an. Er war sehr freundlich zu ihr und sagte, seit Tagen hätte er sie gesucht, und jetzt wäre er froh, sie endlich gefunden zu haben.

»Können wir irgendwo hingehen und miteinander sprechen?« fragte er leise, und in seiner Stimme lag Leidenschaft, aber auch Verletzlichkeit.

»Ich kann nicht... Tut mir leid... Ich muß zum Turnunterricht, ich bin spät dran.«

»Tu mir das nicht an.« Er faßte sie sanft am Arm. »Sieh mal, es tut mir leid, was passiert ist... Es war mir ernst... wirklich... Ich hätte es nicht getan, wenn ich gewußt hätte... Es tut mir leid... Sie ist verrückt, aber wir sind schon so lange Zeit zusammen. Ich wollte dir nicht weh tun.« Sie hätte am liebsten losgeheult, weil sie spürte, daß er es ehrlich meinte. Warum mußte er auch noch so nett sein, aber wenn er es nicht gewesen wäre, dann wäre es noch schlimmer gewesen.

»Mach dir keine Sorgen. Es geht mir gut.«

»Nein, das stimmt nicht«, sagte er traurig, denn er hatte gräßliche Schuldgefühle.

»Doch, ehrlich«, sagte sie, aber in ihren Augen brannten die Tränen, und sie wünschte, es wäre alles anders gekommen. »Vergessen wir es einfach.«

»Du sollst nur wissen, daß ich da bin, wenn du mich brauchst.« Sie wunderte sich, warum er das gesagt hatte, und versuchte den ganzen folgenden Monat, ihn zu vergessen, aber sie lief ihm ständig über den Weg, in den

Korridoren, hinter der Turnhalle, überall; es war, als ob sie ihm nicht entrinnen könnte. Anfang Mai schließlich, sechs Wochen, nachdem Maribeth und Paul miteinander geschlafen hatten, gaben er und Debbie ihre Verlobung bekannt. Die Hochzeit war für Juli angesetzt, nach der Abschlußprüfung. Und am gleichen Tag entdeckte Maribeth, das sie schwanger war.

Ihre Periode war erst seit zwei Wochen überfällig, aber sie mußte sich ständig übergeben, und ihr ganzer Körper fühlte sich anders an, ihre Brüste kamen ihr auf einmal riesengroß vor und waren grauenhaft empfindlich, ihre Taille schien über Nacht ihre schlanke Form verloren zu haben, und sie spürte den ganzen Tag von früh bis spät einen quälenden Brechreiz. Sie konnte es kaum fassen, wie schnell ihr Körper sich so stark verändern konnte. Und jeden Morgen, wenn sie sich kurz auf dem Badezimmerboden hinlegte, nachdem sie sich übergeben hatte, und betete, daß keiner sie gehört hatte, sagte sie sich, daß sie es nicht ewig würde verbergen können.

Sie wußte nicht, was sie tun sollte, wem sie es sagen oder an wen sie sich wenden sollte, und Paul wollte sie es auch nicht sagen. Ende Mai ging sie endlich zum Arzt ihrer Mutter. Sie flehte ihn an, ihren Eltern nichts zu verraten, und sie weinte so sehr, daß er nach einigem Zögern schließlich zustimmte. Er bestätigte es, sie war schwanger, sie war, um genau zu sein, im zweiten Monat. Paul hatte unrecht gehabt, sie hatte sehr wohl »von einem einzigen Mal« schwanger werden können. Sie fragte sich, ob er sie absichtlich angelogen hatte, als er ihr gesagt hatte, er glaube nicht, daß das passieren könne, oder ob er einfach dumm war – vielleicht beides.

Sie saß auf der Untersuchungsliege und krallte die Finger in das Leintuch, die Tränen liefen ihr über die Wangen, als der Arzt sie fragte, was sie nun tun wolle.

»Weißt du, wer der Vater des Kindes ist?« fragte er. Maribeth sah noch schockierter und noch niedergeschlagener aus, als sie seine Frage hörte.

»Natürlich«, sagte sie. Sie fühlte sich gedemütigt und war von Kummer überwältigt, denn aus diesem Dilemma gab es keinen einfachen Ausweg.

»Wird er dich heiraten?« Sie schüttelte den Kopf, ihre roten Haare wirkten wie Feuer, ihre grünen Augen wie Ozeane. Die ganze Problematik ihrer Situation war ihr noch gar nicht zu Bewußtsein gekommen, aber die Vorstellung, Paul zu einer Heirat zu zwingen, war nicht ohne Reiz, auch wenn sie wußte, daß sie das nie tun könnte.

»Er ist mit einer anderen verlobt«, sagte sie mit heiserer Stimme. Der Arzt nickte.

»Unter diesen Umständen überlegt er es sich vielleicht anders. Männer tun so etwas.« Er lächelte traurig, sie tat ihm leid, sie war ein süßes Mädchen. Aber dieses Ereignis würde ihr Leben unausweichlich für immer verändern.

»Er wird es sich nicht anders überlegen«, sagte Maribeth kleinlaut. Sie war der klassische »One-night-stand«, ein Mädchen, das er nicht einmal kannte, auch wenn er gesagt hatte, er sei für sie da, falls sie ihn brauche. Nun, jetzt brauchte sie ihn, aber das hieß noch lange nicht, daß er sie heiraten würde, nur weil er sie geschwängert hatte.

»Was willst du deinen Eltern erzählen, Maribeth?« fragte der Arzt nüchtern. Sie schloß die Augen, denn beim bloßen Gedanken daran, wie ihr Vater reagieren würde, stieg eine riesige Angst in ihr auf.

»Ich weiß noch nicht.«

»Möchtest du mich dabeihaben, wenn du es ihnen

sagst?« Es war ein liebenswürdiges Angebot, doch sie konnte sich nicht vorstellen, daß der Arzt es ihnen sagte, aber früher oder später mußte sie es ihnen sagen, das war ihr klar.

»Könnte man... könnte man es nicht wegmachen?« fragte sie tapfer, obwohl sie nicht einmal genau wußte, wie so etwas gemacht wurde, sie wußte nur, daß manche Frauen Babys »wegmachen« ließen. Sie hatte einmal mitbekommen, wie ihre Mutter und ihre Tante im Flüsterton über das Thema gesprochen hatten, und das Wort, das sie benutzt hatten, war »Abtreibung« gewesen. Ihre Mutter hatte gesagt, daß es für die Frau lebensgefährlich sei, allerdings fand Maribeth, daß das immer noch besser war, als ihrem Vater gegenüberzutreten.

Aber der Arzt runzelte sofort die Stirn. »Das ist kostspielig, gefährlich und illegal. Und ich will kein Wort mehr darüber hören, junge Frau. In deiner Situation ist es die vernünftigste Lösung, das Baby zu bekommen und es zur Adoption freizugeben, das tun die meisten Mädchen in deinem Alter. Der Geburtstermin liegt voraussichtlich im Dezember, und du könntest zu den Barmherzigen Schwestern gehen, sobald man es sieht, und bis zur Entbindung dort bleiben.«

»Sie meinen, ich soll es weggeben?« So wie er es sagte, das hörte sich einfach an, aber irgendwie ahnte sie, daß die Sache komplizierter war, daß es da noch einiges gab, was er ihr verschwieg.

»Richtig«, sagte er. Sie tat ihm leid, sie war so jung, und so naiv, aber sie hatte den Körper einer voll entwickelten Frau, und das hatte sie in diese Situation gebracht. »Erst mal müßtest du dich eine ganze Weile nicht verstecken, denn wahrscheinlich wird man erst im Juli oder August etwas sehen, vielleicht sogar noch später. Aber du mußt es deinen Eltern sagen.« Maribeth nickte, sie fühlte sich wie betäubt. Was sollte sie ihnen erzählen? Daß sie mit einem Jungen auf dem Vordersitz seines Autos am Abend des Schulballs geschlafen hatte, den sie gar nicht kannte, und daß er sie nicht heiraten würde? Vielleicht würde ihre Mutter das Baby sogar behalten wollen, aber sie konnte sich nicht vorstellen, es ihnen zu sagen, sie konnte sich überhaupt nichts von all dem vorstellen. Als sie sich wieder angezogen hatte und seine Praxis verließ, hatte sie dem Arzt das Versprechen abgenommen, daß er ihren Eltern nichts sagen würde, ehe sie es nicht selbst getan hätte; sie vertraute ihm.

Am Nachmittag in der Schule suchte sie Paul, um mit ihm zu sprechen. In zwei Wochen war die Abschlußprüfung, und sie wußte, es war falsch, ihn unter Druck zu setzen, denn es war ihr Fehler gewesen genauso wie seiner, so dachte sie jedenfalls, aber sie konnte auch nicht vergessen, was er zu ihr gesagt hatte.

Sie schlenderten über das Schulgrundstück und gelangten schließlich zu der Bank hinter der Turnhalle, wo sie sich am Abend des Schulballs kennengelernt hatten. Und hier sagte sie es ihm.

»O nein. O, Scheiße!« Er stieß einen langen, tiefen Seufzer aus und machte ein erbärmlich deprimiertes Gesicht.

»Doch, Paul. Es tut mir leid, ich weiß nicht einmal, warum ich es dir gesagt habe, aber ich dachte, du müßtest es wissen.« Er nickte stumm, einen Moment lang war er unfähig, auch nur ein Wort zu sagen.

»Ich heirate in sechs Wochen. Debbie würde mich umbringen, wenn sie das erfährt, denn ich habe ihr erzählt, daß alles, was sie über dich gehört hätte, Lügen und Gerüchte seien.«

»Was hat sie denn über mich gehört?« fragte Maribeth neugierig. Sie war erstaunt, daß Debbie überhaupt etwas über sie gehört hatte.

»Daß ich mit dir ausgegangen bin an diesem Abend. Alle, die wir bei Willies gesehen haben, haben es ihr gesagt. Wir hatten ja Schluß gemacht, es war ganz normal. Ich habe ihr dann einfach erzählt, es sei nichts Ernstes, es hätte nichts zu bedeuten.« Es tat weh, ihn das sagen zu hören. Debbie war diejenige, die ihm etwas bedeutete, nicht sie.

»Hatte es wirklich nichts zu bedeuten gehabt?« fragte Maribeth unumwunden. Sie wollte es wissen, sie hatte ein Recht, es zu erfahren, vor allem jetzt, wo sie ein Kind von ihm bekam.

Er sah sie gedankenvoll an, eine ganze Weile, dann nickte er. »Doch, in dem Moment war es mir ernst. Vielleicht nicht so ernst, wie es hätte sein sollen, aber es war mir ernst. Ich fand dich unheimlich toll. Aber dann hat Debbie mich das ganze Wochenende lang bearbeitet, sogar geweint hat sie. Sie hat gesagt, daß ich sie wie ein Stück Dreck behandle und daß ich sie hintergehe und daß ich ihr mehr schuldig bin nach drei Jahren. Und da habe ich gesagt, ich würde sie nach der Prüfung heiraten.«

»Ist es das, was du willst?« fragte Maribeth. Sie starrte ihn an, wollte herausbekommen, wer er war und was er wirklich wollte. Sie glaubte nicht daran, daß Debbie die Richtige für ihn war, und fragte sich, ob er das wußte.

»Ich weiß nicht, was ich will. Aber ich weiß, daß ich kein Kind will.«

»Das will ich auch nicht.« Dessen war sie sich absolut

sicher. Sie wußte zwar nicht, ob sie nie Kinder haben wollte, aber eines stand fest, daß sie jetzt keines wollte, und nicht von ihm. Egal, wie schön er war, sie spürte genau, daß er sie nicht liebte, als sie so nebeneinandersaßen. Sie wollte nicht zu einer Heirat mit ihm gezwungen werden, nicht einmal, wenn er einwilligen würde, was er nicht tun würde, das wußte sie. Sie wollte vor allem keinen Mann, der wegen ihr log, der behauptete, er sei nie mit ihr ausgegangen und sie wäre ihm egal. Sie wollte jemanden, eines Tages, der stolz wäre, sie zu lieben, und der ein Kind von ihr haben wollte, und nicht jemanden, dem sie die Pistole auf die Brust setzen mußte, damit er sie heiratete.

»Du mußt es ja nicht behalten«, sagte er leise, und Maribeth sah ihn traurig an.

»Du meinst, ich soll es weggeben?« Das war es, was sie vorhatte und was der Arzt ihr vorgeschlagen hatte.

»Nein, ich meine eine Abtreibung. Ich weiß eine Frau aus der Abschlußklasse, die letztes Jahr eine Abtreibung gemacht hat. Ich könnte mich umhören, vielleicht könnte ich Geld auftreiben, es ist nämlich ziemlich teuer.«

»Nein, das will ich nicht, Paul.« Der Arzt hatte ihr jeden Mut genommen, über diese Möglichkeit weiter nachzudenken, und auch wenn sie fast nichts darüber wußte, so hatte sie doch das unangenehme Gefühl, daß Abtreibung Mord sein könnte.

»Dann willst du es behalten?« fragte er mit Panik in der Stimme. Was würde Debbie sagen? Sie würde ihn umbringen.

»Nein. Ich will es weggeben«, sagte sie. Sie hatte lange darüber nachgedacht, und es schien die einzige Lösung zu sein. »Der Arzt hat gesagt, ich könnte bei den Nonnen unterkommen, sobald man etwas sieht, und dort das Kind bekommen. Die würden sich auch um Adoptiveltern kümmern.« Dann drehte sie sich zu ihm um und stellte ihm eine merkwürdige Frage. »Würdest du es sehen wollen?« Er schüttelte den Kopf und wandte sich ab. Er haßte es, was für einen Gefühlsaufruhr er ihretwegen erlebte, er kam sich mies vor, er hatte Angst, und er war wütend. Er wußte, daß sein Verhalten ihr gegenüber schäbig gewesen war, aber er hatte nicht den Mut, das mit ihr durchzustehen, und er wollte Debbie nicht verlieren.

»Es tut mir leid, Maribeth. Ich fühle mich wie der letzte Schweinehund.« Sie wollte ihm sagen, daß er das auch sei, aber sie schaffte es nicht. Sie wollte ihm sagen, daß sie ihn verstehe, aber das konnte sie auch nicht, weil es nicht stimmte. Sie verstand ihn nicht, sie verstand überhaupt nichts mehr.

Die ganze Geschichte wuchs ihr über den Kopf.

Sie saßen eine Weile schweigend nebeneinander, dann stand er abrupt auf und ging, und Maribeth wußte, sie würde nie wieder mit ihm sprechen. Nur einmal sah sie ihn noch, am Tag vor seiner Prüfung, aber er sagte keinen Ton zu ihr, er sah sie nur an und wandte sich dann ab, und sie ging allein mit tränenüberströmtem Gesicht über den Campus zurück. Sie wollte sein Baby nicht. Es war alles so unfair, und sie fühlte sich mit jedem Tag elender.

Eine Woche nachdem die Ferien begonnen hatten, kniete sie vor der Toilette und spie sich die Seele aus dem Leib. Sie hatte vergessen, die Tür abzuschließen, und ihr Bruder kam herein und beobachtete sie.

»Entschuldige, Mari-... o mein Gott... bist du krank?« Ryan sah sie einen Moment lang voller Mitleid an, aber dann ging ihm ein Licht auf. Er starrte sie an, während sie sich weiter und weiter übergab, er begriff.

»Scheiße, du bist schwanger.« Es war eine Feststellung, nicht eine Frage.

Sie kniete auf dem Boden, den Kopf auf die Klobrille gestützt, und verharrte lange reglos, und nach einer Weile stand sie auf. Er starrte sie immer noch an, keine Spur von Mitleid in seinem Gesicht, nichts als Anklage und Vorwurf. »Dad wird dich umbringen.«

»Warum bist du so sicher, daß ich schwanger bin?« Sie versuchte, harmlos zu klingen, aber er kannte sie zu gut.

»Wer ist der Kerl?«

»Das geht dich nichts an«, sagte sie. Eine neue Welle von Übelkeit stieg in ihr auf, diesmal waren es die Nerven und die Angst.

»Sag dem Kerl, er soll seinen guten Anzug aus dem Schrank holen oder die Beine in die Hand nehmen. Entweder er hat Anstand im Leib, oder Dad dreht ihm den Hals um.«

»Danke für den Tip«, sagte sie und ging langsam aus dem Badezimmer. Sie wußte, daß ihre Tage gezählt waren, und sie hatte recht.

Ryan erzählte es am selben Nachmittag ihrem Vater, der tobte, als er nach Hause kam, und die Tür zu ihrem Zimmer fast aus den Angeln riß. Sie lag auf ihrem Bett, während Noelle Platten hörte und sich die Nägel lackierte. Er zerrte Maribeth ins Wohnzimmer und rief nach ihrer Mutter. Maribeth hatte hin und her überlegt, wie sie es ihnen sagen sollte, aber jetzt brauchte sie es ihnen nicht mehr zu sagen, Ryan hatte es für sie getan.

Ihre Mutter weinte bereits, als sie aus ihrem Zimmer kam, Ryan machte ein grimmiges Gesicht, als ob sie ihm etwas angetan hätte. Ihr Vater hatte Noelle befohlen, in ihrem Zimmer zu bleiben, und dann tobte er wie ein

Berserker im Wohnzimmer umher und brüllte Maribeth an, sie wäre nicht besser als ihre Tanten, sie hätte sich wie eine Hure benommen und die Ehre der ganzen Familie in den Schmutz gezogen. Schließlich verlangte er zu wissen, wer sie geschwängert hätte. Doch darauf war sie vorbereitet, und es war ihr egal, was sie mit ihr anstellten, sie würde es ihnen nicht sagen.

Sie hatte Paul wunderbar und aufregend gefunden, und sie hätte sich liebend gern in ihn verliebt und ihn zu erobern versucht, aber er war nicht verliebt in sie, und er wollte eine andere heiraten. Sie wollte das Baby trotzdem bekommen und es dann weggeben, und nichts würde sie dazu bringen, ihnen Pauls Namen zu verraten.

»Wer war es?« brüllte ihr Vater wieder und wieder. »Ich lasse dich nicht aus diesem Zimmer, bevor du es mir nicht gesagt hast.«

»Dann werden wir ziemlich lange hier drin bleiben«, sagte sie ruhig. Sie hatte viel nachgedacht, seit sie erfahren hatte, daß sie schwanger war, und nicht einmal ihr Vater konnte ihr jetzt noch Angst einjagen. Das Schlimmste war ja bereits eingetreten: Sie war schwanger geworden, und ihre Eltern hatten es erfahren. Was sollten sie ihr noch antun?

»Warum willst du uns nicht sagen, wer es ist? Ist es ein Lehrer? Ein Schüler? Ein verheirateter Mann? Ein Pfarrer? Einer von den Freunden deines Bruders? Wer ist es?«

»Es spielt keine Rolle. Er wird mich nicht heiraten«, sagte sie gelassen und staunte über ihre eigene Stärke im Zentrum des Hurrikans, den ihr Vater veranstaltete.

»Warum nicht?« tobte er weiter.

»Weil er mich nicht liebt, und weil ich ihn nicht liebe. Ganz einfach.«

»Das ist überhaupt nicht einfach«, brüllte ihr Vater. Sein Zorn steigerte sich immer noch weiter, während ihre Mutter weinte und die Hände rang. Maribeth fühlte sich schrecklich, es schmerzte sie, daß sie ihrer Mutter weh getan hatte. »Das hört sich an, als ob du mit einem Kerl geschlafen hättest, den du nicht mal liebst. Das sieht dir ähnlich, durch und durch verdorben. Deine Tanten haben die Männer wenigstens geliebt, mit denen sie sich eingelassen haben, und die hatten den Anstand, sie zu heiraten und eheliche Kinder zu bekommen. Was willst du denn mit deinem Baby machen?«

»Ich weiß nicht, Dad. Ich dachte, ich gebe es zur Adoption frei, es sei denn...«

»Es sei denn, was? Bildest du dir ein, es hierbehalten und dir und uns damit Schande machen zu können? Nur über meine Leiche, und die deiner Mutter.« Ihre Mutter sah sie flehentlich an, als wünschte sie sich nur, daß sie diese Katastrophe wieder ungeschehen machte, aber das stand leider nicht in ihrer Macht.

»Ich will das Baby nicht behalten, Dad«, sagte sie traurig. Nun traten ihr doch die Tränen in die Augen. »Ich bin sechzehn. Ich kann ihm nichts geben, und ich will auch noch mein eigenes Leben haben. Ich will mein Leben nicht aufgeben wegen eines Kindes, wir haben beide ein Recht auf mehr als das.«

»Wie nobel von dir«, schrie er in maßloser Wut. »Es wäre schön gewesen, wenn du darüber nachgedacht hättest, bevor du deine Hosen runtergezogen hast. Schau dir deinen Bruder an, er hat einen Haufen Freundinnen, aber er hat noch keine einzige davon geschwängert. Und schau dich an, sechzehn Jahre und dein Leben in die Gosse geworfen.«

»So muß es doch gar nicht sein, Dad. Ich kann zu den Nonnen gehen und dort die Schule weitermachen, und im Dezember, nach der Entbindung, kann ich zurückkommen und wieder hier zur Schule gehen. Ich könnte nach den Weihnachtsferien wieder einsteigen. Wir könnten sagen, ich wäre krank gewesen.«

»Ach ja? Und wer soll uns das glauben, meinst du? Bildest du dir ein, die Leute werden nicht reden? Alle werden es wissen, und du wirst ein Schandfleck sein, und wir mit dir. Du wirst Schande über diese ganze Familie bringen.«

»Was soll ich denn sonst tun, Dad?« fragte sie unglücklich, die Tränen kullerten ihr über die Wangen, denn es war noch viel schlimmer geworden, als sie befürchtet hatte, und es gab keine einfachen Lösungen. »Was willst du denn, daß ich tue? Soll ich mich umbringen? Ich kann nicht ungeschehen machen, was ich getan habe. Ich weiß nicht, was ich machen soll. Es läßt sich einfach nicht mehr ändern.« Sie schluchzte, aber er blieb kalt wie ein Eisblock.

»Du wirst ganz einfach das Kind bekommen müssen und es zur Adoption freigeben.«

»Willst du, daß ich zu den Nonnen gehe?« fragte sie und hoffte inständig, er würde sagen, sie könne zu Hause bleiben, denn der Gedanke, weit weg von ihrer Familie im Kloster zu leben, machte ihr angst. Aber wenn er sagte, daß sie gehen müsse, dann blieb ihr keine andere Wahl.

»Hier kannst du nicht bleiben«, sagte ihr Vater hart, »und das Kind kannst du auch nicht behalten. Geh zu den Barmherzigen Schwestern, gib das Baby weg, und dann kannst du wieder zurückkommen.« Und dann versetzte er ihrer Seele den schlimmsten Stoß. »Bis dahin will ich dich nicht mehr sehen. Und ich will, daß du weder deine Mutter noch deine Schwester siehst.« Einen Augenblick lang glaubte sie, seine Worte müßten sie töten. »Mit dem, was du getan hast, hast du uns beleidigt, und dich selbst genauso. Du hast dich entwürdigt, und uns auch. Du hast unser Vertrauen mißbraucht, du hast uns entehrt, Maribeth, und dich auch. Vergiß das nie.«

»Warum ist das, was ich getan habe, so schrecklich? Ich habe euch nie belogen, ich habe euch nie verletzt, ich habe euch nie betrogen. Ich habe eine Dummheit begangen, eine einzige. Schau doch, was mir deswegen passiert, ist das nicht schon genug! Ich komme da nicht heraus, ich werde damit leben müssen, und ich werde mein Baby weggeben müssen. Reicht dir das denn noch nicht? Wie sehr muß ich denn noch bestraft werden?« Sie schluchzte herzzerreißend, aber er blieb hart.

»Das ist etwas zwischen Gott und dir. Ich bestrafe dich nicht, er bestraft dich.«

»Du bist mein Vater, du schickst mich von hier fort, du sagt, du willst mich nicht mehr sehen, bis ich das Baby weggegeben habe... du verbietest mir, meine Schwester und meine Mutter zu sehen.« Sie wußte, daß ihre Mutter dieses Verbot nie durchbrechen würde, sie wußte, wie schwach ihre Mutter war und unfähig, eigene Entscheidungen zu treffen, wie sehr sie sich von ihm beherrschen ließ. Alle schlugen ihr die Tür vor der Nase zu, Paul hatte sie bereits zugeschlagen, und ab jetzt war sie vollkommen allein.

»Deine Mutter kann tun und lassen, was immer sie will«, sagte er wenig überzeugend.

»Sie tut und läßt, was immer du willst«, antwortete sie trotzig und machte ihn dadurch nur noch wütender, »das weißt du genau.«

»Ich weiß nur eines: daß du Schande über uns alle gebracht hast. Du schreist mich nicht an, mach doch, was du willst, bring deinen Bastard hierher und entehre uns alle. Aber von mir kannst du nichts erwarten, Maribeth, bis du für deine Sünden bezahlt hast, bis du deinen eigenen Schlamassel bereinigt hast. Wenn du diesen Kerl nicht heiratest und wenn er dich nicht heiratet, dann kann ich nichts für dich tun.« Damit wandte er sich ab und ging aus dem Zimmer, und fünf Minuten später kam er wieder herein. Sie hatte nicht einmal die Kraft aufgebracht, zurück in ihr Zimmer zu gehen. Er hatte zwei Telefongespräche geführt, eines mit ihrem Arzt und eines mit dem Kloster. Achthundert Dollar würde alles zusammen kosten, Unterkunft und Verpflegung für sechs Monate sowie ein Taschengeld und die Kosten für die Entbindung bei den Nonnen, die Mr. Robertson versichert hatten, daß seine Tochter bei ihnen in guten Händen wäre, daß die Entbindung direkt bei ihnen im Krankenhaus gemacht werden könne, mit einem Arzt und einer Hebamme. Für das Kind würden sie eine Familie finden, bei der es gut aufgehoben wäre, und seine Tochter bekäme er eine Woche nach der Entbindung wohlbehalten zurück, vorausgesetzt, daß es keine Komplikationen gab.

Er hatte bereits zugestimmt, sie zu ihnen zu schicken, und er hatte das Geld abgezählt und in zerknitterten Scheinen in einen weißen Briefumschlag gesteckt, den er ihr mit eisiger Miene aushändigte. Ihre Mutter hatte sich weinend in ihr Zimmer zurückgezogen.

»Du hast deiner Mutter furchtbaren Kummer gemacht«, sagte er. Sein Ton war anklagend, und er leugnete jeden eigenen Anteil an diesem Kummer. »Ich will, daß du kein Wort davon zu Noelle sagst. Du gehst fort, mehr braucht sie nicht zu wissen, und du kommst in einem halben Jahr zurück. Ich bringe dich morgen früh selber zum Kloster. Pack deine Sachen, Maribeth.« Sein Ton ließ keinen Zweifel daran, daß ihm das alles ernst war. Maribeth fühlte, wie ihr das Blut in den Adern gefror, denn trotz all der Probleme, die sie mit ihm hatte, war dies ihr Zuhause, ihre Familie, ihre Eltern, und jetzt würde sie von ihnen allen getrennt und in die Verbannung geschickt, und sie würde keine Menschenseele haben, die ihr helfen konnte, das durchzustehen. Einen Moment lang dachte sie, sie hätte Paul stärker zusetzen sollen, vielleicht hätte dann wenigstens er ihr geholfen... oder sie sogar geheiratet, anstelle von Debbie. Aber jetzt war es zu spät, ihr Vater jagte sie davon, er wollte sie morgen früh aus dem Haus haben.

»Was soll ich Noelle sagen?« Maribeth brachte die Worte kaum heraus, denn der Kummer darüber, ihre kleine Schwester verlassen zu müssen, schnürte ihr die Kehle zu.

»Sag ihr, daß du auf eine andere Schule gehst. Sag ihr irgendwas, bloß nicht die Wahrheit, dazu ist sie zu jung, sie versteht das nicht.« Maribeth nickte, sie war so niedergeschlagen und der Schmerz war so groß, daß sie nicht einmal antworten konnte.

Daraufhin ging Maribeth in ihr Zimmer zurück, sie wich Noelles Blicken aus und holte ihre einzige Reisetasche heraus, packte einige Sachen ein, ein paar Hemden, Hosen und Kleider, die ihr noch ein Weilchen passen würden. Sie hoffte, daß sie von den Nonnen Umstandskleider bekommen könnte, denn bald würde ihr nichts mehr passen.

»Was tust du da?« fragte Noelle entsetzt. Sie hatte

versucht, den Streit zu belauschen, aber sie hatte nicht herausbekommen, worum es ging. Als Maribeth sich jetzt zitternd zu ihrer kleinen Schwester umwandte, machte sie ein Gesicht, als ob jemand gestorben wäre.

»Ich gehe für eine Weile weg«, sagte Maribeth traurig. Sie hätte ihr so gern eine glaubhafte Lüge aufgetischt, aber es war ihr alles zu viel. Sie konnte den Gedanken nicht ertragen, Lebewohl sagen zu müssen, und sie konnte sich Noelles Fragen kaum entziehen. Schließlich sagte sie ihr, daß sie auf eine andere Schule gehe, weil ihre Noten nicht so gut wie sonst ausgefallen wären. Aber Noelle klammerte sich weinend an sie, sie hatte schreckliche Angst, ihre einzige Schwester zu verlieren.

»Bitte, geh nicht... Laß dich nicht von ihm wegschikken... egal, was du getan hast, so schlimm kann es nicht sein... egal, was es ist, Maribeth, ich verzeih dir... ich hab dich so lieb... geh nicht...« Maribeth war die einzige, mit der Noelle sprechen konnte, denn ihre Mutter war zu schwach, ihr Vater zu verbohrt, um überhaupt zuzuhören, und ihr Bruder zu selbstsüchtig und zu dumm. Sie hatte nur Maribeth, die sich für ihre Probleme interessierte, und jetzt würde sie überhaupt niemanden mehr haben. Die arme kleine Noelle litt erbärmlich. Die ganze Nacht hindurch weinten die beiden Schwestern, sie schliefen aneinander geklammert in einem schmalen Bett, und der Morgen kam viel zu schnell. Um neun Uhr packte ihr Vater ihre Tasche in seinen Wagen, und Maribeth stand da und starrte ihre Mutter an. Wenn sie nur einmal stark genug wäre, um ihm zu sagen, daß er das nicht machen konnte! Aber ihre Mutter würde ihm nie widersprechen, und Maribeth wußte es. Sie umarmten einander fest und lange.

»Ich liebe dich, Mom«, sagte sie mit erstickter Stimme, und ihre Mutter drückte sie noch fester an sich.

»Ich komme dich besuchen, Maribeth, ich verspreche es.«

Maribeth konnte nur nicken, sie brachte keinen Ton heraus, die Tränen schnürten ihr die Kehle zu, als sie Noelle umarmte. Die Kleine ließ ihren Tränen freien Lauf und bettelte, sie nicht zu verlassen.

»Scht... hör auf...« murmelte Maribeth. Sie wollte tapfer sein, aber sie mußte auch weinen. »Ich bleibe nicht lange. Weihnachten bin ich schon wieder da.«

»Ich hab dich lieb, Maribeth«, rief Noelle, als sie davonfuhren. Ryan war schließlich auch herausgekommen, aber er hatte nichts gesagt, sondern winkte ihr nur hinterher. Und so brachte ihr Vater sie die kurze Strecke ans andere Ende der Stadt.

Als sie auf das Kloster zufuhren, beschlich Maribeth ein ungutes Gefühl, und dann stand sie, die kleine Reisetasche in der Hand, mit ihrem Vater vor dem Tor.

»Paß auf dich auf, Maribeth.« Sie brachte es nicht fertig, ihm zu danken für das, war er getan hatte. Er hätte weniger unnachgiebig sein können, er hätte wenigstens versuchen können, sie zu verstehen, und er hätte sich daran erinnern können, wie es war, jung zu sein und einen gewaltigen Fehler zu machen. Aber zu all dem war er nicht in der Lage, er war unfähig, über seinen Schatten zu springen.

»Ich werde euch schreiben, Dad«, sagte sie. Er sprach kein Wort, und ein paar Sekunden, die eine Ewigkeit dauerten, standen sie nur da, dann nickte er kurz.

»Schreib deiner Mutter, wie es dir geht. Sie wird sich Sorgen machen.« Sie hätte ihn gerne gefragt, ob er sich auch Sorgen machen würde, aber sie hatte nicht mehr den Mut, ihn überhaupt noch irgend etwas zu fragen.

»Ich hab dich lieb«, sagte sie leise, als er die Treppen hinuntereilte, aber er drehte sich nicht mehr nach ihr um. Er hob nur noch kurz die Hand, als er wegfuhr, blickte sich aber nicht mehr um, und Maribeth drückte auf die Klingel neben dem großen Tor.

Sie mußte warten, und es kam ihr so lange vor, daß sie schon die Stufen wieder hinunter und zurück nach Hause laufen wollte, aber es gab ja kein Zuhause mehr, wohin sie hätte zurückkehren können. Endlich kam eine junge Nonne, um sie einzulassen. Maribeth sagte ihr, wer sie war, und die junge Nonne nahm ihr mit einem Nicken die Reisetasche ab, bat sie herein und schloß die schwere, eiserne Tür hinter ihr.

Drittes Kapitel

Das Kloster der Barmherzigen Schwestern war ein düsterer, deprimierender, wenig anheimelnder Ort. Maribeth hatte rasch herausgefunden, daß es noch zwei weitere Mädchen gab, die beide aus Nachbarstädten stammten und aus dem gleichen Grund wie sie hier waren, und sie stellte mit Erleichterung fest, daß sie sie nicht kannte. Die eine, ein nervöses siebzehnjähriges Mädchen, bekam ihr Kind, als Maribeth gerade den zweiten Tag im Kloster war. Es war ein Mädchen, und ehe die Mutter das Kind sehen konnte, hatten die Schwestern es schon weggeschafft und den wartenden Adoptiveltern übergeben. Die Heimlichkeit des ganzen Vorgangs kam Maribeth barbarisch vor, denn alle taten so, als ob es sich um ein schmutziges Geheimnis handle, das um keinen Preis bekannt werden durfte.

Das andere Mädchen war fünfzehn, auch sie rechnete jeden Moment mit dem Einsetzen der Wehen. Am dritten Abend erfuhr Maribeth mit Entsetzen, daß das zweite Mädchen von ihrem eigenen Onkel schwanger war. Sie war ein verschrecktes, unglückliches junges Ding und hatte panische Angst vor den Schmerzen der Geburt, die ihr bevorstanden.

An ihrem fünften Abend im Kloster hörte Maribeth ihre Schreie. Die Wehen dauerten zwei Tage, und die ganze Zeit über sah sie aufgeregte Nonnen hin und her hasten. Schließlich wurde das Mädchen ins Krankenhaus gebracht und mit einem Kaiserschnitt entbunden. Maribeth erfuhr auf ihre Nachfragen, daß das Mädchen nicht mehr zurückkommen werde, aber das Kind wohlbehalten zur Welt gekommen sei, und nur durch Zufall hörte sie, daß es ein Junge war. Nachdem die beiden anderen jungen Mütter fort waren, wurde es noch einsamer für Maribeth, denn jetzt war sie mit den Schwestern allein. Sie hoffte, daß sich bald eine neue »Sünderin« einfinden würde, weil sie sonst niemanden hatte, mit dem sie sich unterhalten konnte.

Sie las die Lokalnachrichten, wann immer sie konnte. Zwei Wochen nach ihrer Ankunft entdeckte sie Pauls und Debbies Heiratsanzeige, und es versetzte ihr einen Stich, sie zu lesen. Die beiden waren jetzt auf ihrer Hochzeitsreise, und sie saß hier im Kerker und verbüßte ihre Strafe für eine einzige Stunde auf dem Vordersitz seines Chevy. Es kam ihr bodenlos ungerecht vor, daß sie allein die ganze Last zu tragen hatte. Je länger sie darüber nachdachte, desto klarer wurde ihr, daß sie nicht länger in dem Kloster bleiben konnte.

Sie hatte nichts und niemanden, wohin sie gehen konnte. Die Nonnen waren freundlich zu ihr, aber die Frömmigkeit in diesem Kloster war nicht zu ertragen. Maribeth hatte bereits hundert Dollar bezahlt, es blieben ihr also noch siebenhundert Dollar und ein halbes Jahr, das sie verbringen konnte, wo sie wollte. Sie hatte zwar keine Ahnung, wohin sie gehen sollte, aber sie wußte, daß sie nicht hierbleiben konnte und darauf warten, daß neue Gefangene ankämen, daß die Zeit verginge, daß sie ihr Baby bekäme, daß es ihr weggenommen würde und daß sie endlich wieder nach Hause zu ihren Eltern durfte. Diese Gefangenschaft war ein hoher Preis, die Strafe war zu hart. Sie wollte irgendwohin, wo sie wie ein normaler Mensch leben, sich einen Job suchen und Freundschaften knüpfen könnte. Sie sehnte sich nach frischer Luft, nach Stimmen, Lärm, Menschen, denn hier ertrank man in dem Gefühl, ein unrettbar verlorener Sünder zu sein. Aber die Schwangerschaft mußte nicht etwas gar so Schreckliches sein, wozu es von den Nonnen gemacht wurde. Also sagte sie am nächsten Tag der Mutter Oberin, daß sie das Kloster verlassen werde. Sie erklärte, sie wolle ihre Tante besuchen, und hoffte, daß man ihr glaubte, aber auch wenn man ihr nicht glaubte, war Maribeth fest entschlossen zu gehen, und nichts würde sie aufhalten.

Am nächsten Morgen, es dämmerte noch, trat Maribeth aus dem Klostertor, mit ihrem Geld und ihrer kleinen Reisetasche und mit einem überwältigenden Gefühl von Freiheit. Sie konnte zwar nicht nach Hause, aber vor ihr lag die Welt und wartete nur darauf, von ihr entdeckt und erforscht zu werden; noch nie hatte sie sich so frei und stark gefühlt. Sie überlegte, daß es wohl einfacher wäre, wenn sie die Stadt verließ, also ging sie zum Bahnhof und kaufte sich eine Fahrkarte nach Chicago. Chicago war die am weitesten entfernte Stadt, die sie sich vorstellen konnte, und auf dem Weg dorthin lag Omaha, und egal, wo sie ausstieg, sie konnte sich den Preis für die nicht benutzte Strecke erstatten lassen. Alles, was sie wollte, war, wegzukommen aus dieser Stadt, irgendwohin, wo sie das nächste halbe Jahr verbringen und wo sie ihr Kind auf die Welt bringen konnte. Sie wartete an der Bushaltestelle darauf, daß die Fahrgäste nach Chicago in den ersten Bus einsteigen konnten. Und als er losfuhr und sie ihre Heimatstadt vorüberziehen sah, fühlte sie nicht das kleinste Bedauern, sie war nur ungeheuer neugierig auf die Zukunft. Vor ihrer Abfahrt hatte sie am Busbahnhof noch ihrer Mutter und ihrer Schwester eine Postkarte geschrieben und ihnen versprochen, sie zu benachrichtigen, sobald sei eine neue Adresse hätte.

»Nach Chicago, Fräulein?« fragte der Busfahrer, als sie sich setzte, und plötzlich fühlte sie sich erwachsen und vollkommen unabhängig.

»Vielleicht«, sagte sie lächelnd, denn sie konnte überall hinfahren, sie konnte tun, was sie wollte. Sie war frei, sie war niemandem Rechenschaft schuldig, außer sich selbst, und niemand konnte ihr Grenzen setzen, außer dem Baby, das in ihr heranwuchs. Mittlerweile war sie im vierten Monat, es war noch nichts zu sehen, aber sie fühlte, wie ihr Bauch dicker wurde. Sie dachte nach, was sie den Leuten erzählen würde, denn man würde sie fragen, wie sie dorthin gekommen sei und warum sie gekommen sei, und sobald man ihr ansah, daß sie schwanger war, würde sie erklären müssen, warum sie allein war. Und sie würde sich eine Arbeit suchen müssen, obwohl sie nicht viele Möglichkeiten haben würde, aber sie konnte putzen, Babysitten oder in einer Bibliothek arbeiten, vielleicht auch eine Anstellung als Kellnerin suchen. Sie war zu fast allem bereit, Hauptsache, es gab ihr ein bißchen Sicherheit. Und bis sie eine Arbeit gefunden hätte, konnte sie von dem Geld leben, das ihr Vater ihr für das Kloster gegeben hatte.

Am Nachmittag machte der Bus in Omaha einen Zwischenstopp. Es war heiß, aber es wehte eine leichte Brise. Ihr war ein wenig übel von der langen Busfahrt, aber als sie ein Sandwich gegessen hatte, ging es ihr besser. Ständig stiegen Leute ein und aus, die meisten schienen nur in die nächste Stadt zu fahren. Sie war diejenige, die am weitesten gefahren war, als der Bus am Abend in einem malerischen kleinen Städtchen hielt, das freundlich und sauber wirkte. Es war eine Collegestadt, und in dem Lokal, bei dem der Bus für das Abendessen haltmachte, saßen nur junge Leute. Das Lokal war schöner und gepflegter als ein Schnellrestaurant, und die Frau, die Maribeth bediente, hatte einen schicken, schwarzen Pagenkopf, und als sie ihr den Cheeseburger und den Milkshake brachte, lächelte sie sie freundlich an. Das Essen war ausgezeichnet, und die Preise waren akzeptabel. An den anderen Tischen herrschte viel Gelächter und gute Laune, alles strahlte Fröhlichkeit aus, und als es Zeit war, wieder in den Bus zu steigen, der nun ohne weiteren Zwischenstopp nach Chicago fuhr, wollte Maribeth nicht gehen. In dem Moment, als sie durch die Tür trat, fiel ihr ein kleines Schild im Fenster auf, auf dem Arbeit für Serviererinnen und Aushilfskellner angeboten wurde. Sie stand eine ganze Minute davor, dann ging sie langsam wieder hinein und hoffte, daß man sie nicht für verrückt hielt und daß man ihr die Geschichte glauben würde, die sie jetzt erfinden mußte.

Die Frau, die sie bedient hatte, hob den Kopf und lächelte sie an, vermutlich meinte sie, daß sie etwas vergessen hätte. Maribeth begann zögernd zu sprechen.

»Ich wollte fragen, ob... Ich... Ich habe das Schild gesehen... Ich meine, ich wollte wegen der Arbeit nachfragen...«

»Sie meinen, Sie wollen als Serviererin arbeiten?« fragte die Frau lächelnd. »Fragen Sie ungeniert. Es gibt zwei Dollar die Stunde, sechs Tage die Woche, zehn Stunden täglich. Wir stimmen unsere Dienstpläne aufeinander ab, damit wir mehr Zeit für unsere Kinder haben. Sind Sie verheiratet?«

»Nein... Ich... Ja... Also, ich war es. Ich bin Witwe. Mein Mann ist in Korea... gefallen...«

»Oh, das tut mir leid.« Es schien von Herzen zu kommen. Sie sah Maribeth in die Augen und konnte erkennen, daß das Mädchen den Job wirklich haben wollte, außerdem gefiel sie ihr. Sie wirkte zwar sehr jung, aber das war nicht weiter schlimm, das waren die Kunden hier auch alle.

»Danke... Mit wem muß ich sprechen wegen des Jobs?«

»Mit mir. Haben Sie so etwas schon gemacht?« Maribeth zögerte und spielte mit dem Gedanken, zu lügen, und sie überlegte auch, ob sie das mit dem Baby sagen mußte.

»Ich brauche dringend Arbeit.« Ihr zitterten die Hände, und sie hielt sich an ihrer Handtasche fest – hoffentlich gab man ihr den Job. Sie wußte, daß sie hier bleiben wollte, denn es schien ein glücklicher Ort zu sein, das Städtchen war voller Leben, es gefiel ihr.

»Wo wohnen Sie?«

»Ich weiß noch nicht.« Maribeth lächelte, und ihr Lächeln und ihr junges Aussehen gingen der anderen Frau ans Herz. »Ich bin gerade eben mit dem Bus angekommen. Wenn Sie mich nehmen, hole ich meine Tasche und suche mir gleich ein Zimmer. Ich könnte morgen anfangen.« Die andere Frau, sie hieß Julie, lächelte, sie mochte Maribeth auf Anhieb, nicht nur ihres Aussehens wegens, sondern das Mädchen strahlte auch Stärke und Ruhe aus, wie jemand, der Prinzipien und Mut hat. Es war etwas merkwürdig, so über jemanden zu denken, den man nicht kannte, aber sie hatte einfach ein gutes Gefühl.

»Dann holen Sie Ihre Tasche aus dem Bus«, sagte Julie mit einem warmherzigen Lächeln. »Sie können die erste

Nacht mit zu mir kommen. Mein Sohn ist zu meiner Mutter nach Duluth gefahren, und Sie können in seinem Zimmer schlafen, wenn Ihnen die Unordnung nichts ausmacht. Er ist vierzehn und ein Schlamper vor dem Herrn, meine Tochter ist zwölf, und ich bin geschieden. Wie alt sind Sie?« fragte sie. Sie hatte alles in einem Atemzug gesagt, und Maribeth rannte, um ihre Tasche aus dem Bus zu holen. Im Laufen rief sie ihr über die Schulter zu, sie sei achtzehn, und zwei Minuten später war sie wieder da, außer Atem und glücklich lächelnd.

»Macht es Ihnen wirklich keine Umstände, wenn ich die Nacht bei Ihnen verbringe?« Sie war ganz aufgeregt vor Glück.

»Überhaupt nicht.« Julie grinste und warf ihr eine Schürze zu. »Hier, tun Sie was. Sie können die Tische abräumen. Ich habe erst um Mitternacht Feierabend.« Bis dahin waren es nur noch eineinhalb Stunden, trotzdem war die Arbeit für Maribeth anstrengend: Sie trug die großen Tabletts und die schweren Krüge hin und her, und als die Zeit um war und die Tür geschlossen wurde, staunte sie, wie müde sie war. Es arbeiteten noch vier weitere Frauen hier, und ein paar Jungen, alles High-School-Schüler. Die Jungs waren fast alle in Maribeths Alter, die Frauen zwischen dreißig und vierzig. Sie erzählte, daß der Besitzer vor kurzem einen Herzinfarkt gehabt habe und nur noch vormittags regelmäßig käme, nachmittags nur manchmal, aber daß der Laden weiterhin gut laufe, weil sein Sohn inzwischen das Kochen übernommen habe. Julie sagte, daß sie mit ihm ein paarmal ausgegangen sei, und daß er ein netter Kerl sei, aber daß weiter nichts daraus geworden wäre, denn sie hatte zu viele Sorgen, um viel Zeit und Interesse für Liebesgeschichten aufzubringen. Sie hatte zwei Kinder, und ihr geschiedener Mann war mit den Alimenten fünf Jahre im Rückstand, sie brauchte jeden Penny, um die Kinder anzuziehen, ihre Arztrechnungen zu bezahlen und dafür zu sorgen, daß ihnen nicht alle Zähne aus dem Kopf fielen, ganz zu schweigen von all dem anderen Krimskrams, den sie brauchten oder sich wünschten.

»Kinder allein aufzuziehen, das ist kein Spaß«, sagte sie ernst, als sie mit Maribeth nach Hause fuhr. »Das sollten sie einem haarklein erklären, bevor man sich scheiden läßt. Kinderkriegen ist nichts für eine Frau allein, das kannst du mir glauben. Du hast Kopfweh, du wirst krank, du bist müde, das interessiert keinen, alles landet auf deinen Schultern. Ich hab keine Familie hier ... die Mädels im Restaurant sind sehr lieb, sie helfen mir und kommen zum Babysitten, wenn ich mal eine große Verabredung habe. Einer von den Jungs, Marthas Mann, nimmt meinen Sohn immer zum Angeln mit. Solche Dinge sind Gold wert, denn man schafft nicht alles allein. Gott weiß, daß ich tue, was ich kann, aber manchmal glaube ich, es bringt mich um.«

Maribeth hörte aufmerksam zu. Die Lebenserfahrung, die Julie da vor ihr ausbreitete, traf bei ihr auf offene Ohren. Sie hatte ein starkes Bedürfnis, Julie von ihrer Schwangerschaft zu erzählen, aber sie tat es dann doch nicht.

»Schade, daß du mit deinem Mann keine Kinder haben konntest«, sagt Julie freundlich, als ob sie ihre Gedanken lesen könnte. »Aber du bist jung, du wirst wieder heiraten. Wie alt warst du eigentlich, als du ihn geheiratet hast?«

»Siebzehn, gerade mit der High-School fertig. Wir waren nur ein Jahr verheiratet.«

»Du hast wirklich Pech gehabt, meine Kleine.« Sie tätschelte dem jungen Mädchen die Hand und stellte den Wagen in ihrer Einfahrt ab. Sie wohnte in einer kleinen Wohnung nach hinten hinaus. Ihre Tochter schlief tief und fest, als Julie die Wohnungstür öffnete. »Ich hasse es, sie allein lassen zu müssen, und normalerweise ist ja ihr Bruder da. Die Nachbarn haben versprochen, ein bißchen auf sie zu horchen, aber sie ist schon recht selbständig. Wenn alle Stricke reißen, nehme ich sie auch manchmal mit ins Restaurant, aber das sehen sie dort nicht so gern.« Maribeth konnte sich ein Bild davon machen, wie es war, Kinder allein aufzuziehen, es hörte sich nicht gerade leicht an. Julie war seit zehn Jahren mit den Kindern allein, damals waren sie zwei und vier Jahre alt gewesen. Sie war ein paarmal umgezogen, aber hier gefiel es ihr, und sie war sicher, daß es Maribeth auch gefallen würde. »Es ist eine nette, kleine Stadt. Lauter anständige, junge Leute. Viele kommen regelmäßig ins Jimmy D's, und die Schüler sowieso. Sie werden dich alle gern haben.«

Sie zeigte Maribeth das Badezimmer und das Zimmer ihres Sohnes. Er hieß Jeffrey und war für zwei Wochen weggefahren. Julie sagte Maribeth, sie könne so lange bleiben, bis sie ein Zimmer gefunden hätte, und im Notfall könnte ihre Tochter bei ihr schlafen, wenn Jeffrey wieder zurück wäre, und Maribeth könne Jessicas Zimmer haben. Aber bei den vielen Studentenbuden, die es in der Stadt gab, würde sie sicherlich bald etwas finden.

Und sie hatte recht, denn bereits am nächsten Mittag hatte Maribeth ein entzückendes kleines Zimmer zur Untermiete gefunden. Die Möbel waren alle mit rosa Blümchenstoff bezogen, das Zimmer war winzig, aber sehr gemütlich, hell und sonnig, und der Preis war in Ordnung.

Außerdem war es nur sechs Straßen vom Jimmy D's entfernt, wo sie nun arbeiten würde. Sie war noch keine vierundzwanzig Stunden in der Stadt, und schon fühlte sie sich wie zu Hause, es war, als ob es ihr vorherbestimmt wäre, hier zu leben.

Auf dem Weg zur Arbeit warf sie eine Postkarte an ihre Eltern mit ihrer neuen Adresse in den Kasten, und dabei mußte sie wieder an Paul denken. Sie wußte, daß es sinnlos war, an ihn zu denken, und fragte sich, wie lange in ihrem Leben er wohl in ihrem Kopf herumspuken würde und wie oft sie sich wohl noch fragen würde, was er tat.

Im Jimmy D's angekommen, bekam sie von einer der anderen Kellnerinnen ihre Uniform, ein rosafarbenes Kleid mit weißen Manschetten und eine frische, weiße Schürze, und am Nachmittag durfte sie bereits Bestellungen aufnehmen. Einige von den Jungs betrachteten sie mit anerkennenden Blicken, ebenso der Koch, aber keiner sagte etwas Ungehöriges zu ihr, alle waren nett und höflich. Sie wußte, daß es sich unter den anderen Kellnerinnen schon herumgesprochen hatte, daß sie Witwe sei, und sie glaubten es, keiner kam auf die Idee, ihr nicht zu glauben.

»Wie läuft es, meine Kleine?« fragte Julie am Spätnachmittag. Sie war von Maribeth beeindruckt, die flink und fleißig arbeitete und zu jedermann freundlich war, und es war leicht zu erkennen, daß die Kunden sie mochten. Ein paar fragten sogar nach ihrem Namen, und ein paar der jüngeren Kunden schienen an ihr mehr als nur Gefallen zu finden.

Jimmy mochte sie ebenfalls. Als er heute hereingekommen war, war sie ihm sofort aufgefallen. Sie war klug, sie war nett, und außerdem sei sie ehrlich, sagte er, das sehe er ihr auf den ersten Blick an, und hübsch war sie auch, was sich in einem Eßlokal gut machte. Niemand ließ sich den Kaffee gern von einer schlechtgelaunten Bedienung vor die Nase setzen, die ihren Job haßte. Denn Jimmy legte Wert darauf, daß alle seine Kellnerinnen, ob alt oder jung, freundlich und zufrieden aussahen. Er wollte, daß sich die Leute wohl fühlten, wie bei Julie und den anderen. Und nun also Maribeth. Sie gab sich Mühe, und die Arbeit machte ihr Spaß, und sie fand es sogar aufregend, hier zu sein.

Als Maribeth an diesem Abend nach Hause in ihr neues Zimmer ging, war sie zwar todmüde, aber überglücklich, daß sie so schnell eine Arbeit und eine Unterkunft gefunden hatte, denn jetzt konnte das Leben weitergehen. Sie konnte sich sogar Bücher aus der Bibliothek besorgen und abends zu Hause lernen, und so würde diese ganze Sache nicht ihr Leben ruinieren. Sie hatte bereits beschlossen, daß diese Monate lediglich ein Umweg für sie waren, und von ihrem Weg, von ihren Zielen, das stand ein für allemal fest, würde sie sich nicht abbringen lassen.

Am nächsten Abend, sie war zum Thekendienst eingeteilt, kam ein ernster junger Mann herein, der Hackbraten bestellte. Julie erzählte ihr, daß er sehr oft zum Abendessen käme.

»Ich weiß nicht, wieso«, sagte sie geheimnisvoll, »aber ich werde das Gefühl nicht los, daß es ihm zu Hause nicht gefällt. Er spricht nicht, er lächelt nie, aber er ist immer höflich – er ist ein netter Junge. Ich will ihn jedesmal fragen, was er hier sucht, warum er nicht nach Hause geht zum Abendessen, aber vielleicht hat er keine Mutter – irgendwas ist da los. Er hat die traurigsten Augen, die ich je gesehen habe. Übernimm du ihn doch und heitere ihn ein bißchen auf.« Sie gab Maribeth einen kleinen Schubs in seine Richtung, an das andere Ende der Theke. Er hatte nur einen kurzen Blick in die Karte geworfen, bevor er sich entschied, da er schon fast alles ausprobiert hatte, was auf der Karte stand. Er hatte ein paar Lieblingsgerichte gefunden, die er immer wieder aß.

»Hi, was kann ich dir bringen?« fragte Maribeth, ein wenig schüchtern, weil sie in seinem Blick eine heimliche Bewunderung spürte.

»Die Nummer zwei, bitte. Hackbraten mit Kartoffelpüree.« Er errötete. Ihre roten Haare gefielen ihm, und er mußte sich beherrschen, nicht dauernd auf ihren Körper zu starren.

»Mit Salat, Mais oder Spinat?« Sie blieb zurückhaltend.

»Mais, vielen Dank«, sagte er und musterte sie. Er wußte, daß er sie hier noch nie gesehen hatte, und er kam oft hierher, drei- oder viermal die Woche aß er hier zu Abend, manchmal auch noch am Wochenende. Das Essen war gut, billig und reichlich, und seit seine Mutter nicht mehr kochte, war es die einzige Möglichkeit, ein anständiges Abendessen zu bekommen.

»Kaffee?«

»Nein, Milch, und zum Nachtisch einen Apfelkuchen«, sagte er, als ob er Angst hätte, daß jemand ihm das letzte Stück Apfelkuchen vor der Nase weggessen könnte. Maribeth lächelte.

»Woher weißt du denn, daß du das alles schaffst? Wir haben ziemlich große Portionen.«

»Ich weiß«, lächelte er zurück. »Ich esse oft hier. Du bist neu, stimmt's?« Sie nickte, und zum ersten Mal, seit sie hier war, wurde sie verlegen, denn er war ein netter

Junge, er mußte ungefähr in ihrem Alter sein, und irgend etwas gab ihr das Gefühl, daß er ihr das ansah.

»Ja, ich bin neu. Ich bin gerade erst in die Stadt gekommen.«

»Wie heißt du?« Er war sehr direkt und sehr ehrlich. Aber Julie hatte recht, in seinen Augen lag etwas Verletztes, es konnte einem fast angst werden. Aber irgend etwas an ihm übte auf Maribeth eine starke Anziehung aus. Es war, als ob sie herausfinden müßte, wer er war und was mit ihm los war.

»Ich heiße Maribeth.«

»Ich bin Tom. Schön, dich kennenzulernen.«

»Danke.« Dann drehte sie sich um, um seine Bestellung weiterzugeben, und kam kurz darauf mit einem Glas Milch zurück. Julie hatte sie sofort aufgezogen und ihr zugeraunt, soviel hätte er noch kein einziges Mal mit jemandem gesprochen, seit er hierherkam.

»Woher kommst du?« fragte er, als sie zurückkam, und nachdem sie es ihm gesagt hatte: »Was hat dich hierher verschlagen, wenn man fragen darf?«

»Eine Menge Dinge. Es gefällt mir hier, die Leute sind wirklich nett, das Restaurant ist prima, und gleich in der Nähe habe ich ein hübsches, kleines Zimmer gefunden. Es hat sich alles so ergeben, wie von selbst.« Sie lächelte und war erstaunt, wie leicht es war, sich mit ihm zu unterhalten. Und als sie ihm sein Essen brachte, schien ihn der Hackbraten viel weniger zu interessieren als das Gespräch mit ihr.

Er knabberte lange an seinem Apfelkuchen herum, bestellte schließlich noch ein Stück und noch ein Glas Milch, was er bisher noch nie getan hatte, und er erzählte ihr eine Menge über das Fliegenfischen und daß er häufig in der

Umgebung angeln gehe, und er fragte sie, ob sie das schon mal gemacht habe.

Vor ein paar Jahren war sie ein paarmal mitgefahren, wenn ihr Vater und ihr Bruder angelten, aber sie hatte sich nicht besonders geschickt angestellt. Es hatte ihr besser gefallen, einfach dabeizusitzen, während die beiden darauf warteten, daß ein Fisch anbiß, und zu lesen oder vor sich hin zu träumen.

»Du könntest ja mal mitkommen«, sagte er und errötete, weil ihm plötzlich einfiel, wie lange er schon mit ihr sprach, denn seit er heute abend das Lokal betreten und sie gesehen hatte, hatte er sie nicht mehr aus den Augen gelassen.

Er gab ihr ein großzügiges Trinkgeld und blieb einen Moment lang verlegen am Tresen stehen. »Ja, also, danke für alles, bis zum nächsten Mal.« Als er hinausging, sah sie erst, wie groß er war. Er war schlank, fast ein wenig schlaksig, und er sah gut aus, aber er schien sich dessen nicht bewußt zu sein, und er wirkte ziemlich jung. Eigentlich war er mehr wie ein Bruder als wie ein Junge, in den sie sich verlieben könnte, aber egal, was er war, und unabhängig davon, als was er sich womöglich noch entpuppen würde und ob sie ihn überhaupt je wiedersehen würde, es war nett gewesen, sich mit ihm zu unterhalten.

Am nächsten Tag kam er wieder herein, und am Tag darauf ebenfalls, aber da erfuhr er zu seiner großen Enttäuschung, daß sie einen Tag frei hatte, und schon fehlte sie ihm. Dann kam das Wochenende, und am Montag war er wieder da.

»Letztes Mal hab ich dich hier vermißt«, sagte er, nachdem er ein Grillhähnchen bestellt hatte. Er hatte einen gesunden Appetit, jedesmal bestellte er eine volle Mahlzeit mit Haupt- und Nachspeise, und er schien ständig außer Haus zu essen und den größten Teil seines Taschengeldes dafür auszugeben. Langsam kamen Maribeth Zweifel, ob er überhaupt bei seinen Eltern lebte, und schließlich fragte sie ihn.

»Wohnst du allein?« Sie stellte ihm den Teller hin und schenkte ihm noch ein Glas Milch ein, das sie nicht auf die Rechnung setzte. Wenn jemand Kaffee trank, bekam er auch umsonst eine Tasse nachgeschenkt, Jimmy würde schon nicht pleite machen wegen eines Glases Milch für einen Stammkunden, der so oft kam wie Tommy.

»Eigentlich nicht. Ich wohne bei meinen Eltern. Aber... sie... na ja... jeder macht mehr oder weniger, was er will. Meine Mutter mag schon seit einer ganzen Weile nicht mehr kochen, und diesen Herbst fängt sie wieder zu arbeiten an – sie ist High-School-Lehrerin. Die letzten Jahre hat sie nur als Vertretung gearbeitet, aber jetzt will sie wieder als Vollzeitkraft einsteigen.«

»Welche Fächer gibt sie?«

»Englisch, Sozialkunde, Literatur. Sie ist ziemlich gut, auch wenn sie mir dauernd zu den Schularbeiten noch zusätzliche Aufgaben andreht«, sagte er und verdrehte die Augen dabei, aber er sah nicht aus, als ob ihm das wirklich etwas ausmachte.

»Du hast Glück. Ich habe mich für eine Weile beurlauben lassen müssen, und ich weiß jetzt schon, daß mir die Schule schön fehlen wird.«

»High-School oder College?« fragte er interessiert, denn er versuchte immer noch herauszufinden, wie alt sie war. Sie wirkte schon ziemlich alt, aber dann hatte er wieder das Gefühl, daß sie gar nicht so weit von ihm entfernt war. Sie zögerte nur einen kurzen Augenblick, ehe sie antwortete.

»High-School.« Er rechnete sich aus, daß sie wahrscheinlich in der Abschlußklasse war. »Ich will in dieser Zeit ein bißchen für mich selber lernen, nach Weihnachten steige ich wieder ein.« Sie sagte es in einem abweisenden Ton, und obwohl er gern gewußt hätte, weshalb sie ausgestiegen war, wollte er sie nicht direkt fragen.

»Ich kann dir ein paar Bücher leihen, wenn du willst, oder ich kann meine Mutter fragen, ob sie was für dich hat. Davon wäre sie bestimmt begeistert, denn sie ist der Meinung, alle Welt sollte für sich selber lernen. Macht Lernen dir Spaß?« Sie nickte, und es war in ihren Augen abzulesen, wie großen Spaß es ihr machte, in diesem Blick lagen echter Hunger und eine unersättliche Neugier. An ihrem freien Tag war Maribeth in die Bibliothek gegangen und hatte sich einige Bücher ausgeliehen, die ihr helfen würden, mit ihrer Klasse Schritt zu halten, auch wenn sie allein arbeiten mußte.

»Was ist dein Lieblingsfach?« fragte sie, während sie Teller abtrocknete. Er hatte sich Blaubeerkuchen zum Nachtisch bestellt, das beste Dessert, das sie im Angebot hatten, seinen Lieblingsnachtisch.

»Englisch«, sagte er, als sie den Kuchen vor ihn hinstellte. Sie hatte Rückenschmerzen, aber es war so schön, dort zu stehen und sich mit ihm zu unterhalten, sie hatten sich immer noch viel zu erzählen. »Englische Literatur. Englisches Aufsatzschreiben. Manchmal denke ich, ich hätte vielleicht Lust, Autor zu werden. Meiner Mutter würde das gefallen, aber mein Vater würde es lieber sehen, wenn ich ins Geschäft einsteige.«

»Was für ein Geschäft?« fragte sie. Der Junge machte

sie immer neugieriger, er war intelligent, er sah gut aus, und trotzdem wirkte er sehr einsam, denn nie brachte er Freunde mit, und nie schien er nach Hause zu wollen. Sie wurde nicht schlau aus ihm, aber genau das weckte ihr Interesse, sie wollte herausfinden, warum er immer allein war und warum er so einsam wirkte.

»Er hat einen Obst- und Gemüsegroßhandel«, erklärte er. »Mein Großvater hat das Geschäft gegründet. Er hat noch als Bauer angefangen, und dann hat er diesen Handel mit Obst und Gemüse von überallher aufgemacht. Das finde ich zwar auch interessant, aber Schreiben gefällt mir besser, und ich könnte mir auch vorstellen, Lehrer zu werden wie meine Mutter.« Er zuckte die Achseln und sah auf einmal wieder ganz jung aus. Es gefiel ihm, sich mit ihr zu unterhalten und alle ihre Fragen zu beantworten, und er hätte ihr auch gerne ein paar Fragen gestellt, aber er beschloß, damit noch ein Weilchen zu warten. Bevor er an diesem Abend ging, wollte er von ihr wissen, wann sie wieder einen Tag frei hätte.

»Freitag.«

Er nickte und fragte sich, ob sie es ihm übelnehmen würde, wenn er ihr vorschlagen würde, zusammen einen Spaziergang zu machen oder zu der Kiesgrube vor der Stadt hinauszufahren und zu schwimmen. »Hättest du Lust, am Freitag nachmittag was zu unternehmen? Vormittags muß ich meinem Vater helfen, aber ich könnte dich gegen zwei abholen. Wir könnten in der Kiesgrube schwimmen oder zum See rausfahren, oder wir könnten auch angeln gehen, wenn du willst.« Bange wartete er auf ihre Antwort, in seinen Augen lag verzweifelte Hoffnung.

»Ja, gerne, was du am liebsten machst.« Dann senkte sie die Stimme, damit es die anderen nicht hören konnten, und gab ihm ihre Adresse. Sie zögerte keinen Augenblick, denn er sah aus wie jemand, dem man blind vertrauen konnte, und sie fühlte sich wohl mit ihm, und instinktiv wußte sie, daß Tommy Whittaker ihr Freund war und ihr nichts Böses tun würde.

»Hast du dich gerade mit ihm verabredet?« fragte Julie mit einem neugierigen Grinsen, als er gegangen war. Eines der anderen Mädchen glaubte, gehört zu haben, wie er Maribeth einlud, mit ihm angeln zu gehen, und alle kicherten und lachten und stellten ihre Vermutungen an. Der Junge war ihnen die ganze Zeit über ein Rätsel gewesen, seit er im letzten Winter zum ersten Mal aufgetaucht war, denn nie hatte er mit einer von ihnen gesprochen, er kam herein, bestellte, aß und ging wieder. Aber bei Maribeth schien er aufzutauen, denn sobald er sich mit ihr unterhielt, schien er kein Ende mehr zu finden.

»Natürlich nicht«, gab sie Julie zur Antwort. »Ich verabrede mich doch nicht mit Kunden«, fügte sie hinzu, aber Julie glaubte ihr kein Wort.

»Du darfst hier machen, was du willst, weißt du! Jimmy hat nichts dagegen. Der Junge ist doch süß, und er mag dich.«

»Er ist ein Freund, das ist alles. Er hat mir erzählt, daß seine Mutter es haßt zu kochen, und deshalb kommt er zum Abendessen gern hierher.«

»Ich wette, er hat dir inzwischen schon seine ganze Lebensgeschichte erzählt.«

»Ach, hör auf!« Maribeth grinste und ging in die Küche, um Hamburger für eine Gruppe von Studenten zu holen. Als sie mit dem schweren Tablett wieder hinaustrat, lächelte sie glücklich vor sich hin, sie freute sich jetzt schon auf Freitag.

Viertes Kapitel

Am Freitag ließ sein Vater ihn um elf Uhr von der Arbeit nach Hause gehen, und um halb zwölf holte er sie ab. Maribeth war schon bereit. Sie trug ein Paar alte Jeans, dazu ein Hemd, das früher ihrem Vater gehört hatte, und geschnürte Halbschuhe. Die Jeans hatte sie bis knapp unters Knie hochgekrempelt, und die roten Haare hatte sie zu Zöpfen geflochten, sie sah keinen Tag älter als vierzehn aus. Das weite Hemd sollte ihren dicken Bauch verdecken, denn den Reißverschluß der Jeans bekam sie schon seit Wochen nicht mehr zu.

»Hi! Ich konnte früher Schluß machen, als ich dachte. Ich hab meinem Dad erzählt, daß ich angeln gehen will. Er fand die Idee großartig und hat mich früher nach Hause geschickt.« Er half ihr in den Wagen. Bei einem kleinen Laden hielten sie kurz an, um sich für mittags ein paar Sandwiches zu kaufen, Tommy nahm Roastbeef, sie Thunfisch, die Sandwiches waren groß und sahen aus wie selbstgemacht. Dazu kauften sie noch ein Sixpack Cola und eine Schachtel Kekse.

»Noch was?« fragte Tommy. Er fand es aufregend, mit ihr zusammenzusein. Sie war so hübsch und lebhaft, und sie kam ihm so erwachsen vor, weil sie nicht mehr zu Hause wohnte und schon einen richtigen Job hatte.

Maribeth packte noch ein paar Äpfel und einen Hershey-Riegel dazu. An der Kasse bestand Tommy darauf, alles zu bezahlen. Sie wollte ihm die Hälfte des Geldes wiedergeben, aber er nahm es nicht an. Als sie zum Wagen hinausgingen, lief er mit der Einkaufstüte hinter ihr her und bewunderte bei jedem Schritt ihre tolle Figur.

»Wie kommt es, daß du so jung von zu Hause weggegangen bist?« fragte er, als sie auf dem Weg zum See waren, denn die Geschichte von der jungen Witwe war noch nicht bis zu ihm durchgedrungen. Er nahm an, daß ihre Eltern vielleicht gestorben waren oder sonst eine Tragödie passiert war. Junge Mädchen in ihrem Alter brachen normalerweise nicht einfach die Schule ab und zogen von zu Hause fort. Irgend etwas hatte sie an sich, das ihn vermuten ließ, daß mehr dahintersteckte.

»Ich... äh... ich weiß nicht.« Sie schaute lange aus dem Fenster, ehe sie weitersprach. »Das ist eine lange Geschichte.« Sie zuckte die Achseln und verfiel wieder in Schweigen. Sie hatte ein paarmal zu Hause angerufen, aber ihre Mutter weinte die ganze Zeit, und mit Noelle durfte sie nicht sprechen, und beim letzten Telefongespräch hatte ihre Mutter gesagt, es wäre vielleicht besser, wenn sie ihnen schrieb statt anzurufen. Sie freuten sich natürlich, zu hören, daß es ihr gutginge und alles in Ordnung sei, aber ihr Vater sei immer noch sehr böse auf sie und habe gesagt, er wolle nicht mit ihr sprechen, bis »die Sache erledigt« wäre. Ihre Mutter sprach immer von »der Sache«, wenn sie Maribeths Schwangerschaft meinte.

Maribeth seufzte, als ihr all das durch den Kopf ging, und sie sah Tommy an: sein Gesicht war hübsch und hatte klare, ebenmäßige Züge, er hatte etwas sehr Vertrauenerweckendes. »Wir hatten einen großen Streit, und mein Vater hat mich hinausgeworfen. Er wollte, daß ich in der Stadt bleibe, aber nach ein paar Wochen hab ich gemerkt, daß ich das nicht konnte. Da bin ich losgefahren und hierhergekommen und hab gleich Arbeit gefunden.« Das hörte sich alles so harmlos an, keine Spur von all den Qualen und den Schrecken, die damit verbunden gewesen waren.

»Aber du gehst wieder zurück?« Er sah sie verwirrt an, denn sie hatte ihm erzählt, daß sie nach Weihnachten wieder in die Schule zurückgehen würde.

»Ja, ich muß doch wieder zurück auf die Schule«, sagte sie in aller Selbstverständlichkeit. Die Straße machte eine leichte Kurve, und dann sah man schon den See.

»Warum gehst du nicht hier zur Schule?«

»Das geht leider nicht«, sagte sie, ohne sich weiter darüber auszulassen, denn sie wollte für ein Weilchen das Thema wechseln. Während sie ihn von der Seite ansah, versuchte sie sich vorzustellen, was für eine Familie das wohl sein mochte, in der er sich anscheinend nicht wohl fühlte.

»Hast du Geschwister?« fragte sie beiläufig, und dabei fiel ihr wieder einmal auf, wie wenig sie noch von ihm wußte. Sie waren angekommen, er stellte den Motor ab und sah sie lange schweigend an.

»Ich hatte eine Schwester«, sagte er ruhig. »Annie. Sie war fünf und ist kurz nach Weihnachten gestorben.« Dann stieg er aus, ohne ein weiteres Wort, und holte seine Angelrute aus dem Wagen. Maribeth beobachtete ihn und fragte sich, ob das der Grund für diese große Traurigkeit in seinen Augen war, die jedem, der ihn ansah, sofort auffiel, und ob er deswegen nicht mehr zu Hause bei seinen Eltern sein wollte.

Sie stieg ebenfalls aus und folgte ihm zum See hinunter, und am Ende des Sandstrands fanden sie ein ruhiges Fleckchen. Tommy zog seine Jeans aus, unter der eine Badehose zum Vorschein kam. Maribeth sah zu, wie er sich das Hemd aufknöpfte, und für den Bruchteil einer Sekunde mußte sie an Paul denken, aber es bestand wenig Ähnlichkeit zwischen den beiden, eigentlich gar keine. Paul war glatt und geschmeidig, der typische Campus-Löwe, außerdem war er jetzt verheiratet und gehörte zu einer anderen Frau. Tommy dagegen wirkte rundum gesund und unverdorben, er sah noch sehr unschuldig aus, und er war unglaublich nett. Sie bekam einen kleinen Schreck, als sie plötzlich merkte, wie gut er ihr gefiel.

Sie setzte sich neben ihn in den Sand, während er einen Köder am Angelhaken befestigte.

»Wie war sie?« fragte sie ihn mit sanfter Stimme, aber er blickte nicht von seiner Angel auf.

»Annie?« Er hob die Augen zur Sonne, schloß sie einen Moment lang und sah dann Maribeth an. Er wollte nicht darüber sprechen, und doch hatte er das Gefühl, mit ihr könnte er es, er wußte, daß sie im Begriff waren, Freunde zu werden, aber er wollte mehr von ihr. Sie hatte tolle Beine, wunderbare Augen, ein Lächeln, das ihn zum Schmelzen brachte, und eine phantastische Figur, aber er wollte ihr auch ein Freund sein, er wollte alles für sie tun, er wollte für sie dasein, wenn sie einen Freund brauchte. Irgendwie spürte er, daß sie im Moment einen brauchte, obwohl er nicht wußte, weshalb, denn sie hatte etwas sehr Verletzliches an sich.

»Sie war das süßeste Mädchen, das je gelebt hat, große, blaue Augen, hellblonde Haare. Sie sah aus wie der kleine Engel auf der Christbaumspitze... und manchmal war sie ein kleiner Teufel. Sie hat mich ständig geärgert und klebte mir dauernd an den Fersen. Wir haben einen großen Schneemann zusammen gebaut, kurz bevor sie starb...«

Seine Augen füllten sich mit Tränen, und er schüttelte den Kopf, denn bisher hatte er noch mit keiner Menschenseele über Annie gesprochen, und es tat weh. Maribeth konnte sehen, wie weh es ihm tat. »Sie fehlt mir sehr«, sagte er, und seine Stimme war kaum mehr als ein Krächzen. Maribeth ergriff sanft seinen Arm.

»Es ist in Ordnung zu weinen... Ich kann mir vorstellen, wie sehr du sie vermißt. Ist sie lange krank gewesen?«

»Zwei Tage. Wir dachten, sie hat nur Grippe oder eine Erkältung oder so was, aber es war Gehirnhautentzündung. Man konnte überhaupt nichts tun, sie ist einfach gestorben, und ich hab danach dauernd gedacht, warum hat es nicht mich getroffen? Ich meine, warum sie? Warum so ein winzig kleines Mädchen? Sie war erst fünf, sie hat nie irgend jemandem was getan, das einzige, was sie getan hat, war, uns Freude zu machen. Ich war zehn, als sie auf die Welt gekommen ist, und sie war so lustig und so weich und warm und knuddelig wie ein junger Hund.« Er lächelte, als er jetzt an sie dachte, und rückte auf dem warmen Sand näher zu Maribeth, die Angel legte er neben sich auf den Boden. Es war seltsam, aber es tat ihm gut, über Annie zu sprechen, es war, als ob er sie für Bruchteile von Sekunden zurückholen könnte.

»Für deine Eltern muß das ein schwerer Schlag gewesen sein«, sagte Maribeth mit einer Weisheit, als ob sie Jahre älter wäre, und fast so, als ob sie seine Eltern kannte.

»Ja. Irgendwie ist alles stehengeblieben, als sie starb. Meine Eltern haben aufgehört, miteinander zu sprechen, und mit mir sprechen sie auch nicht mehr, keiner sagt etwas, keiner lächelt, keiner geht auf den anderen zu – über Annie wird kein Wort geredet. Mom kocht so gut wie gar nicht mehr, Dad kommt nie vor zehn Uhr von der

Arbeit nach Hause, es ist, als ob keiner von uns es mehr daheim aushält, ohne sie. Mom wird ab Herbst wieder den ganzen Tag arbeiten, und irgendwie ist es so, als hätte jeder aufgegeben, seit Annie nicht mehr da ist, denn nicht nur Annie ist gestorben, wir sind auch gestorben. Ich hab auch keine Lust mehr, daheim zu sein, es ist alles so düster und bedrückend, und ich hasse es, an ihrem Zimmer vorbeizugehen. Es ist alles so leer geworden.« Maribeth hörte ihm einfach zu. Sie hatte ihre Hand in die seine geschoben, und sie schauten zusammen auf den See hinaus.

»Hast du manchmal das Gefühl, daß sie wieder bei dir ist, zum Beispiel, wenn du an sie denkst?« fragte sie. Sie konnte seinen Schmerz spüren, und es kam ihr fast so vor, als ob sie sie gekannt hätte, sie sah das hübsche kleine Mädchen vor sich, das er so liebgehabt hatte, und sie konnte nachempfinden, wie schrecklich es für ihn gewesen sein mußte, sie zu verlieren.

»Manchmal spreche ich mit ihr, spät nachts. Vielleicht ist es idiotisch, so was zu tun, aber manchmal habe ich das Gefühl, daß sie mich hören kann.« Maribeth nickte. Als ihre Großmutter gestorben war, hatte sie auch mit ihr gesprochen, und es hatte ihr sehr geholfen.

»Ich bin sicher, daß sie dich hören kann, Tommy. Ich wette, sie schaut dir die ganze Zeit zu. Vielleicht ist sie jetzt glücklich... vielleicht ist es manchen Menschen nicht bestimmt, lange hier bei uns auf der Erde zu sein. Vielleicht sind manche nur auf der Durchreise... oder sie leben ihr Leben einfach schneller als wir anderen, sie brauchen gar nicht hundert Jahre hier unten zu bleiben, um alles zu erledigen, sie schaffen es im Handumdrehen. Ich glaube...« Sie suchte nach den richtigen Worten, um es ihm zu erklären, denn sie hatte eine Menge über diese Dinge nachgedacht, vor allem in letzter Zeit. »Ich glaube, manche Menschen kommen in unserem Leben nur kurz vorbei, um uns etwas zu bringen, ein Geschenk, eine Hilfe oder eine Lektion, die wir gerade brauchen, irgend etwas, und das ist der Grund, warum sie zu uns kommen, nur auf einen Sprung sozusagen. Sie hat dir etwas beigebracht, das wette ich... über die Liebe, über das Geben, darüber, wie wichtig jemand sein kann... das war ihr Geschenk für dich. Sie hat dir das alles beigebracht, und dann ist sie wieder gegangen. Vielleicht mußte sie nicht länger bleiben, denn sie hat ihr Geschenk abgegeben, und dann war sie frei weiterzureisen... weil sie eine ganz besondere Seele war... aber das Geschenk bleibt dir für immer.«

Er nickte und versuchte, all das aufzunehmen, was sie sagte. Es stimmte ja alles, mehr oder weniger, aber trotzdem tat es immer noch so verdammt weh, aber es tat gut, mit ihr zu sprechen. Er hatte das Gefühl, daß sie jemand war, der wirklich verstand, was er durchgemacht hatte.

»Ich wünschte, sie hätte länger bleiben können«, sagte er mit einem Seufzer. »Ich wünschte, du hättest sie kennengelernt.« Und nun lächelte er wieder. »Was sie über uns alles zu sagen gehabt hätte! Alles mögliche hätte sie mir erklärt, ob ich dich mag oder nicht mag, wie hübsch du bist im Vergleich zu der oder jener, und ob du mich magst oder nicht magst. Sie hat immer ungefragt zu allem ihre Kommentare abgegeben, völlig verrückt hat sie mich damit gemacht.«

Maribeth lachte bei der Vorstellung, sie wünschte auch, sie hätte sie kennengelernt, aber dann hätte sie ihn vielleicht nicht kennengelernt, denn dann wäre er nicht drei- bis viermal die Woche ins Restaurant gegangen, sondern zu Hause bei seiner Familie geblieben, um mit ihnen zu essen.

»Was, glaubst du, hätte sie über uns gesagt?« scherzte Maribeth, weil die Vorstellung ihr gefiel, weil er ihr gefiel und weil sie sich wohl dabei fühlte, neben ihm im warmen Sand zu sitzen.

»Sie hätte gesagt, daß ich dich mag.« Er grinste wie ein Clown, und zum ersten Mal fielen ihr die winzigen Sommersprossen auf seiner Nase auf, die in der gleißenden Sonne fast goldfarben aussahen. »Und damit hätte sie sogar recht gehabt, aber normalerweise lag sie falsch.« Bei Maribeth hätte Annie sofort gespürt, wie gern er sie hatte, denn Maribeth war viel reifer als die Mädchen, die er aus der Schule kannte, und sie war das schönste Mädchen, das er je gesehen hatte. »Ich glaube, sie hätte dich sehr gern gehabt.« Er lächelte glücklich, streckte sich im Sand aus und sah mit unverhohlener Bewunderung Maribeth an. »Und du? Hast du einen Freund, dort, wo du herkommst?«

Er fragte sie lieber gleich jetzt, damit er wußte, woran er war. Sie zögerte einen Augenblick und überlegte, ob sie ihm die Geschichte von der jungen Kriegerwitwe auftischen sollte, aber das konnte sie einfach nicht tun. Sie würde ihm die Wahrheit später erzählen, wenn es dann noch nötig war.

»Nein, nicht richtig.«

»Aber ein bißchen?«

Diesmal schüttelte sie heftig den Kopf. »Ich bin mit einem Jungen ausgegangen, von dem ich dachte, daß ich ihn mag, aber ich hab mich getäuscht, und jetzt ist er sowieso verheiratet.«

Er sah sie neugierig an – ein älterer Mann? »Macht es dir etwas aus? Daß er geheiratet hat, meine ich?«

»Nicht besonders viel.«

Es machte ihr nur etwas aus, daß er sie mit einem Baby sitzengelassen hatte, einem Baby, das sie nicht behalten konnte und das sie nicht wirklich wollte. Das allerdings machte ihr eine Menge aus, aber davon erzählte sie Tommy nichts.

»Wie alt bist du eigentlich?«

»Sechzehn«, und dann stellte sich heraus, daß ihre Geburtstage nur ein paar Wochen auseinanderlagen. Sie waren fast gleich alt, und doch war ihr Leben grundverschieden.

Nach einer Weile nahm er die Angel und watete ein paar Schritte in den See hinein. Maribeth folgte ihm, und sie standen nebeneinander im Wasser und warteten, daß ein Fisch anbiß. Aber bald hatten sie genug und brachten die Angel zurück ans Ufer, und Tommy ging wieder ins Wasser, um zu schwimmen. Aber Maribeth kam nicht mit, sie wollte lieber im Sand sitzen bleiben, und als er wieder herauskam, fragte er sie, warum sie nicht schwimmen wolle. Die Sonne brannte heiß, und das kühle Wasser war eine angenehme Erfrischung. Sie wäre liebend gern mit ihm geschwommen, aber sie wollte nicht, daß er ihren dicken Bauch sah, deshalb behielt sie auch die ganze Zeit das Hemd ihres Vaters an, nur die Jeans hatte sie ausgezogen, bevor sie vorhin bis zu den Knien ins Wasser gegangen war.

»Kannst du schwimmen?« fragte er. Sie lachte und kam sich furchtbar dumm vor.

»Ja, ich hab nur heute keine Lust dazu. In Seen ist mir immer ein bißchen mulmig zumute, denn da weiß man nie, was sonst noch alles im Wasser herumschwimmt.«

»Du bist doof. Warum gehst du nicht einfach rein? Hier

sind nicht mal Fische drin, du hast ja gesehen, daß ich keinen erwischt hab.«

»Vielleicht nächstes Mal«, sagte sie und zeichnete mit den Fingern Figuren in den Sand. Zum Mittagessen setzten sie sich in den Schatten eines riesigen Baumes, erzählten sich von ihren Familien und von der Kindheit. Maribeth erzählte von Ryan und Noelle und von der Einstellung ihres Vaters, daß Söhne alles bekommen sollten und Mädchen nichts anderes zu tun hätten, als zu heiraten und Kinder zu gebären. Sie sprach von ihrem Traum, eines Tages einen Beruf zu haben, Lehrerin oder Anwältin zu sein oder auch Schriftstellerin, und sie sagte ihm, wie schrecklich sie die Vorstellung fände, sofort nach der High-School zu heiraten und Kinder zu bekommen.

»Du redest fast wie meine Mom«, lächelte er. »Sie hat meinen Vater sechs Jahre warten lassen, nachdem sie aus der High-School kam. Erst ist sie aufs College gegangen und hat studiert, dann hat sie zwei Jahre als Lehrerin gearbeitet, und dann haben sie erst geheiratet. Bis sie mich endlich bekam, hat es noch mal sieben Jahre gedauert, und Annie kam erst, als ich zehn war, aber ich glaube, das hatte damit zu tun, daß sie Probleme mit dem Kinderkriegen hatten. Jedenfalls findet meine Mom eine Ausbildung ungeheuer wichtig. Sie sagt immer, das Wertvollste, was du im Leben haben kannst, sind Talente und eine gute Ausbildung.«

»Ich wünschte, meine Mom würde genauso denken, aber sie tut alles, was mein Dad sagt. Meine Eltern sind dagegen, daß ich studiere. Ryan hätten sie studieren lassen, aber er wollte bei meinem Vater in der Werkstatt arbeiten. Er wäre auch nach Korea gezogen, wenn sie ihn genommen hätten, aber er war untauglich. Dad sagt, als

Mechaniker ist er Spitze. Weißt du«, sie war dabei, ihm von Dingen zu erzählen, über die sie noch nie mit jemandem gesprochen hatte, »ich hatte immer das Gefühl, ich bin anders als sie. Ich wollte schon immer das, was keinen anderen in meiner Familie interessierte. Ich gehe gern in die Schule, und ich will eine Menge lernen, ich will richtig gescheit werden, und ich hab einfach keine Lust, mir irgendeinen Kerl zu schnappen und einen Haufen Kinder mit ihm zu bekommen. Ich will aus mir was machen, und alle, die ich kenne, halten mich deswegen für verrückt.« Tommy tat das nicht, das spürte sie, denn er kam aus einer Familie, die genauso dachte wie sie. »Ich glaube, meine Schwester wird am Ende genau das tun, was sie sich wünschen. Sie schimpft zwar ständig, aber im Grunde ist sie ein braves Töchterchen. Sie ist erst dreizehn, aber schon völlig verrückt nach Jungs.« Andererseits hatte nicht Noelle, sondern sie sich von Paul Browne auf dem Vordersitz seines Autos ein Kind machen lassen. Sie sollte also besser den Mund halten, anstatt über sie herzuziehen.

»Du mußt unbedingt mal meine Mutter kennenlernen, Maribeth. Ich glaube, sie würde dir gefallen.«

»Ich wette, das würde sie.« Sie sah ihn neugierig an. »Aber ob ich ihr gefallen würde? Mütter sind normalerweise ziemlich skeptisch bei den Mädchen, die ihre Söhne mögen«, und vor allem bei ihr in ein paar Monaten. Nein, es war absolut unmöglich, daß sie Mrs. Whittaker kennenlernte. In einem Monat würde sie es nicht mehr verbergen können, und dann würde sie sich nicht mal mehr mit Tommy treffen wollen. Sie hatte sich noch nicht überlegt, was sie ihm sagen würde, aber spätestens dann mußte sie ihm irgend etwas sagen, auch wenn er bloß ins Restaurant kam, um sie zu treffen. Sie würde ihm die Geschichte mit dem jungen Ehemann erzählen müssen, der in Korea gefallen war, nur daß sich das jetzt ziemlich dumm anhörte. Sie hätte ihm liebend gern die Wahrheit gesagt, aber sie wußte, daß das nicht möglich war, denn vermutlich wäre er schockiert von ihrem Leichtsinn und ihrer Verantwortungslosigkeit. Sie war sich sicher, daß er sie nie mehr würde wiedersehen wollen. Sie mußte einfach in ein paar Wochen aufhören, ihn zu treffen und ihm sagen, daß sie jetzt einen anderen habe, und dann würde er sowieso wieder zur Schule gehen und viel zu beschäftigt sein, und wahrscheinlich würde er sich in ein Mädchen aus der ersten Klasse verlieben, eine Cheerleaderin vielleicht, ein Mädchen, das zu ihm paßte und das seine Eltern kannten...

»Hey... woran hast du gerade gedacht?« unterbrach er ihre Grübelei. »Du siehst traurig aus, Maribeth. Stimmt was nicht?« Er wußte, daß ihr irgend etwas durch den Kopf ging, konnte allerdings nicht erraten, was, denn dafür kannte er sie noch nicht lange genug, aber er wollte ihr gern helfen.

Sie hatte es mit dem Gespräch über Annie geschafft, daß ihm seit Monaten zum ersten Mal leichter ums Herz war, und deshalb hätte er auch gern etwas für sie getan.

»Es ist nichts... Ich hab nur geträumt, glaube ich... Nichts Besonderes...« Nur ein Baby, das in mir wächst, was ist das schon, nicht der Rede wert.

»Hast du Lust, einen Spaziergang zu machen?« Sie gingen um den halben See herum, mal mußten sie über Steine balancieren, mal durchs Wasser waten, mal über Sandstrand laufen. Es war ein schöner kleiner See, und auf dem Rückweg, als sie ein längeres Stück Strand vor sich hatten, forderte er sie zu einem Wettlauf heraus. Sie konnte nicht mit ihm mithalten, trotz ihrer schönen langen Beine, und am Ende des Strandes waren sie beide völlig atemlos und ließen sich in den Sand fallen. Sie lagen nebeneinander auf dem Rücken, und jeder lächelte für sich in den Himmel hinauf.

»Du bist ziemlich gut«, gab er zu, und sie lachte. Manchmal war es mit ihm wie mit einem Bruder.

»Ich hätte dich fast eingeholt, wenn ich nicht über diesen Stein gestolpert wäre.«

»Nie und nimmer... Du warst meilenweit hinter mir...«

»Ja, und du hast einen Vorsprung von drei Metern gehabt, weil du vor mir gestartet bist... das war praktisch Betrug...« Sie lachte, zwischen ihren Gesichtern waren nur wenige Zentimeter. Er sah sie an und bewunderte einfach alles an ihr.

»Stimmt gar nicht«, verteidigte er sich. Er hatte wahnsinnige Lust, sie zu küssen.

»Und ob das stimmt... Das nächste Mal schlag ich dich.«

»O ja... klar... Ich wette, du kannst nicht mal schwimmen...« Er liebte es, sie aufzuziehen, er liebte es, neben ihr zu liegen, mit ihr zusammenzusein, und er dachte oft darüber nach, wie es wohl wäre, mit einer Frau zu schlafen. Er hätte es gern ausprobiert... mit ihr hätte er es gern erfahren... aber sie wirkte so reif und so unschuldig zugleich, daß er es einfach nicht wagte, sie zu berühren. Statt dessen rollte er sich herum, bis er auf dem Bauch lag, damit sie nicht merkte, wie sehr auch sein Körper sie begehrte. Sie lag neben ihm auf dem Rücken, und plötzlich verzog sie das Gesicht, denn sie hatte eben ein Zwicken gespürt, ein ganz sonderbares Gefühl, als ob in ihrem

Bauch lauter Schmetterlinge umherflatterten. Es war ein völlig unbekanntes Gefühl, aber einen Augenblick später wußte sie, was es war... das erste Lebenszeichen... es war ihr Baby...

»Alles in Ordnung?« Er sah sie besorgt an. Sie hatte einen Moment lang einen sehr merkwürdigen Ausdruck im Gesicht gehabt, fast gequält, als ob etwas sie furchtbar erschreckt hätte.

»Ja«, sagte sie mit sanfter Stimme, »alles okay.« Aber sie war wie betäubt von dem, was sie gerade gespürt hatte, und es brachte leider alle Sorgen wieder zurück und rief ihr schmerzhaft in Erinnerung, wie real das Baby war, wie lebendig, und wie rasend schnell die Zeit verging, ob ihr das paßte oder nicht. Sie hatte daran gedacht, sich von einem Arzt untersuchen zu lassen, um sicherzugehen, daß alles in Ordnung war, aber hier kannte sie keinen, und sie konnte es sich eigentlich auch nicht leisten.

»Manchmal siehst du aus, als ob du ganz weit weg wärst«, sagte er, und es hätte ihn brennend interessiert, woran sie dachte, wenn sie so aussah, denn er wollte am liebsten alles über sie wissen.

»Manchmal denk ich einfach über was nach... über meine Eltern... oder über meine Schwester...«

»Hältst du mit ihnen Kontakt?« Er war fasziniert von ihr, alles an ihr war neu und aufregend für ihn.

»Ich schreibe ihnen, das ist besser, als zu telefonieren. Mein Vater bekommt immer noch Wutanfälle, wenn ich anrufe.«

»Du scheinst ihn wirklich schwer verärgert zu haben.«

»Es ist eine lange Geschichte, und irgendwann werd ich sie dir erzählen – vielleicht nächstes Mal.« Falls es ein nächstes Mal gab.

»Wann hast du wieder einen freien Tag?« Er wollte sie so bald wie möglich wiedersehen und etwas mit ihr unternehmen, denn es war wunderbar, mit ihr zusammenzusein: Der Geruch ihrer Haare, ihre Augen, die Weichheit ihrer Haut, wenn sie sich an den Händen faßten oder sich zufällig berührten, die Dinge, die sie ihm sagte, die Gedanken, die sie miteinander austauschten – er liebte alles an ihr.

»Am Sonntag hab ich ein paar Stunden früher Schluß, und dann erst wieder am Mittwoch.«

»Hast du Lust, am Sonntag abend ins Kino zu gehen?« fragte er hoffnungsvoll, und sie lächelte. Bisher hatte niemand Lust gehabt, mit ihr auszugehen. Sie war im Grunde nie richtig mit jemandem ausgegangen... nicht einmal mit Paul... das war alles Neuland für sie... und ob sie Lust hatte!

»Und ob ich Lust habe!«

»Dann hol ich dich im Restaurant ab, wenn dir das recht ist, und wenn du magst, können wir am Mittwoch wieder hier rausfahren oder auch was anderes unternehmen, wenn dir das lieber ist.«

»Hier ist es wunderbar«, sagte sie, blickte um sich und sah ihn an, ja, das war es wirklich.

Sie blieben noch bis nach sechs, und dann fuhren sie langsam in die Stadt zurück. Die Sonne stand schon ziemlich tief, und er hätte sie gern noch zum Essen ausgeführt, aber er hatte seiner Mutter versprochen, zu Hause ein neues Regal anzubringen, und sie hatte darauf bestanden, wieder einmal zu kochen, was in letzter Zeit nicht sehr häufig vorkam. Deshalb hatte er versprochen, gegen sieben Uhr zu Hause zu sein.

Um zwanzig vor sieben standen sie vor dem kleinen Haus, in dem Maribeth wohnte, und sie stieg widerstrebend aus dem Wagen, sie wollte sich nicht von ihm trennen.

»Danke für den schönen Nachmittag.« Es war der glücklichste Nachmittag seit Jahren, und er war der beste Freund, den sie je gehabt hatte. Es schien Vorsehung zu sein, daß er ausgerechnet jetzt in ihr Leben getreten war. »Es hat mir wirklich Spaß gemacht.«

»Mir auch«, sagte er lächelnd. Er stand neben ihr und sah ihr in die leuchtenden, grünen Augen. Sie strahlte eine Klarheit aus, die ihn faszinierte, und er war unsterblich verliebt und brannte darauf, sie zu küssen. »Ich komme morgen abend zum Essen ins Restaurant. Wann machst du Feierabend?«

»Erst um Mitternacht«, sagte sie bedauernd.

»Ich fahre dich morgen nach der Arbeit nach Hause.« Seine Eltern hatten nichts dagegen, wenn er ausging, er konnte ihnen erzählen, daß er sich einen Spätfilm ansehen wollte.

»Das wäre schön«, sagte sie und lächelte ihn an, und als er wegfuhr, stand sie auf den Stufen vor dem Hauseingang und winkte ihm nach. Als er um fünf vor sieben nach Hause kam, war er der glücklichste Junge der Welt, und er lächelte immer noch, als er durch die Tür trat.

»Was ist mit dir los? Hast du heute einen Wal aus dem See gezogen?« Seine Mutter grinste ihn gutgelaunt an, während sie den letzten Teller auf den Tisch stellte. Sie hatte einen Rinderbraten gemacht, das Leibgericht seines Vaters. Tommy hatte das merkwürdige Gefühl, daß sie sich Mühe gab, besonders nett zu ihm zu sein.

»Nein ... kein Fisch ... nur ein bißchen Sonne und Sand und Schwimmen.« Das ganze Haus roch nach Leckereien. Als Beilagen hatte sie Kartoffelpüree und süßen Mais gekocht, und sogar Hefebrötchen hatte sie gebacken, lauter Lieblingsspeisen, sogar die von Annie war dabei. Der stechende Schmerz, den er jedesmal spürte, wenn er an sie dachte, schien heute abend ein wenig milder zu sein, es hatte geholfen, mit Maribeth über sie zu sprechen. Er hätte es so gerne seiner Mutter erzählt, aber er wußte, das war nicht möglich. »Wo ist Dad?«

»Er wollte eigentlich um sechs zu Hause sein. Wahrscheinlich ist er aufgehalten worden, aber er muß jeden Moment kommen. Ich hab ihm gesagt, daß wir um sieben essen.« Aber eine Stunde später war er immer noch nicht da, und der Braten war längst gar. Sie hatte vor Ärger ganz schmale Lippen.

Um Viertel nach acht fingen sie und Tommy zu essen an, und um neun kam endlich sein Vater. Er hatte offenbar ein Glas zuviel getrunken, war aber in bester Laune.

»Gut, ausgezeichnet, meine entzückende kleine Frau hat zur Abwechslung ein Abendessen gemacht!« sagte er vergnügt und versuchte, ihr einen Kuß zu geben, aber er verfehlte ihre Wange um ein paar Zentimeter. »Was wird gefeiert?«

»Du hast gesagt, du bist um sechs zu Hause«, sagte sie wütend, »und ich hab dir gesagt, um sieben steht das Essen auf dem Tisch. Ich dachte nur, es wäre Zeit, daß diese Familie wieder anfängt, gemeinsam zu Abend zu essen.« Tommy bekam einen Schreck, als er das hörte, aber es sah nicht danach aus, als ob sich das so schnell wiederholen würde, also brauchte er sich keine Sorgen zu machen.

»Das muß ich wohl vergessen haben. Es ist so lange her, daß du gekocht hast, da ist es mir einfach entfallen.« Seinem Blick nach zu urteilen, hielt sein Bedauern sich in

Grenzen, aber immerhin strengte er sich an, einen nüchternen Eindruck zu machen, als er sich an den Tisch setzte. Es kam nicht oft vor, daß er betrunken nach Hause kam, aber sein Leben war in den letzten sieben Monaten recht freudlos geworden, und da schien Zerstreuung in Form von ein oder zwei Whiskeys nicht falsch zu sein, vor allem, wenn ihn seine Angestellten dazu einluden.

Liz belud seinen Teller, ohne ein weiteres Wort zu ihm zu sagen, und als sie ihm den Teller reichte, sah er ihn überrascht an.

»Das Fleisch ist aber gut durchgebraten, Liebling. Du weißt doch, daß ich es lieber mag, wenn es innen noch rosa ist.« Sie riß ihm den Teller weg, kippte das Essen in den Mülleimer und knallte den leeren Teller mit einem beleidigten Gesicht in den Ausguß.

»Dann versuch das nächste Mal vor neun Uhr zu Hause zu sein. Vor zwei Stunden war es innen noch rosa, John«, fauchte sie ihn an. Er ließ sich gegen die Stuhllehne fallen und sackte in sich zusammen.

»Tut mir leid, Liz.«

Sie drehte sich vor dem Spülbecken zu ihm um und sah ihn an. Daß Tommy auch noch da war, schien sie nicht mehr zu bemerken, sie schienen ihn überhaupt nur noch zu übersehen. Es war, als ob er seit Annies Tod für sie auch nicht mehr existierte. Seine Bedürfnisse schienen niemanden mehr zu interessieren, denn die beiden waren viel zu sehr mit ihrem eigenen Kummer beschäftigt, um ihm zu helfen.

»Ich schätze, es spielt keine Rolle mehr, was, John? Es ist alles egal, die vielen kleinen Nettigkeiten, die uns früher so wichtig vorgekommen sind, alles egal. Wir haben alle aufgegeben.«

«Das müssen wir nicht«, sagte Tommy mit sanfter Stimme. Maribeth hatte ihm heute nachmittag seine Zuversicht wiedergegeben, und wenn er ihnen auch sonst nichts erzählen wollte, an dieser Zuversicht wollte er sie gern teilhaben lassen. »Wir sind doch noch da. Annie wäre todtraurig, wenn sie sehen könnte, was aus uns geworden ist. Warum versuchen wir nicht, wieder ein bißchen mehr Zeit zusammen zu verbringen? Es muß ja nicht jeden Abend sein, aber hin und wieder.«

»Erzähl das mal deinem Vater«, sagte Liz kalt und wandte sich ihrem Abwasch zu.

»Es ist schon spät, mein Junge.« Sein Vater klopfte ihm auf die Schulter und verschwand in Richtung Schlafzimmer.

Liz spülte schweigend das Geschirr und baute anschließend mit Tommy zusammen das neue Regal auf. Sie brauchte es für all die Schulbücher, die sie im Herbst unterbringen mußte. Sie sprach kaum ein Wort mit ihrem Sohn, nur das Nötigste, um ihre Handgriffe aufeinander abzustimmen, und als sie fertig waren, dankte sie ihm und ging in ihr Schlafzimmer. Es war, als ob sie in den letzten sieben Monaten eine andere geworden wäre, die Weichheit und Wärme, die sie immer ausgestrahlt hatte, waren aus ihr gewichen, sie war wie versteinert, und in ihren Blicken lag nur noch Hoffnungslosigkeit und Schmerz und Gram. Es war offensichtlich, daß keiner von ihnen je über Annies Tod hinwegkommen würde.

John war in seinen Kleidern auf dem Bett eingeschlafen, als Liz an die Tür trat. Sie blieb stehen und sah ihn einen Augenblick lang an, dann drehte sie sich um und schloß die Tür. Vielleicht spielte es keine Rolle mehr, was zwischen ihnen passierte, denn sie war vor ein paar Monaten beim Arzt gewesen, und er hatte ihr gesagt, daß die Zeit ihrer Gebärfähigkeit vorbei sei, also gab es auch keinen Grund mehr, es zu versuchen. Annies Geburt hatte ihre Organe zu sehr mitgenommen, und außerdem war sie jetzt siebenundvierzig Jahre alt, und sie hatte schon als junge Frau Probleme gehabt, schwanger zu werden. Aber diesmal hatte der Arzt ihr unmißverständlich klargemacht, daß sie sich keine Hoffnungen mehr zu machen brauchte.

Sie hatte keine Beziehung mehr zu ihrem Mann, er hatte sie nie wieder berührt seit der Nacht, bevor Annie starb, seit der Nacht, in der sie sich gegenseitig eingeredet hatten, es wäre nur eine Erkältung, und allein der Gedanke, wieder mit ihm zu schlafen, war ihr widerwärtig. Sie wollte mit niemandem schlafen, sie wollte sich um niemanden sorgen, niemanden so sehr lieben und wegen niemandem so sehr leiden, wenn man die Geliebten irgendwann doch verlor. Nicht einmal John oder Tommy wollte sie mehr lieben, sie hatte sich von allen abgelöst, sie war vollkommen kalt geworden, aber die Kälte war nur eine Maske, denn darunter befand sich das Eis der Verzweiflung. Johns Schmerz lag viel mehr an der Oberfläche, ihm sah man an, wie er litt. Er vermißte sie verzweifelt, nicht nur sein geliebtes Töchterchen, auch seine Frau, seinen Sohn, und er wußte nicht, wohin mit dieser Verzweiflung, denn es gab niemanden, mit dem er sprechen konnte, niemanden, der ihn tröstete. Er hätte sie mit einer anderen betrügen können, aber er wollte nicht Sex mit irgend jemandem, er wollte das wiederhaben, was er verloren hatte, er wollte das Unmögliche – das Leben, wie es vorher gewesen war.

Als sie im Zimmer umherging und ihre Sachen aufräumte, bewegte er sich im Schlaf. Sie ging ins Badezimmer, zog ihr Nachthemd an, kam wieder zurück und weckte ihn, bevor sie die Lichter löschte.

»Zieh deinen Schlafanzug an«, sagte sie. Sie sprach zu ihm wie zu einem Kind, oder zu einem Fremden, sie hörte sich an wie eine Krankenschwester, die ihn pflegte, nicht wie eine Frau, die ihn einmal geliebt hatte.

Er setzte sich auf die Bettkante und wartete einen Moment, um wieder zu sich zu kommen, dann hob er den Kopf und sah sie an. »Es tut mir leid wegen heute abend, Liz. Ich hab's einfach vergessen. Vielleicht hatte ich Angst davor, heimzukommen und wieder neu anzufangen, ich weiß es nicht, aber ich wollte nichts kaputtmachen.« Allerdings hatte das Leben bereits alles für sie kaputtgemacht. Annie war fort, und sie würde niemals wiederkommen, sie würden ihre kleine Tochter nie wiedersehen.

»Ist nicht schlimm«, sagte sie, aber das war gelogen, sie wußte es, und er spürte es. »Ich werde mal wieder kochen.« Es klang nicht sehr glaubhaft.

»Machst du das? Ich würde mich freuen, ehrlich, denn mir fehlen deine schönen Essen.« Alle drei hatten sie abgenommen in diesem Jahr, es waren harte sieben Monate gewesen, und man sah es jedem von ihnen an. John war gealtert, Liz sah abgehärmt und unglücklich aus, vor allem, seit sie wußte, daß sie kein Kind mehr bekommen konnte.

Dann ging er ins Badezimmer, und als er wiederkam, hatte er seinen Pyjama an, roch gut und sah frisch aus, aber als er sich neben sie ins Bett legte, kehrte sie ihm den Rücken zu, und alles an ihr war steif und unglücklich.

»Liz?« fragte er in die Dunkelheit. »Glaubst du, du kannst mir jemals verzeihen?«

»Es gibt nichts zu verzeihen. Du hast doch nichts getan.« Ihre Stimme war so tot, wie er sich fühlte.

»Vielleicht, wenn wir an dem Abend den Arzt geholt hätten... wenn ich dir nicht eingeredet hätte, daß es nur eine Erkältung ist...«

»Dr. Stone sagt, das hätte nichts geändert.« Aber es hörte sich nicht so an, als ob sie es glaubte.

»Es tut mir leid«, sagte er, und Tränen erstickten seine Stimme. Er legte ihr eine Hand auf die Schulter, aber sie regte sich nicht, im Gegenteil, sie fühlte sich noch steifer und noch viel entfernter an. »Es tut mir leid, Liz...«

»Mir auch«, sagte sie mit sanfter Stimme, aber sie drehte sich nicht zu ihm um, nie drehte sie sich um, nie sah sie ihn an, nie sah sie ihn weinen, und er sah nie ihre Tränen, wie sie ins Kopfkissen sickerten. Sie waren wie zwei Menschen, die stumm in zwei verschiedenen Ozeanen ertranken.

Und als Tommy an diesem Abend in seinem Bett lag und über sie nachdachte, sagte er sich, daß es hoffnungslos war, denn sie würden nicht mehr zusammenkommen. Es ließ sich nicht leugnen, daß zuviel passiert war, der Schmerz war zu groß, der Kummer war zu schwer, um ihn zu ertragen oder darüber hinwegzukommen. Er hatte nicht nur seine Schwester verloren, sondern auch sein Heim, seine Eltern, und das einzige, was ihn tröstete, war die Aussicht, Maribeth wiederzusehen... er dachte an ihre langen Beine, an ihre roten Haare, an das lustige alte Hemd, das sie angehabt hatte, und an ihren Wettlauf im Sand... er dachte an tausend Dinge, und dann sank er in den Schlaf und träumte von Maribeth, wie sie langsam am Seeufer entlangging, und an ihrer Hand ging Annie.

Fünftes Kapitel

Am Sonntag holte Tommy Maribeth von der Arbeit ab, und sie sahen sich zusammen *Verdammt in alle Ewigkeit* mit Burt Lancaster und Deborah Kerr an. Sie rückten eng zusammen in den Kinosesseln, er legte einen Arm um sie, und sie knabberten Popcorn und Süßigkeiten. Bei jeder traurigen Szene stiegen Maribeth die Tränen in die Augen, aber am Ende des Films waren sie sich einig, daß es ein wunderbarer Film war. Sie hatten ihn beide genossen.

Anschließend fuhr er sie nach Hause, und auf dem Weg überlegten sie, wie sie den Mittwochnachmittag verbringen wollten. Maribeth fragte ihn beiläufig, wie das Abendessen mit seinen Eltern gewesen sei. Zwar hatten sie sich in der Zwischenzeit gesehen, aber sie hatte noch nicht daran gedacht, ihn zu fragen.

»Es geht so«, sagte er nachdenklich. »Eher ein Reinfall, denn mein Vater hatte es vergessen und kam zu spät nach Hause. Ich schätze, er ist mit ein paar Leuten von der Arbeit einen trinken gegangen, und als er heimkam, war er betrunken, der Braten war verbrannt, und meine Mutter war sauer: ein rundum gelungener Abend.« Er grinste, es war so trostlos, daß man nur noch darüber lachen konnte. »Dauernd streiten sie sich, ständig sind sie wütend aufeinander. Dabei glaube ich, im Grunde sind sie nur wütend über die Situation, die sie nicht ändern können, aber sie schaffen es nicht, sich gegenseitig zu helfen.«

Maribeth nickte und sah ihn voller Mitgefühl an. Sie

hatten sich noch einen Moment auf die Stufen vor ihrer Haustür gesetzt. Die alte Dame, die Maribeth das Zimmer vermietete, konnte sie gut leiden und freute sich, wenn sie sah, daß das Mädchen es sich gutgehen ließ. Sie behauptete ständig, Maribeth sei zu mager, aber lange würde sie das nicht mehr sagen, denn eigentlich war sie schon jetzt ziemlich rundlich, sie hatte beträchtlich zugenommen, aber es ließ sich noch immer verbergen. Nur die Schürze, die sie bei der Arbeit trug, fing langsam an, über dem Bauch zu spannen.

»Was machen wir am Mittwoch?« fragte Tommy. »Wieder an den See fahren?«

»Klar, aber diesmal kümmere ich mich um das Picknick. Ich kann hier zu Hause was vorbereiten.«

»Gut.«

»Was möchtest du denn gern?«

»Ich mag alles, was du machst.« Er war mit allem einverstanden, solange er nur mit ihr zusammensein durfte. Er spürte die Nähe ihres Körpers, während sie nebeneinander auf den Stufen saßen, es machte ihn ganz kribblig, aber irgendwie schaffte er es immer noch nicht, sich zu ihr hinüberzubeugen und sie zu küssen. Alles an ihr war so anziehend, und es verursachte ihm fast körperlichen Schmerz, ihr so nah zu sein, aber sie tatsächlich in die Arme zu nehmen und zu küssen, das brachte er nicht fertig. Sie konnte seine Anspannung fühlen, als er so neben ihr saß, aber sie deutete sie falsch, denn sie glaubte, es hinge mit seinen Eltern zusammen.

»Vielleicht ist es nur eine Frage der Zeit«, beruhigte sie ihn. »Es ist erst sieben Monate her. Gib ihnen eine Chance. Vielleicht wird es besser, wenn deine Mutter wieder zu arbeiten anfängt.«

»Oder es wird schlimmer«, sagte er und machte ein betrübtes Gesicht. »Dann ist sie so gut wie überhaupt nicht mehr zu Hause. Als Annie noch lebte, hat sie nur aushilfsweise gearbeitet, und wahrscheinlich meint sie, wegen mir braucht sie nicht die ganze Zeit zu Hause sein. Damit hat sie ja auch recht, denn sobald die Schule wieder losgeht, komme ich auch nie vor sechs Uhr nach Hause.«

»Glaubst du, daß sie noch mal ein Kind bekommen?« fragte sie, denn sie wußte noch nicht, wie alt seine Eltern waren. Er schüttelte den Kopf, denn er hatte sich die Frage auch schon gestellt und war zu dem Schluß gekommen, daß es ziemlich unwahrscheinlich war.

»Ich glaube, meine Mutter ist dafür zu alt. Sie ist siebenundvierzig, und sie hatte immer große Probleme, schwanger zu werden. Ich weiß nicht mal, ob sie sich noch ein Kind wünschen würden. Gesagt haben sie es jedenfalls nicht.«

»Eltern reden über so etwas nicht unbedingt vor ihren Kindern«, erwiderte Maribeth grinsend, und Tommy schämte sich ein wenig.

»Ja, wahrscheinlich nicht.« Dann verabredeten sie sich für Mittwoch nachmittag, und Tommy versprach, am Montag oder Dienstag zum Essen ins Restaurant zu kommen. Julie hatte inzwischen herausbekommen, daß Maribeth sich öfter mit ihm traf, und sie und die anderen machten jedesmal Scherze, wenn er hereinkam, aber sie meinten es nicht böse, im Gegenteil, sie freuten sich mit ihr, daß sie sich mit so einem netten Jungen wie Tommy angefreundet hatte.

Als er ihr gute Nacht wünschte, trat er von einem Fuß auf den anderen und war schrecklich verlegen, aber er wollte nichts übereilen, allerdings wollte er auch nicht zu langsam sein. Er wollte nicht aufdringlich erscheinen, aber sie sollte auch nicht meinen, daß er sie nicht mochte – es war ein qualvoller Moment. Schließlich machte sie leise die Tür zu und ging nach oben in ihr Zimmer. Sie war nachdenklich, denn sie hatte keine Ahnung, wie sie ihm die Wahrheit beibringen sollte, sobald es soweit war.

Am nächsten Tag kam er schon nachmittags im Restaurant vorbei, um sie zu sehen, abends kam er wieder, um sie nach Hause zu fahren, und am Abend darauf genauso. Am Mittwoch morgen, bevor er sie abholte, machte er noch einen Abstecher zum Friedhof, um Annie zu besuchen.

Er war während der letzten Monate hin und wieder zu ihrem Grab gefahren, um es in Ordnung zu halten, er hatte ein paar Blümchen darauf gepflanzt und entfernte die toten Blätter und das trockene Laub, das von den Bäumen herabfiel. Es war eine Kleinigkeit, die er für Annie tun konnte, und auch für seine Mutter, von der er wußte, daß es ihr wichtig war, aber daß sie es nicht fertigbrachte, selbst zum Friedhof zu gehen.

Manchmal sprach er zu ihr, während er die Erde harkte, und diesmal erzählte er ihr alles über Maribeth, und wie sehr er sie mochte. Er stellte sich vor, daß Annie irgendwo über ihm saß, vielleicht in einem Baum, und auf ihn herabsah, während er ihr seine Neuigkeiten erzählte.

»Sie ist ein großartiges Mädchen... keine Pickel... lange Beine... sie kann nicht schwimmen, aber dafür läuft sie phantastisch. Ich glaube, sie würde dir gefallen.« Er dachte an sie beide, an Maribeth und an seine kleine Schwester, und mußte lächeln. Irgendwie hatte er das Gefühl, daß Annie vielleicht ein ähnliches Mädchen wie Maribeth geworden wäre, wenn sie sechzehn hätte werden können. Sie hatten die gleiche ehrliche Art, immer geradeheraus, die gleiche Direktheit, und sie waren beide ziemlich übermütig und lachten gern.

Während er die letzten braunen Blätter von den Blümchen zupfte, dachte er an die Worte, die Maribeth gesagt hatte, nämlich daß manche Menschen nur auf einen Sprung in unserem Leben vorbeikommen, um ein Geschenk abzugeben. Vielleicht ist es nicht allen bestimmt, lange hier bei uns zu sein, hatte sie gesagt, und es war das erste Mal gewesen, daß er das Gefühl hatte, irgend etwas von all dem zu begreifen. Vielleicht war sie nur auf der Durchreise gewesen... aber, Himmel, ein bißchen länger hätte sie bleiben können!

Als Annies kleines, schattiges Grab wieder hübsch und gepflegt aussah, packte er seine Gerätschaften zusammen, um zu gehen. Es gab ihm einen Stich, wie jedesmal, wenn er sie verließ und ihren Namen auf dem kleinen Grabstein sah, Annie Elizabeth Whittaker, und das kleine Lamm, das darunter eingraviert war, trieb ihm jedesmal die Tränen in die Augen.

»Tschüß, Kleine«, sagte er leise, als er ging. »Ich komm bald wieder... Ich hab dich lieb...« Er vermißte sie schrecklich, immer noch und vor allem, wenn er hierherkam. Als er Maribeth zu Hause abholte, war er sehr still.

»Stimmt was nicht?« Sie sah ihm an, daß er aufgewühlt war, und machte sich Sorgen. »Ist was passiert?«

»Nein.« Es rührte ihn, daß sie merkte, was mit ihm los war, aber er brauchte eine Minute, ehe er antwortete. »Ich hab heute morgen... weißt du... ich war auf dem Friedhof, um nach Annies Grab zu sehen... das mache ich manchmal... Mom ist froh, daß ich mich darum kümmere... ich gehe sowieso gern hin... und ich weiß, daß Mom es nicht übers Herz bringt.« Und dann lächelte er und sah seine Freundin an, die wieder das große, weite Hemd trug, aber diesmal mit Shorts und Sandalen. »Ich hab ihr von dir erzählt. Aber ich schätze, sie wußte es sowieso schon«, sagte er, und schon war ihm wieder wohler zumute. Er genoß es, seine Geheimnisse mit ihr zu teilen, denn es gab keine Scheu und keine Scham. Maribeth war wie ein Teil von ihm, wie jemand, mit dem er aufgewachsen war.

»Ich hab neulich von ihr geträumt«, sagte Maribeth, und er schaute sie überrascht an.

»Ich auch, ich hab geträumt, daß ihr beide zusammen am See entlanggegangen seid – das sah sehr friedlich aus«, erzählte er, und Maribeth nickte.

»Ich hab geträumt, daß sie mir gesagt hat, ich soll auf dich aufpassen, und ich hab es ihr versprochen... Da waren viele Menschen vor einer Tür. Ich bin durch die Tür hineingegangen in ein Zimmer, das hatte auf der gegenüberliegenden Seite noch eine Tür, und in diesem Zimmer war Annie. Sie hat mich angelächelt und gesagt, sie muß jetzt gehen, und ich soll ein Auge auf dich haben... und nach mir vielleicht wieder jemand anders... und dann ist sie durch die andere Tür hinausgegangen... Weißt du, das war wie eine Ablösung, einer geht, einer kommt... Ich glaube, das war das, was ich neulich zu erklären versucht hab. Nichts ist für ewig, aber es kommt immer etwas Neues... es ist wie ein steter Strom von Menschen, die durch unser Leben ziehen und ein Stück mit uns gehen... Wie ein Fluß, es ist ein ewiges Fließen, nichts bleibt... aber der Fluß hört nie auf zu fließen... Hört sich das verrückt an?« Sie sah ihn an, unsicher, ob er ihren philosophischen Gedanken folgen konnte, und das konnte er.

Sie waren beide reifer, als ihr Alter vermuten ließ, wenn auch aus verschiedenen Gründen.

»Nein, überhaupt nicht, mir gefällt bloß der Teil mit dem Kommen und Gehen nicht. Es wäre mir lieber, wenn die Menschen bleiben würden, und ich wünschte, Annie wäre noch hier, und ich will nicht ›jemand anderen‹ nach dir, Maribeth. Was soll am Bleiben verkehrt sein?«

»Manchmal kann man nicht bleiben«, sagte sie. »Manchmal muß man weiter wie Annie. Wir haben nicht immer die Wahl.« Aber Maribeth hatte die Wahl, denn sie und ihr Baby gehörten für eine bestimmte Zeit zusammen, und dann würde Maribeth weitergehen, und das Baby würde auch weitergehen, seinen eigenen Weg, in sein eigenes Leben mit anderen Eltern. Es sah ganz so aus, als ob es im Moment keinem von ihnen bestimmt war zu bleiben.

»Das gefällt mir nicht, Maribeth, denn an einem bestimmten Punkt muß man auch bleiben können.«

»Manche können bleiben, manche nicht. Wir haben nur die Chance, sie zu lieben, solange sie da sind, und von ihnen zu lernen, was wir lernen können.«

»Was ist mit uns?« fragte er, ungewöhnlich ernst für einen Sechzehnjährigen, sie war auch eine ernste junge Frau. »Glaubst du, daß es uns bestimmt ist, etwas voneinander zu lernen?«

»Vielleicht. Vielleicht brauchen wir einander gerade jetzt«, sagte sie.

»Du hast mir schon so viel über Annie beigebracht und über das Loslassen und daß ich sie lieben kann, egal, wo sie jetzt ist, und daß ich sie immer bei mir haben kann.«

»Du hast mir auch geholfen«, sagte Maribeth warmherzig, aber ohne zu erklären, womit, und er hätte es gern gewußt. Als sie in den Weg zum See einbogen, spürte sie das Baby wieder. Es hatte sich schon ein paarmal bewegt, seit sie es zum ersten Mal gespürt hatte, und langsam gewöhnte sie sich an das Gefühl, es war angenehm, und es war ganz anders als alles, was sie bisher gekannt hatte, und es gefiel ihr.

Sie gingen zum See hinunter, und Tommy breitete die Decke aus, die er mitgebracht hatte, und Maribeth packte den Picknickkorb aus. Sie hatte Sandwiches mit Eiersalat gemacht, weil Tommy gesagt hatte, daß er die gern esse, außerdem hatte sie Schokoladenkuchen, eine Tüte mit Obst, eine Flasche Milch und ein paar Flaschen Sprudel mitgebracht. Da sie beide hungrig waren, beschlossen sie, gleich zu essen, und danach streckten sie sich auf der Decke aus und unterhielten sich wieder stundenlang. Diesmal über die Schule, über ein paar seiner Freunde, über ihre Eltern und ihre Zukunftspläne. Tommy erzählte, daß er schon einmal zusammen mit seinem Vater in Kalifornien gewesen war, um dort Obst einzukaufen, und auch schon einmal in Florida, ebenfalls mit seinem Vater. Sie war noch nie auf Reisen gewesen und sagte, daß sie gerne New York und Chicago sehen würde. Und beide wünschten sich, eines Tages nach Europa reisen zu können, aber Maribeth hielt es für unwahrscheinlich, daß sie je dort hinkommen würde, denn in ihrem Leben gab es keine Möglichkeit, weit herumzukommen, allenfalls bis hierher, und schon das war ein großes Abenteuer gewesen.

Dann sprachen sie über den Koreakrieg und über die Gefallenen, die sie gekannt hatten. Sie fanden es beide furchtbar, daß ihr Land schon wieder in einen Krieg verwickelt war, so kurz nach dem letzten, denn beide konnten sich noch an die Bombardierung von Pearl Harbor erinnern, als sie vier Jahre alt gewesen waren. Tommys Vater war zu alt gewesen, um noch eingezogen zu werden, aber Maribeths Vater war in Iwo Jima gewesen, und ihre Mutter war vor Angst fast gestorben, während er fort war, aber er war wohlbehalten heimgekehrt.

»Was würdest du tun, wenn du eingezogen würdest?« fragte sie. Die Frage schien ihn zu verwirren.

»Jetzt, meinst du? Oder wenn ich achtzehn bin?« Die Möglichkeit bestand natürlich, falls der Krieg in zwei Jahren noch nicht vorbei wäre.

»Egal, würdest du hingehen?«

»Natürlich, muß ich ja.«

»Ich würde nicht hingehen, wenn ich ein Mann wäre, denn ich glaube nicht an den Krieg«, sagt sie ernst. Er mußte lächeln, manchmal war sie komisch, sie hatte so entschiedene Ansichten, und einige davon waren ziemlich verrückt.

»Das sagst du, weil du ein Mädchen bist. Männer haben gar keine Wahl.«

»Vielleicht sollten sie das aber, vielleicht werden sie eines Tages die Wahl haben. Quäker verweigern den Kriegsdienst, und ich finde, sie sind klüger als alle anderen.«

»Vielleicht haben sie bloß Angst«, sagte er, denn er war jemand, der alle Traditionen bereitwillig akzeptierte, Maribeth war da anders. Sie akzeptierte eine ganze Menge von Dingen nicht, solange sie nicht wirklich von ihnen überzeugt war.

»Ich glaube nicht, daß sie Angst haben, ich glaube, sie sind ehrlich zu sich selber und folgen ihrem Glauben. Ich würde den Kriegsdienst verweigern, wenn ich ein Mann wäre«, beharrte Maribeth. »Krieg ist dumm.«

»Nein, das würdest du nicht«, grinste Tommy. »Du würdest kämpfen, wie alle anderen auch, weil du es tun müßtest.«

»Vielleicht werden die Männer eines Tages nicht mehr einfach das tun, was sie tun ›müssen‹. Vielleicht kommt der Tag, an dem sie die Dinge in Frage stellen und nicht mehr einfach alles tun, was man von ihnen verlangt.«

»Das bezweifle ich, denn wenn sie es täten, gäbe es nur Chaos. Warum sollten die einen kämpfen und die anderen nicht, und was sollen sie denn sonst tun? Weglaufen? Sich irgendwo verstecken? Das ist Unsinn, Maribeth. Überlaß den Krieg den Männern, die verstehen mehr davon.«

»Das ist genau das Problem, das glaube ich nämlich nicht. Die Männer zetteln doch jedesmal einen neuen Krieg an, sobald sie sich langweilen, schau dir doch diesen Krieg an. Kaum sind wir aus dem letzten draußen, haben wir schon wieder einen«, sagte sie wütend, und er lachte.

»Vielleicht solltest du bei der nächsten Präsidentschaftswahl kandidieren«, zog er sie auf, aber im Grunde respektierte er ihre Ansichten und ihren Willen, kühne Gedanken zu verfolgen. Sie war sehr mutig.

Nach einer Weile beschlossen sie, ein bißchen am See entlangzuspazieren, und auf dem Rückweg fragte er, ob sie Lust hätte, zu schwimmen. Sie winkte aber wieder ab, und er wurde neugierig, weshalb sie nie mit ihm ins Wasser gehen wollte. Weiter draußen im See gab es ein Floß, zu dem er gerne mit ihr geschwommen wäre, aber sie wollte einfach nicht.

»Komm schon, sag mir die Wahrheit«, drängte er sie schließlich. »Hast du Angst vor dem Wasser? Du brauchst dich nicht zu schämen, das kannst du mir doch sagen.«

»Ich hab keine Angst, ich will bloß nicht schwimmen.«

Sie war eine ausgezeichnete Schwimmerin, aber sie wollte um keinen Preis das Hemd ihres Vaters ausziehen.

»Dann komm doch mit rein.« Es war glühend heiß, und sie hätte sich liebend gern mit ihm ein bißchen erfrischt, sie wußte, daß das nicht möglich war, denn sie hatte einen Viereinhalb-Monate-Bauch. »Du kannst doch ein Stück mit hineinwaten, es wird dir guttun.« Schließlich willigte sie ein, sie brauchte ja nicht weit zu gehen. Das Ufer war seicht, erst ziemlich weit draußen fiel der Grund abrupt ab, so daß sie weit hinausgehen konnten. Maribeth blieb auf einer Sandbank stehen, und Tommy schwamm mit ruhigen, gleichmäßigen Zügen zum Floß hinaus und anschließend wieder zurück. Er hatte lange, kräftige Arme und Beine und war ein guter Schwimmer, und es dauerte nur ein paar Minuten, bis er wieder zurück war und sich neben sie auf die Sandbank stellte.

»Du bist ein toller Schwimmer«, sagte sie bewundernd.

»Ich war letztes Schuljahr in der Schulmannschaft, aber der Mannschaftskapitän war ein Trottel. Nächstes Jahr mache ich nicht mehr mit.« Als sie wieder zurück Richtung Ufer gingen, sah er sie mit schelmischen Blicken an, und plötzlich fing er an, sie naßzuspritzen. »Du bist wirklich ein Huhn, weißt du das? Wahrscheinlich schwimmst du genauso gut wie ich.«

»Nein, tue ich nicht«, protestierte sie und hopste herum, um der kalten Dusche auszuweichen. Aber er planschte in seinem Übermut immer weiter, bis sie es nicht mehr lassen konnte und ihn ebenfalls vollspritzte, und im Nu tobten sie wie zwei ausgelassene kleine Kinder herum. Sie war bereits pitschnaß, als sie plötzlich ausrutschte und unsanft auf dem Hintern im Wasser landete. Sie machte ein verdutztes Gesicht, und im nächsten Augenblick fiel ihr mit Schrecken ein, daß das Hemd nun klatschnaß war, und wenn sie jetzt aus dem Wasser aufstand, mußte er unweigerlich die Rundung ihres Bauches sehen. Nun war sowieso alles zu spät. Sie zog ihn am Bein, er fiel ins Wasser und tauchte neben ihr wieder auf, sie schwamm rasch von ihm weg, aber er holte sie mit Leichtigkeit ein, und dann prusteten und lachten sie beide.

Zum Floß hinaus wollte sie immer noch nicht mitkommen, aber sie schwammen ein Weilchen herum, während sie fieberhaft überlegte, wie sie am geschicktesten aus dem Wasser herauskommen könnte, ohne daß er ihren Bauch zu sehen bekam. Aber ihr wollte einfach nichts einfallen, und schließlich sagte sie zu ihm, ihr sei kalt, was überhaupt nicht stimmte, und bat ihn, ihr ein Handtuch zu bringen. Er sah ein bißchen erstaunt aus, angesichts der heißen Nachmittagssonne, aber dann holte er es und hielt es ihr vom Ufer aus hin. Nun hätte sie eigentlich aufstehen und zu ihm hingehen müssen. Sie wollte ihn bitten, sich umzudrehen, aber sie traute sich nicht, sie lag im Wasser und machte ein unglückliches Gesicht.

»Stimmt irgendwas nicht?« Sie wußte nicht, was sie sagen sollte, aber schließlich, nach einigem Zögern, nickte sie. Sie hatte es ihm verheimlichen wollen, wenigstens noch ein Weilchen, weil sie immer noch keine Ahnung hatte, wie sie es ihm beibringen sollte, aber jetzt saß sie in der Falle. »Kann ich dir helfen?« Er sah sie verwirrt an.

»Ich weiß nicht.«

»Schau, Maribeth, komm erst mal raus, egal, was es ist, wir kriegen das schon hin, komm, laß dir helfen.« Er streckte ihr die Hand entgegen, und die Geste trieb ihr die Tränen in die Augen. Dann watete er durch das Wasser auf sie zu und zog sie behutsam hoch, bis sie aufrecht vor ihm stand, und sie ließ sich widerstandslos von ihm aus dem Wasser ziehen, obwohl ihr die Tränen in den Augen standen. Er hatte nicht die geringste Ahnung, warum sie weinte. Sanft legte er ihr das Handtuch um die Schultern, und dann, als er den Kopf senkte, sah er es – eine unübersehbare Wölbung, noch klein, aber schon ziemlich fest und rund, ganz klar, das war ein Baby. Er hatte es noch gut in Erinnerung, wie seine Mutter ausgesehen hatte, als sie Annie erwartete, und Maribeth war viel zu schlank, um den kleinsten Zweifel aufkommen zu lassen. Der Mund stand ihm offen, als er ihr wieder in die Augen sah.

»Du solltest es nicht erfahren«, sagte sie unglücklich. »Ich wollte es dir nicht sagen.« Sie standen bis zu den Knien im Wasser, und keiner von beiden machte Anstalten, ans Ufer zu gehen. Er sah aus wie vom Blitz getroffen, und sie machte ein Gesicht, als ob jemand gestorben wäre.

»Komm«, sagte er ruhig, zog sie zu sich und legte ihr einen Arm um die Schultern. »Setzen wir uns erst mal hin.« Schweigend gingen sie ans Ufer zu dem Platz, wo sie die Decke ausgebreitet hatten. Sie zog sich das Handtuch von den Schultern und knöpfte das Hemd ihres Vaters auf, darunter trug sie einen Badeanzug und Shorts. Jetzt gab es keinen Grund mehr, das Hemd anzubehalten, ihr Geheimnis war entdeckt. Sie setzte sich. »Wie ist das passiert?« fragte er schließlich. Er mußte sich anstrengen, nicht dauernd auf ihren Bauch zu starren, denn er konnte es einfach nicht fassen. Sie lächelte gequält.

»Das Übliche, nehme ich an. Auch wenn ich mich da nicht so gut auskenne.«

»Du hattest einen Freund? Du *hast* einen Freund?« korrigierte er sich, und es krampfte ihm das Herz zusammen. Aber sie schüttelte den Kopf und wandte den Blick ab, dann sah sie ihn wieder an.

»Weder noch. Ich habe eine richtige Dummheit gemacht.« Sie beschloß, ihm ihr Herz zu öffnen, denn sie wollte keine Geheimnisse vor ihm haben. »Ich habe es einmal getan mit jemandem, den ich kaum kannte, ich bin nicht mal mit ihm ausgegangen. Er hat mich von einem Schulball, bei dem mein Kavalier sich betrunken hat, nach Hause gefahren, und er war so was wie der Held der Abschlußklasse. Erst war ich völlig durcheinander, daß er mich überhaupt angesprochen hat, und dann ging alles viel schneller, als ich es je erwartet hätte. Er hat mir die tollsten Komplimente gemacht, und dann hat er mich zu einem Hamburger eingeladen, und ich fand alles wunderbar. Und dann hat er auf dem Heimweg irgendwo angehalten, ich wollte zwar nichts weiter, aber ich wollte auch keine große Szene machen, und dann hat er mir einen Schluck Gin gegeben und dann...«, sie sah auf ihren runden Bauch herab, »... den Rest kannst du dir denken. Er hat gesagt, er hätte nicht gedacht, daß ich schwanger werde. Er hatte an dem Wochenende mit seiner Freundin Schluß gemacht, jedenfalls hat er das behauptet, aber am Montag hatten sie sich wieder versöhnt, und ich war die Betrogene, viel schlimmer, ich hab mein Leben ruiniert für einen Kerl, den ich nicht mal kannte und der sich nie um mich kümmern wird. Es hat eine Weile gedauert, bis ich wußte, daß ich schwanger war, und da hatte er sich schon verlobt, und sie haben sofort nach der Prüfung geheiratet.«

»Hast du es ihm gesagt?«

»Ja, hab ich, und er hat gesagt, er will sie heiraten, und sie wäre furchtbar böse, wenn sie davon erfahren würde... Ich wollte sein Leben nicht kaputtmachen... und mein eigenes auch nicht, ich wollte nicht, daß mein Vater mich zwingt, ihn zu heiraten, und ich wollte nicht mit jemandem verheiratet sein, der mich nicht liebt. Ich bin sechzehn, und mein Leben wäre vorbei gewesen. Andererseits...«, sie seufzte, »vielleicht ist mein Leben sowieso vorbei, denn das war nicht gerade eine Meisterleistung von mir.«

»Was haben deine Eltern gesagt?« Er war erschüttert von dem, was sie ihm erzählte, von der Unverfrorenheit des Jungen, und von ihrem Mut, sich nichts aufzwingen zu lassen, trotz der ausweglosen Situation.

»Mein Vater hat gesagt, ich muß fort. Er hat mich zu den Barmherzigen Schwestern gebracht, und ich sollte dort bis zur Entbindung bleiben, aber ich hab es einfach nicht ausgehalten. Ein paar Wochen bin ich geblieben, aber es war furchtbar, lieber wäre ich verhungert. Also bin ich weggegangen, hab mich in einen Bus gesetzt und bin hierhergefahren. Ich hatte mir eine Fahrkarte bis Chicago gekauft, da wollte ich mir Arbeit suchen, aber dann hat der Bus zum Abendessen hier gehalten, und ich hab das Schild in Jimmys Schaufenster gesehen, daß sie Leute suchen. Sie haben mir den Job gegeben, ich hab den Bus weiterfahren lassen, und jetzt bin ich hier.« Er hatte sie die ganze Zeit über angesehen, voller Zärtlichkeit und Bewunderung. Sie sah verletzlich aus und unglaublich jung und wunderschön. »Mein Dad sagt, ich kann nach Weihnachten wiederkommen, *nach* der Geburt, und dann gehe ich wieder zurück auf die Schule«, fügte sie leise hinzu. Sie versuchte, zuversichtlich zu klingen, aber sogar für ihre eigenen Ohren klang es erbärmlich.

»Was wirst du mit dem Baby machen?« fragte er, immer noch staunend über das, was ihr geschehen war.

»Weggeben... zur Adoption freigeben. Ich will nette Leute finden, die es bei sich aufnehmen. Ich kann es nicht behalten. Ich bin sechzehn, und ich kann nicht für ein Baby sorgen... Ich kann ihm nichts geben... Ich weiß nicht, was ich sonst für das Baby tun soll. Ich will zurück auf die Schule... Ich will aufs College gehen... Wenn ich das Kind behalte, dann kann ich das nicht, dann bin ich angebunden... und ich könnte ihm trotzdem nicht das geben, was es braucht. Ich will eine Familie finden, die es wirklich haben will. Die Nonnen haben gesagt, sie würden mir helfen, aber das war daheim in Onawa... Seit ich hier bin, habe ich noch nichts weiter unternommen.« Sie wirkte nervös, während sie über das alles sprach, und er war wie betäubt von dem, was er hörte.

»Bist du sicher, daß du es nicht behalten willst?« Er konnte sich nicht vorstellen, wie man ein Baby weggeben konnte, es hörte sich schrecklich an.

»Ich weiß nicht.« Als sie das sagte, spürte sie wieder, wie das Baby sich bewegte, als ob es darum kämpfte, in der Diskussion auch eine kleine Stimme zu haben. »Ich weiß einfach nicht, wie ich es ernähren soll. Meine Eltern würden mir nicht helfen, und ich kann gar nicht so viel verdienen, wie ich bräuchte, um es allein durchzubringen... es wäre dem Baby gegenüber nicht fair, und ich will jetzt noch kein Kind. Ist das so schrecklich?« Die Tränen traten ihr in die Augen, und sie sah ihn verzweifelt an, es war entsetzlich, es zuzugeben, aber es war die Wahrheit: Sie wollte dieses Baby nicht. Sie liebte Paul nicht, und sie wollte kein Kind haben, sie wollte nicht die Verantwortung für das Leben eines anderen Menschen tragen. Sie schaffte es ja kaum, mit ihrem eigenen Leben fertigzuwerden.

»Mensch, Maribeth, du hast ja ein Päckchen zu tragen!« Er rückte näher an sie heran, legte ihr den Arm um die Schultern und zog sie an sich. »Warum hast du nichts gesagt? Du hättest es mir doch erzählen können.«

»O ja, klar... Hallo, ich heiße Maribeth und bin schwanger, meine Eltern haben mich rausgeworfen, und der Kerl, von dem das Kind ist, hat eine andere geheiratet... Willst du mich nicht zum Essen einladen?« Er mußte lachen über die Art, wie sie das sagte. Sie lächelte auch, aber die Tränen kullerten ihr dabei über die Wangen, und dann stürzte sie schluchzend in seine Arme und weinte die Angst und die Scham heraus und die Erleichterung, daß sie es ihm gesagt hatte. Sie bebte am ganzen Körper, und er hielt sie so lange fest, bis sie sich beruhigt hatte. Sie tat ihm schrecklich leid, und das Baby auch.

»Wann ist es soweit?« fragte er, nachdem sie wieder ruhiger geworden war.

»Nicht vor Ende Dezember.« Aber bis dahin waren es nur noch vier Monate, und ihnen war beiden klar, daß die vier Monate schnell vorbei wären.

»Bist du hier schon bei einem Arzt gewesen?«

Sie schüttelte den Kopf. »Ich kennen keinen, und ich wollte es den anderen im Restaurant nicht sagen, weil ich Angst hatte, daß Jimmy mich dann feuert. Ich hab allen erzählt, ich wäre mit einem Mann verheiratet gewesen, der in Korea gefallen ist, damit sie sich nicht wundern, wenn ihnen plötzlich auffällt, daß ich schwanger bin.«

»Ganz schön raffiniert von dir«, sagte er schmunzelnd, dann sah er sie wieder ernst an. »Warst du in ihn verliebt, Maribeth? In den Vater, meine ich.«

Es bedeutete ihm eine Menge, zu erfahren, ob sie ihn geliebt hatte, und er war erleichtert, als sie den Kopf schüttelte. »Es hat mir sehr geschmeichelt, daß er mich in dieses Lokal eingeladen hat, zu seinen Freunden, das war alles. Ich war einfach unglaublich dumm, und um die Wahrheit zu sagen, er ist ein blöder Kerl, das einzige, was er wollte, war, daß ich mich aus dem Staub mache und daß Debbie nichts erfährt. Er hat gemeint, ich soll das Baby wegmachen lassen, aber ich hab keine Ahnung, wie das gemacht wird. Irgendwie schneiden sie wohl das Baby heraus, aber das wollte mir keiner richtig erklären, und alle sagen, daß es viel kostet und ziemlich gefährlich ist.«

Tommy machte eine sachliche Miene, als sie von Abtreibung sprach. Auch er hatte schon davon gehört, aber wie das vor sich ging, wußte er genausowenig wie sie. »Ich bin froh, daß du das nicht gemacht hast.«

»Warum?« Seine Bemerkung verblüffte sie, wie kam er dazu? Ihm konnte das doch gleichgültig sein, außerdem wäre zwischen ihnen beiden alles viel einfacher, wenn sie nicht schwanger wäre.

»Weil ich glaube, daß es nicht richtig gewesen wäre. Vielleicht ist das genau so eine Sache wie mit Annie ... vielleicht hatte es seinen Grund, daß dir das passiert ist.«

»Ich weiß nicht, ich hab viel darüber nachgedacht, und ich hab versucht zu verstehen, warum das passiert ist, aber ich versteh es nicht. Mir kommt es so vor, als ob ich einfach riesengroßes Pech gehabt hab, ein einziges Mal, aber das genügt offenbar.« Er nickte nachdenklich. Über Sex wußte er genauso wenig wie sie, wenn nicht noch weniger, aber im Gegensatz zu Maribeth hatte er »es« noch nie getan.

Er sah sie mit einem merkwürdigen Ausdruck an, und sie ahnte, daß ihm noch eine Frage auf der Seele brannte.

»Was? Mach schon ... Egal, was es ist ... frag mich ...«

Jetzt waren sie Freunde, und es gab ein Band zwischen ihnen, das für das ganze Leben halten würde, sie spürten es beide. Sie hatte ihn in ihr Geheimnis eingeweiht, und er war ihr Verbündeter geworden und würde es von diesem Moment an für immer sein.

»Wie war es?« fragte er entsetzlich verlegen und knallrot im Gesicht, aber die Frage erschreckte sie nicht, denn jetzt konnte nichts mehr sie erschrecken. Er war wie ein Bruder, er war ihr bester Freund, fast noch etwas mehr. »War es toll?«

»Nein, für mich nicht, vielleicht für ihn. Aber ich glaube, es könnte toll sein... Es hat was Aufregendes, Schwindelerregendes. Du hörst auf zu denken, du hörst auf, vernünftig sein und das Richtige tun zu wollen. Es reißt dich mit wie ein Expreßzug, wenn er erst mal in Fahrt ist... Vielleicht war es ja nur der Gin... Aber ich glaube, wenn es der Richtige ist, dann könnte es etwas ganz Tolles sein. Ich will es nicht noch mal probieren, jedenfalls nicht, solange ich nicht den Richtigen gefunden habe, denn ich will nicht noch mal in so eine Dummheit hineinstolpern.« Er nickte, fasziniert von dem, was sie sagte. So ähnlich hatte er es sich vorgestellt, trotzdem fand er es bedauerlich, daß sie die Erfahrung schon gemacht hatte und er nicht. »Das traurige daran ist, daß es überhaupt nichts bedeutet hat, aber es sollte etwas bedeuten. Und nun hab ich dieses Baby, das keiner will, der Vater nicht, ich nicht, niemand.«

»Vielleicht änderst du deine Meinung noch, wenn du es erst gesehen hast«, sagte er nachdenklich. Ihm war damals gleich im ersten Moment das Herz geschmolzen, als er Annie gesehen hatte.

»Ich weiß nicht, ob ich es überhaupt sehen werde. Die

zwei Mädchen, die im Kloster entbunden haben, bevor ich weggegangen bin, haben ihre Babys nie gesehen. Die Nonnen haben sie ihnen sofort nach der Geburt weggenommen, und das war's. Es ist eine merkwürdige Vorstellung: da trägst du es die ganze Zeit in dir, und dann gibst du es einfach weg... Aber die Vorstellung, es zu behalten, ist mir genauso fremd. Es ist ja nicht für einen Tag, es ist für immer. Könnte ich das überhaupt? Könnte ich so lange Mutter sein? Ich glaub es nicht, und manchmal denke ich, daß mit mir was nicht stimmt. Warum will ich dieses Baby nicht behalten? Und wenn ich es doch will, sobald ich es sehe, was soll ich dann tun? Wie soll ich es satt bekommen, wie soll ich es aufziehen? Tommy, ich weiß nicht, was ich machen soll...« Ihre Augen füllten sich mit Tränen, und er zog sie wieder an sich, aber diesmal zögerte er keinen Augenblick, er beugte sich zu ihr und küßte sie. In diesem Kuß lag seine ganze Bewunderung, seine Zärtlichkeit und Leidenschaft, all die Liebe, die er für sie empfand. Es war ein Kuß zwischen Mann und Frau, und für beide war es der erste dieser Art, der erste Kuß des Lebens. Es war ein Kuß, aus dem spielend mehr geworden wäre, wenn nicht beide gewußt hätten, daß sie das hier und jetzt nicht wollten.

»Ich liebe dich«, flüsterte er ihr ins Haar, und wünschte, das Baby, das sie unter der Brust trug, wäre von ihm und nicht von einem Jungen, der ihr nie etwas bedeutet hatte. »Ich liebe dich so sehr... Ich lasse dich nicht allein... Ich bleibe bei dir und helfe dir.« Das war ein tapferes Versprechen für einen sechzehnjährigen Jungen, aber in dem vergangenen Jahr war er zum Mann herangereift.

»Ich liebe dich auch«, sagte sie und wischte sich mit seinem Handtuch die Tränen aus dem Gesicht. Aber sie war vorsichtig, sie wollte ihn nicht mit ihren Problemen belasten.

»Du mußt zu einem Arzt gehen«, sagte er in einem ungewohnt väterlichen Ton.

»Warum?« Manchmal wirkte sie wieder unglaublich jung, trotz allem, was sie durchmachte.

»Um sicherzugehen, daß das Kind gesund ist. Meine Mom ist ständig zum Arzt gegangen, als sie mit Annie schwanger war.«

»Ja, aber sie war viel älter.«

»Ich glaube, du solltest es trotzdem tun.« Und dann hatte er eine Idee. »Ich werde den Namen vom Arzt meiner Mom herauskriegen, und dann sehen wir zu, daß du bei ihm einen Termin bekommst.« Er schien sich über seine Idee zu freuen, und sie kicherte.

»Du bist verrückt. Er wird glauben, daß das Baby von dir ist, und dann sagt er es deiner Mom. Ich kann nicht zu einem Arzt gehen, Tommy.«

»Wir lassen uns was einfallen«, versuchte er sie zu beruhigen. »Vielleicht könnte der Arzt dir sogar dabei helfen, jemanden zu finden, der es adoptiert. Ich glaube, so was machen die. Die müssen doch Leute kennen, die sich Kinder wünschen, aber keine bekommen können. Ich glaube, meine Eltern haben auch eine Zeitlang darüber nachgedacht, ein Kind zu adoptieren, aber dann kam ja Annie, und es war nicht mehr nötig. Ich finde seinen Namen heraus, und dann rufen wir ihn an.« Und schon steckte er mittendrin. Er nahm Anteil an ihrem Schicksal und half ihr, die Last zu tragen, anders als alle anderen in ihrem Leben. Er küßte sie noch einmal, lang und leidenschaftlich, und dann legte er seine Hand ganz zärtlich auf ihren Bauch. Sie spürte, wie das Baby gerade heftig strampelte, und fragte ihn, ob er es fühlen könne. Er konzentrierte sich, und nach einem Weilchen grinste er und nickte. Es waren winzige, leichte Stöße, so als ob ihr Bauch ein Eigenleben hätte, was er ja im Moment tatsächlich hatte.

Später am Nachmittag gingen sie noch einmal schwimmen, und diesmal schwamm sie mit ihm zum Floß hinaus. Als sie wieder zurückkamen, war sie erschöpft und legte sich hin. Lange lagen sie auf der Decke und sprachen über die Dinge, die ihr bevorstanden. Es wirkte alles ein bißchen weniger beängstigend, jetzt, da Tommy ihr zur Seite stand, aber die Probleme waren zu groß, um keine Angst vor ihnen zu haben. Wenn sie das Baby behielt, dann mußte sie sich ein Leben lang darum kümmern. Wenn nicht, würde sie es vielleicht ein Leben lang bereuen. Es war schwierig herauszufinden, welche Entscheidung die richtige wäre, aber ihr Gefühl sagte ihr nach wie vor, daß es für das Kind besser wäre, wenn sie sich von ihm trennte und es anderen Eltern übergab. Irgendwann würde sie noch mehr Kinder bekommen, aber diesem einen würde sie bestimmt immer nachtrauern. Aber unter diesen Bedingungen konnte sie es einfach nicht behalten.

Tommy hielt Maribeth in seinen Armen, und sie küßten und liebkosten sich, aber weiter ging es nicht. Als sie schließlich zu ihr nach Hause zurückfuhren, damit sie sich umziehen konnte, um mit ihm essen und anschließend ins Kino zu gehen, waren beide von einem seltsam friedlichen Gefühl erfüllt. Etwas hatte sich heute nachmittag zwischen ihnen geändert, es war, als ob sie nun zusammengehörten. Sie hatte ihm ihr Geheimnis anvertraut, und er war für sie dagewesen. Sie wußte, daß er sie nicht im Stich lassen würde, es war, als ob sie sich ein stummes Versprechen gegeben hätten, ein Versprechen, das für immer galt.

»Bis morgen«, sagte er, als er sie um elf Uhr wieder zu Hause ablieferte. »Paß auf dich auf, Maribeth«, sagte er lächelnd, und sie lächelte zurück und winkte ihm nach, ehe sie leise die Tür hinter sich schloß. Als sie im Bett lag, dachte sie an ihn und war glücklich. Er war ein Freund, wie sie nie einen gehabt hatte, er war der Bruder, der Ryan nie gewesen war, der Liebhaber, der Paul nie hätte sein können – für den Moment war er ihr alles. Und in dieser Nacht träumte sie wieder einmal von Annie.

Sechstes Kapitel

In der darauffolgenden Woche kam Tommy jeden Nachmittag ins Restaurant und jeden Abend noch einmal, um sie nach Hause zu fahren, und am Sonntag abend führte er sie zum Essen und ins Kino aus. Aber als sie ihren nächsten freien Tag hatte, wollte er nicht mit ihr zum See hinausfahren, er hatte nämlich etwas viel Wichtigeres mit ihr vor: Er hatte heimlich das Adreßbuch seiner Mutter genommen und sich den Namen und die Adresse ihres Frauenarztes herausgeschrieben. Der alte Dr. Thompson war schon vor vielen Jahren gestorben, und nach seinem Tod war Liz Patientin bei Avery MacLean geworden, der sie auch von beiden Kindern entbunden hatte. Er war ein distinguierter, grauhaariger Herr gesetzten Alters, in seinen Umgangsformen war er zwar ein bißchen antiquiert, aber in seinen Ansichten und praktischen Fähigkeiten war er auf der Höhe der Zeit. Er war höflich, und er kannte sich mit den modernsten Behandlungsmethoden aus. Tommy wußte, daß seine Mutter ihn sehr schätzte, und er wußte außerdem, daß Maribeth sich unbedingt von einem Arzt untersuchen lassen mußte.

Also hatte er einen Termin vereinbart. Am Telefon hatte er sich als Mr. Robertson ausgegeben und sich bemüht, mindestens so alt wie sein Vater zu klingen, indem er mit tiefer Stimme sprach und einen selbstsicheren Ton anschlug, obwohl ihm die Hände nur so zitterten. Er hatte der Sprechstundenhilfe erzählt, er und Mrs. Robertson seien frisch verheiratet und gerade erst nach Grinell gezogen, und seine Frau bräuchte eine Routine-Untersuchung, und die Sprechstundenhilfe hatte ihm allem Anschein nach geglaubt.

»Aber was soll ich ihm denn sagen?« Maribeth reagierte panisch, als er ihr davon erzählte.

»Merkt er das nicht, wenn er dich untersucht, mußt du ihm das erst sagen?« Tommy versuchte, zuversichtlich zu klingen, obwohl er selbst genauso unsicher war, aber er tat so, als ob er sich mit ihrem Problem genau auskannte. Tatsächlich wußte er über die Details so gut wie nichts. Seine Kenntnisse über Schwangerschaft beschränkten sich auf das, was er bei seiner Mutter mitbekommen hatte, als sie vor sechs Jahren in Umstandskleidern herumgelaufen war, und was er im letzten Jahr im Fernsehen gesehen hatte, als in *Hoppla Lucy* die Hauptfigur schwanger wurde.

»Ich meine... was soll ich ihm über... über den Vater des Babys sagen?« Sie machte ein zutiefst bekümmertes Gesicht, obwohl sie ihm insgeheim recht gab, denn es gab so vieles in ihrem Zustand, worüber sie nicht Bescheid wußte und worüber sie mit einem Arzt sprechen sollte.

»Erzähl ihm doch das gleiche, was du im Restaurant gesagt hast – daß er in Korea gefallen ist.« Sie hatte ihren Kollegen noch immer nichts von der Schwangerschaft erzählt, aber mit der Witwengeschichte hatte sie wenigstens einen Grundstein gelegt.

Sie sah ihn mit Tränen in den Augen an, und dann stellte sie ihm eine Frage, die ihn erstarren ließ. »Kommst du mit?«

»Ich? Wieso... und was... was ist, wenn er mich wiedererkennt?« Beim bloßen Gedanken daran wurde er rot bis an die Haarwurzeln. Was, wenn der Arzt sie in seinem

Beisein untersuchte? Was, wenn er ihm irgendwelche Kenntnisse zutraute, die er gar nicht hatte? Er hatte nicht den blassesten Schimmer, was für geheimnisvolle Dinge sich in der Praxis eines Frauenarztes zutrugen, und was wäre, wenn er es seinen Eltern erzählte? »Ich kann nicht, Maribeth... Ich... Das geht einfach nicht...«

Sie nickte, ohne ein Wort zu sagen, und über ihre Wange kullerte eine einsame Träne. Er fühlte sich, als ob ihm das Herz im Leib zerspringen müßte. »Okay... okay... nicht weinen... Ich lasse mir was einfallen... vielleicht kann ich sagen, du bist meine Cousine... aber dann fragt er mit Sicherheit meine Eltern... Ich weiß nicht, Maribeth, vielleicht können wir einfach sagen, daß wir Freunde sind, daß ich deinen Mann gekannt hab und dich nur begleiten wollte.«

»Glaubst du, daß er es merkt – daß ich nicht verheiratet bin, meine ich?« Sie berieten sich wie zwei Kinder, die unversehens in Schwierigkeiten geraten waren und nun rätselten, wie sie es anstellen sollten, wieder herauszukommen.

»Er wird es nicht merken, wenn du es ihm nicht erzählst«, sagte Tommy bestimmt, er versuchte eine Ruhe auszustrahlen, die er gar nicht empfand, er hatte Angst davor, mit ihr zum Frauenarzt zu gehen, aber er wollte sie auch nicht im Stich lassen, und da er es nun einmal gesagt hatte, mußte er es auch tun.

Als sie sich an diesem Nachmittag zu der Arztpraxis aufmachten, waren sie so nervös, daß sie kaum ein Wort miteinander sprachen. Tommy hatte schreckliches Mitleid mit ihr, und während er ihr aus dem Wagen half und ihr in die Praxis folgte, versuchte er sie zu beruhigen, aber insgeheim betete er, daß er nicht rot werden würde.

»Das läuft alles glatt, Maribeth ... Ich verspreche es dir«, flüsterte er, als sie eintraten, und sie nickte nur. Tommy hatte den Arzt erst ein einziges Mal zu Gesicht bekommen, und zwar vor dem Krankenhaus, an dem Tag, als Annie geboren wurde. Er war mit seinem Vater draußen gestanden, weil er noch zu klein war, um hineingehen zu dürfen. Seine Mutter war in ihrem Zimmer ans Fenster getreten, die kleine Annie stolz auf dem Arm haltend, und hatte zu ihnen heruntergewinkt. Als er jetzt daran dachte, bekam er feuchte Augen und drückte Maribeth die Hand, um ihr Mut zu machen und um sich selbst zu trösten. Die Sprechstundenhilfe hob den Kopf und sah sie über den Rand ihrer Brille hinweg an.

»Bitte?« Sie konnte sich nicht vorstellen, was die beiden hier suchten, es sei denn, sie holten ihre Mutter ab. Sie sahen so unglaublich jung aus. »Kann ich euch helfen?«

»Ich bin Maribeth Robertson ...« Sie sagte es so leise, daß das Ende ihres Nachnamens nicht mehr zu hören war. Es wollte ihr noch immer nicht in den Kopf, daß Tommy sie tatsächlich hierhergebracht hatte. »Ich habe einen Termin beim Herrn Doktor.« Die Sprechstundenhilfe runzelte die Stirn, schaute in ihren Terminkalender und nickte schließlich.

»Mrs. Robertson?« Sie machte ein überraschtes Gesicht. Vielleicht war das Mädchen ja älter, als es aussah, aber vor allem schien die Kleine furchtbar nervös zu sein. »Ja.« Es kam nicht lauter als ein kleiner Seufzer über ihre Lippen. Die Sprechstundenhilfe bat die beiden, im Wartezimmer Platz zu nehmen, und mußte plötzlich lächeln, als ihr das Telefongespräch mit ihm wieder einfiel. Das war also das frisch verheiratete Paar, die beiden waren ja selbst fast noch Kinder, und unwillkürlich schoß ihr der Gedanke durch den Kopf, daß die beiden bestimmt notgedrungen geheiratet hatten.

Maribeth und Tommy setzten sich ins Wartezimmer, wagten nur zu flüstern und bemühten sich, die hochschwangeren Frauen, zwischen denen sie saßen, nicht dauernd anzustarren. Tommy hatte noch nie so viele Schwangere auf einem Fleck gesehen, und es war ihm äußerst peinlich, ihr Geplauder über ihre Kinder und Ehemänner mit anhören zu müssen und zu sehen, wie sie von Zeit zu Zeit das Strickzeug weglegten und über ihre Bäuche streichelten. Beide waren dankbar und erleichtert, als Dr. MacLean sie endlich in sein Sprechzimmer bat. Er sprach sie als Mr. und Mrs. Robertson an, und Tommy korrigierte ihn nicht, aber er war wie gelähmt. Der Arzt hatte natürlich keinen Grund, etwas anderes anzunehmen, als daß er Maribeths Ehemann wäre. Er fragte die beiden, wo sie wohnten, woher sie kamen, und schließlich, wie lange sie schon verheiratet seien. Da schaute Maribeth den Arzt ein paar Augenblicke lang an und schüttelte dann den Kopf.

»Wir sind nicht... Ich bin... Es ist... Tommy ist nur ein Freund... mein Mann ist in Korea gefallen.« Aber kaum hatte sie die Lüge ausgesprochen, da bereute sie sie auch schon wieder und sagte mit Tränen in den Augen: »Ich bin nicht verheiratet, Herr Doktor. Ich bin im fünften Monat schwanger... und Tommy meinte, ich sollte mich von Ihnen untersuchen lassen.« Es nötigte ihm Respekt ab, daß das Mädchen den Jungen in Schutz zu nehmen versuchte, das fand er ungewöhnlich anständig.

»Ich verstehe.« Er hatte Maribeth mit sachlicher Miene zugehört, dann faßte er Tommy einen Moment lang ins Auge, der ihm irgendwie bekannt vorkam. Er überlegte, ob er vielleicht der Sohn einer Patientin war, denn irgendwo hatte er ihn schon einmal gesehen, das wußte er.

»Und haben Sie vor, in Bälde zu heiraten?« Er sah die beiden an, sie taten ihm leid, junge Menschen in ihrer Situation taten ihm immer leid. Aber sie schüttelten beide den Kopf und blickten so kummervoll drein, als ob sie Angst hätten, er würde sie jeden Moment aus seinem Sprechzimmer hinauswerfen. Tommy bedauerte es plötzlich, daß er Maribeth den Vorschlag gemacht hatte, hierherzukommen.

»Wir sind nur befreundet«, sagte Maribeth nachdrücklich. »Es ist nicht Tommys Fehler. Ich bin allein schuld.« Sie fing zu weinen an, und Tommy faßte sie an der Hand. Der Arzt beobachtete die beiden.

»Das tut im Augenblick gar nichts zur Sache«, sagte er liebenswürdig. »Warum unterhalten Sie und ich uns nicht erst mal einen Moment allein, und dann sehen wir nach, ob alles in Ordnung ist, und Ihr... Freund«, er schmunzelte bei dem Wort, weil es ihn amüsierte, daß die beiden anscheinend glaubten, er könne sich nicht denken, wie sie zueinander standen, »Ihr Freund wartet so lange draußen und kommt hinterher wieder herein. Was halten Sie davon?« Er wollte sie untersuchen und sich mit ihr darüber unterhalten, wie sie sich fühlte, wie ihre Eltern auf die Schwangerschaft reagiert hätten, was für Pläne sie habe und ob sie das Baby behalten wolle. Die beiden schienen ziemlich verliebt zu sein, und er konnte sich vorstellen, daß sie doch noch heiraten würden, zumal sie offenbar bis jetzt zusammengehalten hatten – vielleicht legten ihnen nur ihre Familien Steine in den Weg. Jedenfalls wollte er ihnen helfen, so gut er konnte, und möglicherweise brauchten sie nichts weiter als einen kleinen Anstoß in die richtige Richtung.

Der Arzt erhob sich, und Tommy ließ sich von ihm ins Wartezimmer führen. Diesmal fand er es noch beängstigender, weil er nun ganz allein zwischen all den Schwangeren sitzen mußte; er betete, daß nicht eine Bekannte seiner Mutter hereinspazieren und ihn erkennen würde.

Es schien Stunden zu dauern, bis die Sprechstundenhilfe ihm einen Wink gab und ihn zurück ins Sprechzimmer brachte.

»Ich dachte, Sie wollen bestimmt hereinkommen und mit uns zusammen noch einmal das Wichtigste durchsprechen«, sagte der Arzt freundlich, als Tommy eintrat. Maribeth lächelte ihm entgegen, sie wirkte schüchtern, aber erleichtert. Der Arzt hatte die Herztöne des Babys abgehört und ihr gesagt, alles sehe danach aus, daß sie ein großes, gesundes Kind zur Welt bringen würde. Sie hatte ihm auch davon erzählt, daß sie es möglicherweise zur Adoption freigeben wolle, und ihn gebeten, ihr Bescheid zu geben, falls er jemanden wisse, der dafür in Frage käme. Er hatte versprochen, darüber nachzudenken, aber weiter nichts dazu gesagt, und nun schien es ihm viel wichtiger zu sein, alles, was er ihr bereits erklärt hatte, Tommy noch einmal zu erzählen, über die Größe des Babys, über sein gesundes Wachstum, über die Dinge, die in den nächsten paar Monaten auf Maribeth zukämen, die Vitamine, die sie zu schlucken hätte, und die Nickerchen, die sie halten sollte, wenn ihr Zeitplan es erlaubte. All das erzählte er noch einmal, ganz so, als ob Tommy der Vater des Kindes wäre, und allmählich begriff Tommy, was im Kopf des Arztes vorging. Dr. MacLean glaubte offenbar, Tommy sei der Vater des Kindes und sie wollten es vor ihm geheimhalten. All den Beteuerungen von Maribeth zum Trotz, daß sie nur Freunde seien, war er der festen Meinung, daß sie ihn anlogen. Es war für ihn einfach zu offensichtlich, wie sehr Tommy sich um sie sorgte und wie sehr er sie liebte.

Als der Arzt die beiden jungen Leute nun ansah und ihnen seine Honorarsätze erklärte, regte sich etwas in seinem Gedächtnis, und plötzlich wußte er wieder, wen er vor sich hatte, und er freute sich, daß der Junge Maribeth zu ihm gebracht hatte.

»Jetzt fällt es mir ein, du bist Tommy Whittaker, stimmt's?« fragte er lächelnd. Es lag ihm fern, ihm einen Schreck einjagen zu wollen, und er war bereit, ihr Geheimnis für sich zu behalten, solange keiner dadurch zu Schaden kam, und im Moment sah er keinen zwingenden Grund, Tommys Eltern zu benachrichtigen.

»Ja, der bin ich«, gab Tommy zu.

»Wissen deine Eltern von der Sache?«

Tommy schüttelte den Kopf und wurde knallrot. Er konnte unmöglich erklären, daß er heimlich ins Adreßbuch seiner Mutter gesehen hatte, um die Telefonnummer herauszubekommen. »Sie kennen Maribeth nicht.« Er hätte sie ihnen gern vorgestellt, aber unter den gegebenen Umständen war das undenkbar, zumal die Dinge mit seinen Eltern im Augenblick sowieso nicht zum besten standen.

»Vielleicht wäre es an der Zeit, sie ihnen vorzustellen«, sagte Dr. MacLean bedächtig. »Du kannst damit nicht ewig warten, denn ehe ihr euch's verseht, steht Weihnachten vor der Tür.« Es waren nur noch vier Monate bis zu dem errechneten Geburtstermin. »Denk darüber nach, deine Eltern sind sehr verständige Leute. Sie haben in letzter Zeit ziemlich viel durchgemacht, und wahrscheinlich wird es im ersten Moment ein Schock für sie sein, aber sobald sie ihn überwunden haben, könnten sie euch wenigstens helfen.« Maribeth hatte ihm erzählt, daß ihre Familie sich von ihr abgewandt hatte und Tommy nun der einzige Freund war, den sie hatte. »Das ist eine ziemlich große Last, um sie ganz allein auf so jungen Schultern zu tragen.«

»Es geht uns gut«, sagte Tommy tapfer und wollte damit das Thema beenden, aber der Arzt sah sich nur ein weiteres Mal in seiner Meinung bestätigt, daß Tommy der Vater war, egal, wie oft Maribeth es geleugnet hatte. Er fand es reizend, wie sehr sie bemüht war, jede Schande von ihm abzuwehren, das imponierte ihm. Er verabredete mit Maribeth einen weiteren Termin im nächsten Monat, und dann händigte er den beiden zum Abschied ein Buch aus, in dem auf einfache Weise erklärt war, wie die nächsten vier Monate und die Entbindung ablaufen würden. Es gab keine Fotos in dem Buch, nur ein paar schematische Zeichnungen, und keiner der beiden hatte je so ein Buch in der Hand gehabt. Es schienen darin einige Kenntnisse vorausgesetzt zu werden, über die sie beide nicht verfügten, und viele der Begriffe, die darin vorkamen, waren ihnen völlig unbekannt. Aber es stand alles darin, was Maribeth ab jetzt zu beachten hatte, was sie tun und lassen sollte und auf welche Gefahrensignale sie im weiteren Verlauf der Schwangerschaft achten mußte, bei denen es nötig wäre, sofort den Arzt zu rufen: sie waren ziemlich beeindruckt.

Dr. MacLean hatte Maribeth gesagt, er werde ihr für sämtliche Vorsorgeuntersuchungen und die Entbindung zweihundertfünfzig Dollar in Rechnung stellen, und sie müsse für das Krankenhaus noch einmal mit dreihundert rechnen. Glücklicherweise hatte sie von dem Geld, das ihr Vater ihr für das Kloster gegeben hatte, genug auf die Seite gelegt, um das bezahlen zu können. Aber was beiden am meisten Sorgen machte, das war die Vermutung des Arztes, Tommy sei der Vater des Kindes.

»Was ist, wenn er es deiner Mom sagt?« fragte sie ihn entsetzt, denn sie wollte nicht, daß er ihretwegen Ärger bekam. Tommy machte sich ebenfalls Sorgen, aber er hatte den Eindruck gewonnen, daß der Arzt sie nicht verraten würde, er hielt ihn für einen anständigen Mann und konnte sich nicht vorstellen, daß Dr. MacLean es hinter ihrem Rücken seinen Eltern sagen würde. Letztendlich war er trotz der ganzen Verwirrung um die Vaterschaft froh, daß er Maribeth überredet hatte, ihn aufzusuchen.

»Das macht er nicht«, beruhigte er sie. »Ich glaube, er will uns wirklich helfen.« Tommy hatte Vertrauen zu dem Mann und war sicher, daß dieses Vertrauen berechtigt war.

»Er ist nett«, sagte sie, und dann beschlossen sie, einen Milkshake trinken zu gehen. Flüsternd unterhielten sie sich über das Buch, das der Arzt ihnen gegeben hatte, über den Fortgang ihrer Schwangerschaft und über ein paar Dinge, die er über Wehen und Entbindung gesagt hatte. »Das hört sich ziemlich beängstigend an«, sagte Maribeth nervös. »Er hat gesagt, er könnte mir etwas geben, das mich betäubt... Ich glaube, das möchte ich haben.« Ihr war mulmig zumute, es war ein bißchen viel, was da mit ihren sechzehn Jahren auf sie zukam. Ein hoher Preis für eine halbe Stunde mit Paul Browne auf dem Vordersitz seines Chevy.

Tommy besuchte sie fast jeden Tag im Restaurant, oder er schaute nach der Arbeit bei ihr zu Hause vorbei und holte sie zu einem Spaziergang, ins Kino oder in ein Café ab. Am ersten September fing die Schule wieder an, und von da an wurde alles schwieriger, denn er hatte bis drei Uhr nachmittags Unterricht, dann Sport, und anschließend trug er Zeitungen aus. Wenn er dann am frühen Abend bei ihr vorbeikam, war er müde, aber sobald sie allein waren, nahm er sie in die Arme und küßte sie. Manchmal kamen sie sich vor, als ob sie schon verheiratet wären, wenn sie darüber sprachen, wie der Tag gewesen war, wie es ihr in der Arbeit und ihm in der Schule ergangen war, und wenn sie einander ihre Probleme anvertrauten. Die Leidenschaft, die sie füreinander entwickelten, fühlte sich ebenfalls an, als ob sie schon verheiratet wären. Es wurde aber nie mehr als Küsse, Umarmungen und zärtliche Berührungen.

»Hör mal, ich will nicht schwanger werden«, sagte sie eines Abends, als seine Hände über ihre Brüste wanderten, die allmählich immer praller wurden, und sie mußten beide lachen. Sie wollte nicht mit ihm schlafen, nicht jetzt, mit Pauls Baby in ihrem Bauch ... und danach sollte es etwas ganz anderes sein. Es würde alles verderben, wenn sie jetzt mit Tommy schliefe, und das wollte sie nicht, und er akzeptierte es, obwohl er manchmal glaubte, den Verstand zu verlieren, so sehr begehrte er sie.

Oft machte er seine Hausaufgaben bei ihr zu Hause, oder er setzte sich im Restaurant an einen Tisch in der Ecke. Sie versorgte ihn mit Milkshakes und Hamburgern, und manchmal half sie ihm sogar bei den Aufgaben. Wenn ihre Vermieterin nicht zu Hause war, verriegelte sie die Tür, und dann streckten sie sich auf ihrem Bett aus, und er las ihr etwas vor oder sie nahm ihm einen Teil seiner Schulaufgaben ab, mal Chemie, mal Algebra oder Trigonometrie, denn sie waren in ihren schulischen Kenntnissen und im Lernstoff gleich weit. Und zwei Wochen nachdem die Schule wieder angefangen hatte, hatte Tommy plötzlich die Idee, daß sie alle Aufgaben gemeinsam machen konnten, er konnte den Studienplan für sie kopieren und ihr seine Bücher leihen. Auf diese Weise müßte sie ihre schulische Ausbildung nicht unterbrechen, sondern sie könnte mit dem Unterricht, den sie an der Schule versäumte, Schritt halten.

»Und wenn du an deine Schule zurückkommst, dann sagst du, sie sollen dich eine Prüfung ablegen lassen, vielleicht brauchst du dann das Semester gar nicht zu wiederholen.« Eigentlich mochte er nicht daran denken, daß sie zu ihren Eltern nach Iowa zurückkehrte, ihm wäre es viel lieber gewesen, wenn sie bei ihm bliebe. Aber wie es nach der Geburt des Babys weitergehen würde, das wußten sie beide noch nicht genau.

Für den Augenblick jedenfalls war sein Plan eine fabelhafte Sache. Sie trafen sich jeden Abend nach der Schule, sofern sie nicht im Restaurant arbeiten mußte, und lernten, und Maribeth machte immer genau die gleichen Aufgaben wie er und hob alle Unterlagen auf. Im Grunde ging sie weiterhin zur Schule und arbeitete zusätzlich bei Jimmys. Tommy war von der Qualität ihrer Schularbeiten beeindruckt, und schon nach ein paar Tagen mußte er zugeben, daß sie besser als er war, obwohl er stets ausgezeichnete Noten bekam.

»Du bist gut«, sagte er bewundernd, als er anhand des Lösungsblatts, das er in der Schule bekommen hatte, ihre Algebraaufgaben korrigierte. Die zwei Tests, die er diese

Woche an sie weitergegeben hatte, hätte sie beide mit Auszeichnung bestanden, und von ihrem Geschichtsaufsatz über den Bürgerkrieg war er so begeistert, daß er behauptete, nie einen besseren gelesen zu haben. Er wünschte, der Geschichtslehrer hätte ihn sehen können.

Das einzige Problem war, daß er keinen Abend vor Mitternacht nach Hause kam, und einen Monat nach Schulbeginn begann seine Mutter mißtrauisch zu werden. Er erzählte ihr, er sei jetzt jeden Tag beim Sporttraining und helfe außerdem noch einem Freund, der in Mathematik mit großen Schwierigkeiten zu kämpfen habe. Aber da seine Mutter inzwischen wieder an der Schule arbeitete, war es nicht einfach, sie davon zu überzeugen, daß dies Grund genug sei, jeden Abend bis Mitternacht außer Haus zu sein.

Aber Tommy liebte es nun einmal, mit Maribeth zusammenzusein. Manchmal unterhielten sie sich noch stundenlang, nachdem sie ihre Aufgaben erledigt hatten, sie sprachen über ihre Träume und Ideale oder über Themen, die in den Schulaufgaben angeschnitten wurden, beispielsweise, was Werte und Ziele und Ethik bedeuteten, und natürlich kam die Rede unvermeidlich immer wieder auf das Baby, und Maribeth sprach immer wieder darüber, was sie für ihr Kind erhoffte, und was für ein Leben sie ihm und sich selbst wünschte.

»Warum behältst du das Baby eigentlich nicht?« fragte Tommy sie immer wieder, aber jedesmal schüttelte sie den Kopf. Sie wußte, daß das auch nicht die Lösung war, und obwohl das Baby immer größer und ihre Gefühle immer zärtlicher wurden, war ihr klar, daß sie das Kind nicht aufziehen konnte, und in einem Winkel ihres Herzens wußte sie sogar, daß sie das auch nicht wollte.

Anfang Oktober mußte sie ihren Kolleginnen im Restaurant gestehen, daß sie schwanger war, aber sie hatten es längst selbst herausgefunden und freuten sich für sie, da sie glaubten, es sei das letzte Geschenk ihres gefallenen Ehemanns und die schönste bleibende Erinnerung an ihn, die es geben konnte. Sie konnten ja nicht wissen, daß es eine bleibende Erinnerung an Paul Browne war, dessen achtzehnjährige Frau inzwischen womöglich ebenfalls schwanger war.

Maribeth konnte ihnen nicht sagen, daß sie das Baby weggeben wollte, und so brachten ihre Kollegen ihr kleine Geschenke in die Arbeit mit, die bei Maribeth schreckliche Schuldgefühle verursachten. Sie verstaute diese Babysachen in einer Schublade in ihrem Zimmer und versuchte, nicht daran zu denken, daß das Baby sie eines Tages tragen würde.

Zum vereinbarten Termin suchte sie Dr. MacLean auf, der sehr zufrieden mit ihr war und sich immer wieder nach Tommy erkundigte.

»So ein netter Junge«, sagte er und lächelte Maribeth an, denn er war sicher, daß es mit den beiden trotz ihres Fehltritts doch noch ein gutes Ende nehmen würde. Maribeth Robertson war ein reizendes Mädchen, und er war überzeugt davon, daß die Whittakers, sobald sie von dem Baby wüßten, ihre Einwilligung geben und sie akzeptieren würden. Und eines Tages Mitte Oktober wollte es der pure Zufall, daß Liz Whittaker von der Schule aus zu einer Routineuntersuchung in seine Praxis kam, und als sie sich verabschiedete, machte der Arzt ihr unvermittelt ein Kompliment über ihren Sohn.

»Tommy?« Liz war verblüfft, daß er sich an ihn erinnerte, denn immerhin war es sechs Jahre her, daß er ihn das letzte Mal gesehen hatte, nämlich bei Annies Geburt. »Er ist ein guter Junge«, pflichtete sie ihm bei, aber sie klang verwirrt.

»Sie können stolz auf ihn sein«, sagte er geheimnisvoll, und er hätte gern noch mehr gesagt über die beiden jungen Leute, aber er wußte, daß er das nicht konnte, denn er hatte den beiden versprochen, daß er schweigen würde.

»Ich bin stolz auf ihn«, sagte sie ein wenig zerstreut, weil sie sich beeilen mußte, um pünktlich wieder in der Schule zu sein. Später auf dem Heimweg fiel ihr seine Bemerkung wieder ein, und sie fragte sich, ob er Tommy wohl irgendwo begegnet war. Vielleicht hatte er in der Schule einen Vortrag gehalten, oder er hatte einen Sohn in Tommys Klasse, und dann vergaß sie es wieder.

Aber in der darauffolgenden Woche sprach eine ihrer Kolleginnen sie an und sagte, sie hätte Tommy mit einem bemerkenswert hübschen Mädchen gesehen, und dann erwähnte sie beiläufig, daß das Mädchen schwanger ausgesehen habe.

Liz erschrak, als sie das hörte, und dann fiel ihr mit Schrecken Dr. MacLeans unvermitteltes Lob über Tommy wieder ein. Den ganzen Nachmittag ging ihr dies nicht mehr aus dem Kopf, und schließlich beschloß sie, Tommy am Abend danach zu fragen, aber es dauerte bis Mitternacht, bis er endlich nach Hause kam.

»Wo bist du gewesen?« fragte sie, als er hereinkam. Sie schlug einen strengen Ton an, denn sie war aufgeblieben und hatte in der Küche auf ihn gewartet.

»Ich hab mit ein paar Freunden zusammen gelernt«, antwortete er nervös.

»Mit was für Freunden?« Sie kannte sie fast alle, vor

allem jetzt, seit sie wieder in der Schule arbeitete. »Mit wem? Ich will die Namen wissen.«

»Warum?« Tommy machte plötzlich ein wachsames Gesicht, und als sein Vater zur Tür hereinkam, wechselten seine Eltern einen seltsamen Blick. Die Feindseligkeit zwischen den beiden hatte ein wenig nachgelassen, seit seine Mutter wieder arbeitete, aber die Distanz schien größer denn je zu sein. Liz hatte John nichts von dem Mädchen erzählt, das jemand an Tommys Seite gesehen hatte, aber John hatte soeben gehört, wie sie miteinander sprachen, und wollte wissen, was los war, denn in letzter Zeit war ihm aufgefallen, daß Tommy so gut wie überhaupt nicht mehr zu Hause war.

»Was ist los?« fragte er Liz und sah nicht wirklich beunruhigt aus. Tommy hatte nie irgendwelche Dummheiten angestellt, aber vielleicht hatte er eine Freundin.

»Mir sind ein paar merkwürdige Dinge über Tommy zu Ohren gekommen«, sagte seine Mutter und machte ein besorgtes Gesicht, »und ich möchte von ihm mehr darüber erfahren.« Tommy sah sie an, und sofort war ihm klar, daß sie etwas wußte.

»Was für ›merkwürdige Dinge‹?« fragte John, denn so etwas sah Tommy gar nicht ähnlich.

»Wer ist das Mädchen, mit dem du dich getroffen hast?« fragte seine Mutter ihn unverblümt, während sein Vater sich setzte und die beiden beobachtete.

»Nur eine Freundin. Niemand Besonderes.« Das war eine Lüge, und seine Mutter spürte es sofort, denn Maribeth war mehr als »nur eine Freundin«, er war bis über beide Ohren in sie verliebt, er versuchte ihr dabei zu helfen, mit der Schule Schritt zu halten, und er sorgte sich aufrichtig um ihr Baby.

Seine Mutter ließ nicht locker. »Ist sie schwanger?« Er machte ein Gesicht, als ob sie ihm einen Faustschlag in den Magen versetzt hätte, und sein Vater sah aus, als ob er gleich aus dem Sessel kippen würde, und Liz starrte Tommy an wie ein Gespenst. Er schwieg. »Ja oder nein?«

»Ich... nein... ich... Oh, Mom... Ich weiß nicht... Ich hab nicht...«, stammelte er und raufte sich die Haare, die nackte Angst stand in seinen Augen. »Ich kann alles erklären. Es ist nicht so, wie es aussieht.«

»Sie ist nur dick?« fragte sein Vater hoffnungsvoll, aber Tommy machte eine jämmerliche Miene.

»Nein, das auch nicht.«

»Oh, mein Gott«, flüsterte seine Mutter.

»Setz dich erst mal«, sagte sein Vater zu ihm, und Tommy ließ sich auf einen Stuhl sinken, während Liz stehenblieb und ihn weiterhin anstarrte.

»Ich kann es nicht glauben«, sagte sie, die Stimme heiser vor Entsetzen. »Sie ist schwanger... Tommy, was hast du nur getan?«

»Ich habe nichts getan. Wir sind nur Freunde. Ich... also gut... wir sind mehr als das... aber... Oh, Mom... Du würdest sie mögen.«

»O mein Gott«, sagte seine Mutter wieder, diesmal setzte sie sich auch. »Wer ist sie? Wie ist das passiert?«

»Wie so etwas eben passiert, nehme ich an«, erwiderte er. »Sie heißt Maribeth, und ich hab sie diesen Sommer kennengelernt.«

»Warum hast du uns nichts davon erzählt?« Aber wie hätte er ihnen irgend etwas erzählen sollen? Sie sprachen ja nicht mehr mit ihm, ihr Familienleben hatte ja quasi zu existieren aufgehört. »Im wievielten Monat ist sie?« fragte Liz, als ob das noch von Bedeutung wäre.

»Im siebten«, sagte er ruhig, denn vielleicht war es sogar besser, daß sie es nun wußten. Er hatte seine Mutter schon lange fragen wollen, ob sie ihr nicht helfen könne, und er hatte die ganze Zeit gedacht, daß sie sie mögen würde, aber jetzt sah Liz noch entsetzter aus.

»*Im siebten Monat?* Wie lange geht das denn schon?« Sie versuchte fieberhaft, zurückzurechnen, aber sie war zum Rechnen viel zu aufgeregt.

»Wie lange geht was schon?« Tommy sah sie verdutzt an. »Ich hab doch gesagt, ich hab sie diesen Sommer kennengelernt. Sie ist erst im Juni hierhergezogen. Sie arbeitet in einem Restaurant, in dem ich oft esse.«

»Seit wann ißt du im Restaurant?« Sein Vater schien noch verwirrter zu sein als seine Mutter.

»Schon seit einer Weile. Mom kocht ja seit Monaten nicht mehr. Ich bezahle das Essen von dem Taschengeld, das ich mir beim Austragen der Zeitungen verdiene.«

»Das ist ja nett«, sagte sein Vater bissig und warf seiner Frau vorwurfsvolle Blicke zu, dann wandte er sich wieder an seinen Sohn. »Wie alt ist das Mädchen?«

»Sechzehn.«

»Ich verstehe das nicht«, unterbrach seine Mutter. »Sie ist im Juni hierhergezogen, und sie ist im siebten Monat ... das heißt, sie ist ungefähr im März schwanger geworden. Ist das irgendwo anders gewesen, wo du sie geschwängert hast, und dann ist sie hierhergezogen? Wo bist du denn gewesen?« Ihres Wissens war er nirgendwo hingefahren, aber sie wußten ja auch nicht, daß er häufig zum Essen ausging, und von seiner schwangeren Freundin hatten sie bis jetzt auch nichts gewußt. Im siebten Monat, das bedeutete, daß das Baby in Kürze geboren würde. Liz zitterte bei dem Gedanken daran. Was dachten die beiden sich überhaupt? Warum hatte er ihnen nichts erzählt? Aber als sie darüber nachdachte, begann sie zu verstehen: Sie hatten sich auseinandergelebt, sie hatten sich gegenseitig verloren. Kein Wunder, daß Tommy in heillose Schwierigkeiten geraten war, es hatte ja keiner mehr auf ihn geachtet.

Inzwischen war Tommy endlich dahintergekommen, worauf ihre Fragen hinausliefen. »Sie ist nicht von mir schwanger, Mom, sie ist daheim in Onawa schwanger geworden, und ihr Vater hat sie rausgeworfen, sie darf erst nach der Geburt wiederkommen. Zuerst ist sie in ein Kloster gegangen, aber dort hat sie's nicht ausgehalten, und dann ist sie im Juni hierhergezogen, und da hab ich sie kennengelernt.«

»Und du warst die ganze Zeit über mit ihr zusammen? Warum hast du uns nichts davon erzählt?«

»Ich weiß nicht«, seufzte er. »Ich wollte es ja, weil ich wirklich dachte, ihr würdet sie mögen, aber ich hatte Angst, daß ihr sie wegen der Schwangerschaft ablehnt. Sie ist wunderbar, aber sie ist mutterseelenallein, sie hat niemanden, der ihr hilft.«

»Außer dir.« Seine Mutter machte ein gequältes Gesicht, aber sein Vater war erleichtert. »Da fällt mir ein«, sagte Liz, die das Rätsel langsam entschlüsselte, »bist du mit ihr bei Dr. MacLean gewesen?«

Tommy erschrak, als er die Frage hörte. »Warum? Hat er etwas gesagt?« Das hätte er nicht tun dürfen, aber seine Mutter schüttelte den Kopf, während sie ihn ansah.

»Nein, er hat nichts erzählt, er hat nur gesagt, was für ein prima Kerl du wärst, und ich habe nicht verstanden, wieso er sich an dich erinnern konnte, nach sechs Jahren... aber eine Kollegin von mir hat dich letzte Woche mit ihr gesehen, und sie hat mir erzählt, dieses Mädchen hätte schwanger ausgesehen.« Sie schaute ihrem sechzehnjährigen Sohn in die Augen und fragte sich, ob er das Mädchen wohl heiraten wollte. »Was hat sie mit dem Baby vor?«

»Sie ist noch unentschlossen, denn sie traut sich nicht zu, es selber aufzuziehen, und will es lieber zur Adoption freigeben, weil sie meint, daß das dem Kind gegenüber fairer wäre. Sie hat da ihre eigene Theorie«, sagte er. Er hatte das Bedürfnis, ihnen alles auf einmal zu erklären, weil er wollte, daß sie sie genauso lieb hatten wie er. »Sie glaubt, daß das Schicksal es manchmal will, daß ein Mensch nur für einen kurzen Zeitraum bei uns bleibt, wie Annie, nur so lange, bis er uns ein Geschenk oder eine Botschaft übermittelt hat, etwas Gutes, das wir für immer behalten dürfen... und dieses Gefühl hat sie auch bei ihrem Baby, als ob sie dazu da ist, es auf die Welt zu bringen, aber nicht, ein Leben lang bei ihm zu bleiben. Das ist ein sehr starkes Gefühl bei ihr.«

»Das ist eine ungeheuer schwierige Entscheidung für so ein junges Mädchen«, sagte Liz ruhig, denn sie hatte Mitleid mit dem Mädchen, aber vor allem war sie um Tommy besorgt, dessen Verliebtheit nicht zu übersehen war. »Wo lebt ihre Familie?«

»Sie wollen sie nicht mehr zu Hause sehen, sie darf nicht mal mit ihnen sprechen, bis sie das Baby weggegeben hat. Ihr Vater muß ein wirklicher Idiot sein, und ihre Mutter hat Angst vor ihm, Maribeth steht wirklich ganz allein da.«

»Abgesehen von dir«, sagte Liz traurig, denn da hatte er sich eine große Last aufgebürdet, aber John war nicht mehr halb so besorgt, seit er erfahren hatte, daß es nicht Tommys Baby war.

»Ich möchte, daß ihr sie kennenlernt, Mom.« Sie zögerte lange, ob sie das Mädchen treffen und dadurch das Verhältnis billigen oder Tommy einfach verbieten sollte, sie weiterhin zu sehen, aber das schien ihm gegenüber nicht fair zu sein. Schweigend sah sie zu John hinüber, der die Achseln zuckte und damit kundgab, daß er nichts dagegen einzuwenden hätte.

»Vielleicht sollten wir das.« Merkwürdigerweise hatte sie das Gefühl, daß sie es Tommy schuldig waren, und wenn er von dem Mädchen so eine hohe Meinung hatte, dann verdiente sie es, daß sie sie kennenlernten.

»Sie sehnt sich so danach, wieder auf die Schule zu gehen, und ich arbeite jeden Abend mit ihr, ich leihe ihr meine Bücher und kopiere ihr alles, was wir in der Schule bekommen. Sie ist mir meilenweit voraus, und dabei schreibt sie viel mehr Aufsätze als ich und liest auch noch nebenher.«

»Warum geht sie nicht zur Schule?« fragte seine Mutter mit mißbilligender Miene.

»Sie muß arbeiten und kann erst wieder zur Schule gehen, wenn sie wieder nach Hause darf, nach der Geburt.«

»Und dann?« forschte seine Mutter, aber auch Tommy hatte noch nicht auf alles eine Antwort. »Was ist mit dir? Ist es dir ernst?«

Er zögerte, er wollte ihr nicht alles offenbaren, aber er wußte, daß er das tun mußte. »Ja, Mom... Es ist ernst. Ich liebe sie.«

Sein Vater bekam es mit der Angst zu tun, als er das hörte. »Du willst sie doch hoffentlich nicht heiraten oder das Kind behalten! Tommy, mit sechzehn, du weißt ja nicht, was du tust. Schlimm genug wäre es, wenn es dein

Kind wäre, aber das ist es ja gottlob nicht. Du bist ihr zu nichts verpflichtet.«

»Das weiß ich«, entgegnete er und wirkte wie ein erwachsener Mann, als er seinem Vater antwortete. »Ich liebe sie, und ich würde sie heiraten, wenn sie einverstanden wäre, *und* ich würde auch das Kind behalten, aber sie will weder das eine noch das andere. Sie will weiter auf die Schule gehen, und dann noch aufs College, wenn sie kann. Sie glaubt, daß sie immer noch bei ihrer Familie leben kann, aber ich bin mir nicht sicher, denn ich glaube nicht, daß ihr Vater ihr je erlauben wird, zu studieren, nach all dem, was ich über ihn gehört habe. Aber sie will nicht heiraten, bevor sie nicht eine Ausbildung abgeschlossen hat – sie setzt mich nicht unter Druck, Dad, es ist umgekehrt: Ich müßte sie zwingen, mich zu heiraten.«

»Na gut, dann tu es nicht«, erwiderte sein Vater erleichtert und öffnete sich eine Flasche Bier, denn der bloße Gedanke, daß Tommy mit sechzehn heiraten könnte, ließ ihn fast die Nerven verlieren.

»Tu nichts, was du später vielleicht bereust«, sagte seine Mutter und versuchte, ruhig zu klingen, aber sie war außer sich. Nach all dem, was sie erfahren hatte, zitterten ihr die Hände. »Ihr seid beide sehr jung, und ihr ruiniert euch das Leben, wenn ihr jetzt einen Fehler macht. Sie hat bereits einen Fehler begangen, nun setzt nicht noch einen zweiten obendrauf.«

»Das sagt Maribeth auch, und das ist auch der Grund, warum sie das Baby weggeben will. Sie sagt, wenn sie es behalten würde, würde sie noch einen Fehler begehen, für den alle zu bezahlen hätten. Ich glaube, sie täuscht sich, ich glaube, eines Tages wird es ihr leid tun, daß sie es weggegeben hat, aber sie ist der Meinung, daß ihr

Kind ein besseres Leben verdient als das, das sie ihm bieten kann.«

»Wahrscheinlich hat sie recht«, sagte seine Mutter leise, denn sie konnte sich im Leben nichts Traurigeres vorstellen, als ein Kind weggeben zu müssen, außer vielleicht, ein Kind zu verlieren. Aber ein Baby wegzugeben, das man neun Monate unter dem Herzen getragen hat, das war für sie ein Alptraum. »Es gibt viele wunderbare Leute, die sich nach nichts mehr sehnen, als ein Kind zu adoptieren... Leute, die selber keine Kinder bekommen können und die dem Baby alle erdenkliche Liebe geben würden.«

»Ich weiß.« Tommy sah auf einmal sehr müde aus, es war halb zwei Uhr morgens, und seit eineinhalb Stunden saßen sie in der Küche und sprachen über Maribeth' Problem. »Ich finde nur, das hört sich so traurig an, und was wird sie davon haben?«

»Eine Zukunft, und vielleicht ist das tatsächlich wichtiger«, antwortete seine Mutter weise. »Sie hätte keine Zukunft, wenn sie mit sechzehn ein Kind mit sich herumschleppt und völlig auf sich gestellt ist, und du kannst ihr auch nicht helfen, wenn du sie heiratest, denn das ist kein Leben für zwei junge Leute, die nicht einmal den High-School-Abschluß haben.«

»Schau sie dir an, Mom, und sprich mit ihr. Ich möchte, daß du sie kennenlernst, und vielleicht kannst du ihr Unterlagen zum Lernen aus der Schule geben. Sie hat mich längst überholt, und ich weiß nicht mehr, was ich ihr noch bringen soll.«

»Also gut.« Seine Eltern wechselten einen sorgenvollen Blick, aber beide nickten als Zeichen ihres Einverständnisses. »Bring sie nächste Woche mit nach Hause. Ich mache ein Essen.« Sie sagte es, als ob es ihr ein großes Opfer abverlangte, aber jetzt regte sich ihr schlechtes Gewissen, hatte sie ihren Sohn doch dazu getrieben, daß er im Restaurant essen mußte wie ein Waisenkind. »Es tut mir leid, daß... Es tut mir leid, daß ich so wenig für dich dagewesen bin«, sagt sie, und ihre Augen füllten sich mit Tränen. Sie stellte sich auf die Zehenspitzen und gab ihm einen Kuß. »Ich liebe dich... ich glaube, ich bin selber eine ziemlich verlorene Seele gewesen in den letzten zehn Monaten.«

»Mach dir keine Sorgen, Mom«, sagte er freundlich, »es geht mir gut.« Und das stimmte auch, dank Maribeth, denn sie hatte ihm noch mehr geholfen als er ihr, sie hatten sich gegenseitig getröstet.

Tommy ging in sein Zimmer, Liz und John in das ihre. Liz setzte sich auf den Bettrand und sah John an, sie war erschüttert.

»Ich kann nicht glauben, was ich gerade gehört habe. Er würde das Mädchen heiraten, wenn er unsere Erlaubnis bekäme, ist dir das klar?«

»Er wäre ein verdammter Idiot, wenn er das täte«, erwiderte John ärgerlich. »Wahrscheinlich ist sie eine billige, kleine Schlampe, läßt sich mit sechzehn schwängern und verkauft ihm jetzt ein rührseliges Märchen von wegen Ausbildung und College.«

»Ich weiß nicht, was ich denken soll«, sagte Liz und schaute ihn an, »außer daß wir in diesem vergangenen Jahr alle zusammen verrückt geworden sind – du hast zu trinken angefangen, ich war überhaupt nicht mehr ansprechbar, ich hab mich in meinem eigenen Kopf verloren und wollte nur noch vergessen, was geschehen ist. Tommy hat angefangen, in Restaurants zu essen und sich mit einem schwangeren Mädchen eingelassen, das er heiraten will. Ich würde sagen, wir haben ein einziges Chaos angerichtet.« Sie war völlig erschöpft von dem, was sie gehört hatte, und sie fühlte sich schrecklich schuldig.

»Vielleicht geht das allen Leuten so, denen plötzlich der Boden unter den Füßen weggezogen wird«, sagte John, als er sich neben sie auf die Bettkante setzte. So nah waren sie einander seit langer Zeit nicht mehr gekommen, und zum ersten Mal seit langem spürte Liz, daß sie nicht wütend war, sondern traurig. »Ich dachte, ich muß sterben, als . . .« sagte John leise, aber er war unfähig, den Satz zu beenden.

»Ich auch . . . Ich glaube, ich bin gestorben«, gestand auch Liz. »Ich komme mir vor, als ob ich das ganze Jahr im Koma gelegen hätte, denn ich kann mich nicht einmal genau erinnern, was die ganze Zeit über passiert ist.«

Er legte einen Arm um sie, und lange blieben sie einfach so sitzen, und als sie dann zusammen im Bett lagen, sprachen sie kein Wort miteinander, aber er hielt sie in seinen Armen.

Siebtes Kapitel

Als Maribeth wieder ihren freien Tag hatte, holte Tommy sie nach seinem Football-Training ab. An diesem Abend sollte sie seine Eltern kennenlernen. Er hatte sich ein wenig verspätet und war schrecklich aufgeregt.

»Du siehst wirklich hübsch aus«, sagte er, als er sie sah, beugte sich zu ihr und gab ihr einen Kuß. »Danke, Maribeth.« Er wußte, daß sie sich wegen der Einladung bei seinen Eltern so fein gemacht hatte, und sie wußte, wie wichtig es ihm war, und wollte ihn auf keinen Fall blamieren. Es war schlimm genug, daß sie im siebten Monat schwanger war, und niemand auf der Welt wäre auf die Idee gekommen, sie irgend jemandem vorzustellen, geschweige denn seinen Eltern – niemand, außer Tommy.

Maribeth trug ein dunkelgraues Wollkleid mit einem kleinen weißen Kragen und einer schwarzen Schleife. Das Kleid hatte sie sich vor kurzem von ihrem Lohn gekauft, da ihr alle anderen Sachen zu eng geworden waren. Die Haare hatte sie sich zu einem strengen Pferdeschwanz gebunden, der von einem schwarzen Samtband gehalten wurde. Als er ihr in den Wagen seines Vaters half, mußte er grinsen, denn sie wirkte wie ein kleines Mädchen, das einen großen Ballon unter seinem Rock versteckt hat. Sie sah reizend aus, auch wenn sie schrecklich Angst vor dem Treffen mit seinen Eltern hatte. Seit dem Gespräch in der letzten Woche hatten sie nicht viel zu ihm gesagt, nur, daß sie sich darauf freuten, sie kennenzulernen.

»Nicht nervös sein, okay!« sagte er, als er vor seinem Elternhaus anhielt. Sie staunte, wie hübsch es aussah, es war frisch gestrichen, und außen herum waren hübsche Blumenbeete angelegt. Um diese Jahreszeit gab es zwar keine Blumen, aber es war nicht zu übersehen, daß Haus und Garten liebevoll gepflegt wurden. »Es wird schon gutgehen«, beruhigte er sie, führte sie zum Hauseingang und hielt ihre Hand, während er die Tür öffnete. Seine Eltern erwarteten sie im Wohnzimmer. Maribeth ging mit raschen Schritten auf die beiden zu und gab erst seiner Mutter, dann seinem Vater die Hand, und Tommy beobachtete, wie seine Mutter Maribeth neugierig musterte.

Alle waren äußerst umsichtig und höflich. Liz bat Maribeth, Platz zu nehmen, und bot ihr eine Tasse Kaffee oder Tee an, und Maribeth bat statt dessen um eine Cola. John plauderte mit ihr, während Liz in die Küche ging, um nach ihrem Braten zu sehen. Sie hatte einen Schmorbraten gemacht, dazu Rahmspinat und die Kartoffelpuffer, die Tommy so gern aß.

Nach einem Weilchen folgte Maribeth Tommys Mutter in die Küche, um zu fragen, ob sie sich nützlich machen könne. Die beiden Männer sahen ihr nach, als sie in den Flur hinausging, und Tommy wollte schon aufspringen, um ebenfalls in die Küche zu gehen, aber John faßte ihn am Arm.

»Laß sie mit deiner Mutter ein bißchen allein, mein Junge, die beiden sollen sich kennenlernen. Sie scheint ein nettes Mädchen zu sein«, sagte er offen. »Hübsch ist sie auch, es ist ein Jammer, daß ihr das passiert ist. Was ist mit dem Jungen los, und warum haben sie nicht geheiratet?«

»Er hat inzwischen eine andere geheiratet, aber Maribeth wollte ihn sowieso nicht heiraten, Dad, sie hat ihn nicht geliebt, hat sie mir gesagt.«

»Ich weiß nicht, ob das klug von ihr war oder eher leichtsinnig. Eine Ehe kann zwar manchmal recht schwierig sein, auch wenn man jemanden geheiratet hat, den man liebt, aber auf jeden Fall war es tapfer von ihr, sich so zu entscheiden.« Er zündete sich die Pfeife an und betrachtete seinen Sohn, denn Tommy war in letzter Zeit ziemlich erwachsen geworden. »Es scheint mir nicht besonders fair von ihren Eltern, daß sie sie nicht sehen wollen, bis sie das Kind bekommen hat«, sagte John und beobachtete seinen Sohn aufmerksam, da er wissen wollte, wie viel dieses Mädchen ihm bedeutete. Tommy machte keinen Hehl aus seinen Gefühlen, und das ging seinem Vater ans Herz.

Als Liz die beiden Männer schließlich zum Essen rief, schienen sie und Maribeth sich bereits angefreundet zu haben. Maribeth half beim Tischdecken, und die beiden unterhielten sich über einen Kurs in Staatsbürgerkunde, den Liz in der Abschlußklasse gab. Als Maribeth sagte, sie wünschte, sie könnte an so einem Kurs teilnehmen, erwiderte Liz nachdenklich: »Ich denke, ich könnte dir etwas von meinen Unterrichtsmaterialien geben. Tommy hat erzählt, daß du mit ihm zusammen Schularbeiten machst, um auf dem laufenden zu bleiben. Möchtest du, daß ich mir deine Aufsätze ansehe?« Maribeth war über das Angebot verblüfft.

»Das wäre toll«, sagte sie dankbar, als sie zwischen den beiden Männern Platz nahm.

»Hast du vor, deine Arbeiten in der Schule einzureichen, wenn du wieder nach Hause gehst, oder arbeitest du nur für dich?«

»Hauptsächlich für mich, aber ich dachte, daß ich vielleicht eine Prüfung ablegen kann, wenn ich wieder zurückkomme, und vielleicht kann ich dann wenigstens für einen Teil der Arbeiten, die ich in der Zwischenzeit gemacht habe, Testate bekommen.«

»Warum zeigst du sie mir nicht mal, ich könnte sie bei uns an der Schule vorlegen und fragen, ob du nicht von hier eine Art Zertifikat bekommen kannst. Machst du die Aufgaben, die Tommy gestellt bekommt, auch alle?« Maribeth nickte, und Tommy ergriff für sie das Wort, während er sich zwischen Maribeth und seine Mutter setzte.

»Sie ist schon viel weiter als ich, Mom, mein Physikbuch hat sie schon ganz durch, das ist der Stoff für das ganze Jahr, in Geschichte ist sie bereits bei Europa, und sämtliche freigestellten Aufgaben hat sie auch schon gemacht.« Liz schien beeindruckt, und Maribeth versprach, am Wochenende mit ihren Arbeiten vorbeizukommen.

»Ich könnte dir eigentlich ein paar zusätzliche Aufgaben stellen«, sagte Liz und reichte Maribeth die Platte mit dem Schmorbraten. »Meine Kurse sind alle sowohl für Schüler der vorletzten wie der letzten Klasse.« Als sie beim Nachtisch angelangt waren, hatten Liz und Maribeth sich bereits für ein paar Stunden am Samstag nachmittag verabredet, und am Sonntag wollte Liz ihr ein halbes Dutzend Zusatzaufgaben geben. »Du kannst daran arbeiten, wenn du Zeit hast, und sobald sie fertig sind, bringst du sie mir zurück. Tommy hat gesagt, daß du sechs Tage in der Woche im Restaurant arbeitest, ich kann mir vorstellen, daß das recht anstrengend ist.« Im Grunde staunte Liz, daß Maribeth die Energie aufbrachte, eine Zwölf-Stunden-Schicht lang auf den Beinen zu sein und schwere Tabletts herumzutragen. »Wie lange willst du noch arbeiten, Maribeth?« Es war ihr ein wenig peinlich, auf die Schwangerschaft anzuspielen, aber es ließ sich nicht vermeiden, der Bauch war beim besten Willen nicht zu übersehen.

»Bis zum Schluß, denke ich. Ich kann es mir eigentlich nicht leisten, schon vorher aufzuhören.« Das Geld, das ihr Vater ihr gegeben hatte, brauchte sie für die Entbindung und für Dr. MacLean, und ihr Lohn reichte gerade für den laufenden Lebensunterhalt. Sie konnte es sich auf keinen Fall leisten, vorher aufzuhören, denn es war schon schwierig genug gewesen, die kleine Summe zusammenzusparen, die sie nach der Geburt brauchen würde, um sich und das Baby ein oder zwei Wochen durchzubringen, aber da sie das Baby nicht behalten würde, mußte sie wohl nicht viel kaufen. Nur die Kolleginnen im Restaurant kündigten ständig an, sie würden sie schon noch rechtzeitig mit allem ausstatten, was nötig wäre. Maribeth versuchte es ihnen auszureden, weil es die ganze Sache nur noch schlimmer machte, aber natürlich hatten sie keine Ahnung, daß sie das Baby nicht behalten würde.

»Das wird hart für dich werden«, sagte Liz voller Mitleid, »bis ganz zum Schluß zu arbeiten. Ich habe das getan, als ich mit Tommy schwanger war, und am Ende hatte ich Angst, ich würde ihn im Klassenzimmer bekommen. Bei Annie habe ich mir viel länger frei genommen«, sagte sie, und dann war es am Tisch plötzlich still. Liz hob den Blick zu Maribeth und sah ihr direkt in die Augen. »Ich nehme an, Tommy hat dir von seiner Schwester erzählt«, sagte sie leise.

Maribeth nickte, und ihr Blick war voller Liebe für ihn und voller Mitleid für seine Eltern. Annie war ihr inzwischen so vertraut, sie hatte so viele Geschichten über sie gehört und so oft von ihr geträumt, daß es ihr vorkam, als ob sie sie gekannt hätte. »Ja, das hat er«, sagte Maribeth leise, »sie muß ein sehr süßes kleines Mädchen gewesen sein.«

»Das war sie«, pflichtete Liz ihr bei und machte ein trauriges Gesicht. Da griff John ruhig über den Tisch nach ihrer Hand und berührte sie leicht an den Fingern. Liz hob erstaunt den Blick, denn es war das erste Mal, daß er das tat. »Ich nehme an, das sind alle Kinder«, fuhr sie fort, »deines wird genauso sein. Kinder sind etwas Wunderbares.« Maribeth sagte nichts, aber Tommy warf ihr einen Blick zu, denn er wußte, welche widerstreitenden Gefühle sie dem Baby gegenüber hatte.

Dann sprachen sie über Tommys nächstes Footballspiel, und Maribeth wünschte im stillen, daß sie mitkommen dürfte.

Sie plauderten noch lange über Maribeth' Heimatstadt, über ihre Ausbildung, über die Ausflüge an den See, die sie diesen Sommer mit Tommy gemacht hatte, aber sie sprachen nicht über Maribeth' Verhältnis zu Tommy und nicht über ihr Baby. Um zehn Uhr fuhr Tommy sie schließlich nach Hause, und bevor sie ging, umarmte sie seine Eltern zum Abschied. Und als sie endlich im Wagen saßen, ließ sie sich erschöpft in den Sitz zurückfallen und stieß einen Seufzer der Erleichterung aus.

»Wie war ich? Bin ich jetzt untendurch?« Er sah sie an, gerührt, daß sie überhaupt danach fragen konnte, und beugte sich zu ihr, um ihr einen langen, zärtlichen Kuß zu geben.

»Du warst wunderbar, sie haben dich ins Herz geschlossen. Was glaubst du, warum meine Mutter dir ihre Hilfe bei deinen Arbeiten für die Schule angeboten hat?« Er war sehr erleichtert, denn seine Eltern waren nicht nur höflich, sie waren ausgesprochen liebenswürdig gewesen. Und in der Tat waren seine Eltern sehr von Maribeth beeindruckt. Als John Liz beim Abwasch half, lobte er Maribeth' Aufgewecktheit und Intelligenz und ihre guten Manieren in den höchsten Tönen.

»Ein prächtiges Mädchen, findest du nicht, Liz? Es ist wirklich ein Jammer, daß sie sich diesen Blödsinn angetan hat.« Er schüttelte den Kopf, während er einen Teller abtrocknete. Zum ersten Mal seit Monaten hatte er ein Abendessen wieder richtig genossen, und es freute ihn, daß Liz sich solche Mühe gegeben hatte.

»Sie hat ihn sich nicht ganz allein angetan«, erwiderte Liz mit einem kleinen Lächeln, aber sie mußte zugeben, daß er recht hatte – Maribeth war ein reizendes Mädchen, und das sagte sie auch Tommy, als er eine Stunde später wieder zurückkam. Er hatte Maribeth in ihr Zimmer gebracht, und es war ihr anzusehen, daß sie sterbensmüde war und außerdem Rückenschmerzen hatte. Es war ein langer Tag für sie gewesen, und seit einer Woche begann sie unter ihrer Unbeweglichkeit und Schwerfälligkeit zu leiden und sich unwohl zu fühlen.

»Deine Freundin gefällt mir«, sagte Liz, als Tommy zur Tür hereinkam, und räumte den letzten Teller auf. John hatte sich eine Pfeife angezündet und nickte zum Zeichen, daß er ihr beipflichtete.

»Ihr habt ihr auch gefallen. Ich glaube, sie ist ganz schön einsam und vermißt ihre Eltern und ihre kleine Schwester, besonders toll hört es sich zwar nicht an, was sie über sie erzählt, aber ich schätze, sie ist daran gewöhnt. Ihr Vater muß ein richtiger Tyrann sein, und sie sagt, ihre Mutter lehnt sich nie gegen ihn auf. Ich glaube, es ist furchtbar hart für sie, so isoliert zu sein, obwohl ihr ihre Mutter ein paarmal geschrieben hat, aber ihr Vater liest anscheinend nicht mal ihre Briefe, und mit ihrer Schwester darf sie überhaupt keinen Kontakt haben. Ich finde das ziemlich blöd«, sagte er und schien ärgerlich zu sein. Seine Mutter betrachtete seine Augen, es war leicht zu erkennen, wie sehr er sie liebte und wie groß sein Bedürfnis war, sie zu beschützen.

»Eltern treffen manchmal falsche Entscheidungen«, sagte seine Mutter, da sie Mitleid mit Maribeth hatte. »Ich kann mir vorstellen, daß es sehr lange dauern wird, bis diese Wunde wieder verheilt, wenn sie überhaupt je wieder verheilt.«

»Sie sagt, daß sie wieder nach Hause zurückgehen will, um die Schule abzuschließen, und dann will sie nach Chicago ziehen und dort aufs College gehen.«

»Warum nicht hier?« schlug sein Vater vor, und Liz war erstaunt, wie unbekümmert er das sagte. Natürlich gab es ein College in der Stadt, ein sehr gutes sogar, und falls Maribeth das wollte und falls sie ein Stipendium bekam, konnte Liz sie bei ihrer Bewerbung unterstützen.

»Daran hab ich noch gar nicht gedacht, und sie wahrscheinlich auch nicht«, sagte Tommy und sah seine Eltern erfreut an. »Ich werde mit ihr darüber sprechen, aber ich schätze, im Augenblick macht sie sich vor allem Sorgen um das Baby, denn es macht ihr alles ziemlich angst. Wahrscheinlich einfach deshalb, weil sie keine Ahnung hat, was auf sie zukommt. Vielleicht«, er sah zögernd zu Liz, froh darüber, daß die beiden Frauen sich kennengelernt hatten, »vielleicht könntest du dich mal mit ihr unterhalten, Mom. Sie hat wirklich niemanden außer mir, mit dem sie sprechen kann, höchstens noch die anderen

Kellnerinnen im Jimmy D's, aber mir kommt es immer so vor, als ob sie vor denen Angst hat.« Das wenige, was er darüber wußte, was sie noch durchzustehen hatte, genügte ihm bereits, um ebenfalls Angst zu bekommen. Diese ganze Sache, Schwangerschaft und Geburt, hörte sich ziemlich grauenhaft an.

»Ich werde mit ihr sprechen«, sagte Liz freundlich, und ein Weilchen später gingen sie zu Bett. Als Liz neben John lag, dachte sie immer noch über Maribeth nach. »Sie ist ein süßes Mädchen, nicht wahr? Ich könnte mir nicht vorstellen, das alles allein durchzustehen... das muß sehr schlimm sein... und dann das Baby weggeben...« Allein die Vorstellung trieb ihr die Tränen in die Augen, denn sie erinnerte sich noch so gut an den Moment, als sie Annie zum ersten Mal im Arm gehalten hatte, und auch Tommy... es war so ein warmes, zartes, glückliches Gefühl gewesen, und der Gedanke, sie sofort nach der Geburt wegzugeben, hätte sie umgebracht. Andererseits hatte sie lange und sehnlich auf diese Kinder gewartet, und sie war schon eine erwachsene Frau gewesen. Vielleicht war dies mit sechzehn Jahren einfach alles zuviel, und Maribeth war klug genug, sich einzugestehen, daß es über ihre Kräfte ging. »Glaubst du, Avery wird eine Familie für das Kind finden?« Sie machte sich plötzlich Sorgen um das Mädchen, es ging ihr wie Tommy, sie kam nicht darüber hinweg, daß Maribeth niemanden hatte, an den sie sich wenden konnte.

»Ich bin sicher, daß er so was öfter tut, als wir denken. Weißt du, es ist ja nichts Ungewöhnliches, und normalerweise werden Mädchen in ihrer Situation irgendwo versteckt. Ich bin sicher, daß er die richtigen Leute für ihr Baby findet.«

Liz nickte und löschte das Licht. Sie dachte über die beiden nach, Maribeth und ihren Sohn – sie waren noch so jung und so verliebt und voller Hoffnung.

Liz und John sprachen noch ein Weilchen über Maribeth, bis John schließlich einschlummerte. Eigentlich waren sie einander nicht nähergekommen, aber seit ein paar Tagen kam es Liz so vor, als ob die Mauer zwischen ihnen durchlässiger würde. Von John kam immer wieder einmal eine Geste oder ein liebes Wort, und sie selbst bemühte sich auch etwas mehr um ihn, und das Essen heute abend hatte ihr gezeigt, daß sie wieder anfangen mußte, regelmäßig zu kochen. Sie brauchten diese gemeinsamen Abende, sie brauchten die Berührungen und die Gespräche, sie mußten etwas tun, um einander wieder Hoffnung zu geben. Liz spürte, daß sie langsam aus dem Nebel wieder auftauchten, in dem jeder sich versteckt hatte. Sie sah John vor sich, wie er die Hand nach ihr ausstreckte und wieder zu ihr wollte, und sie sah Tommy, der dort stand, wo er immer gestanden hatte, und daß jetzt Maribeth an seiner Seite war.

An diesem Abend schlief sie zum ersten Mal seit Monaten mit einem Gefühl der Ruhe und des Friedens ein. Am nächsten Tag ging sie vormittags in die Schulbibliothek, suchte Bücher für Maribeth heraus und stellte Aufgaben für sie zusammen, und als das Mädchen am Samstag nachmittag zu Besuch kam, hatte Liz einiges für sie vorbereitet. Sie war überrascht, wie gut die Arbeiten waren, die Maribeth mitgebracht hatte, sie hatten eine Qualität, wie man sie bei den meisten Schülern nicht einmal in der Abschlußklasse fand.

Während sie einige der Aufsätze durchlas, runzelte sie immer wieder die Stirn und schüttelte den Kopf. Maribeth wurde nervös, als sie das beobachtete. »Ist es sehr schlecht, Mrs. Whittaker? Ich hatte wirklich nicht viel Zeit dafür, nur abends nach der Arbeit, aber ich kann es überarbeiten, ich will noch einen anderen Literaturaufsatz schreiben, über *Madame Bovary*. Ich fürchte, das hier wird dem Buch überhaupt nicht gerecht.«

»Laß die Scherze«, wies Liz sie zurecht und sah sie mit einem Lächeln an. »Das ist ausgezeichnet. Ich bin sehr beeindruckt.« Mit diesen Arbeiten stellte sie sogar Tommy in den Schatten, der ein unbestrittener Musterschüler war. Maribeth hatte einen Aufsatz über russische Literatur geschrieben, und einen anderen über die Komik bei Shakespeare, dann hatte sie noch einen Artikel über den Koreakrieg verfaßt. Auch sämtliche Mathematikaufgaben waren penibel und korrekt ausgeführt. Ihre Arbeiten waren allesamt von einer überdurchschnittlichen Qualität, wie sie Liz seit Jahren nicht untergekommen war. Sie blickte das hochschwangere Mädchen an, das vor ihr saß, und tätschelte ihr freundlich die Hand. »Du hast hervorragende Leistungen erbracht, Maribeth, du müßtest dafür ein ganzes Jahr angerechnet bekommen, wenn nicht noch mehr. Diese Arbeiten hier haben das Niveau, das in der Abschlußklasse verlangt wird.«

»Meinen Sie wirklich? Glauben Sie, ich könnte das zu Hause bei meiner Schule einreichen?«

»Ich habe eine bessere Idee«, sagte Liz und legte die Hefte zu einem ordentlichen Stapel zusammen. »Ich möchte das alles unserem Direktor zeigen, vielleicht kannst du von unserer Schule ein Zertifikat bekommen, und möglicherweise läßt man dich sogar eine Externenprüfung ablegen, dann könntest du an deiner alten Schule direkt in die Abschlußklasse einsteigen.«

»Glauben Sie wirklich, daß man mir das erlauben würde?« Maribeth war ganz benommen, es war überwältigend, was Liz ihr da vorschlug, denn das hieß, daß sie möglicherweise ein ganzes Jahr überspringen und vielleicht sogar schon im Juni ihren Abschluß machen konnte. Sie war begeistert von dieser Vorstellung, denn ihr war klar, daß die nächsten paar Monate zu Hause eine Qual sein würden, da sie in den letzten Monaten unter Beweis gestellt hatte, daß sie für sich selber sorgen konnte. Natürlich wollte sie wieder nach Hause, allein schon, um ihre Mutter und Noelle wiederzusehen, und sie wollte dort ihren Schulabschluß machen, aber sie wußte, daß sie es nicht mehr lange zu Hause aushalten würde. Der Abstand war zu groß, und sie war zu selbständig geworden, um nach der Geburt noch ganze zwei Jahre zu Hause zu bleiben. Sechs Monate bis zur Prüfung im Juni, das wäre mehr als genug Zeit, und dann könnte sie wegziehen, sich Arbeit suchen und vielleicht, eines Tages, ein Stipendium für ein College bekommen. Sie war sogar bereit, ein Abendstudium aufzunehmen, sie war zu allem bereit, wenn sie nur studieren konnte, aber bei ihrer Familie würde sie dafür nie Verständnis finden, das wußte sie.

Liz gab ihr die zusätzlichen Aufgaben, die sie für sie vorbereitet hatte, und versprach zu sehen, was sie in der Schule für sie tun konnte, und Maribeth Bescheid zu geben, sobald sie irgend etwas in Erfahrung gebracht hatte.

Anschließend plauderten sie noch ein Weilchen über Tommy und seine Zukunftspläne. Liz hatte offenbar noch immer Angst, daß er Maribeth heiraten wollte, nur damit sie das Baby nicht weggeben müßte, aber sie sprach ihre Befürchtung nicht aus. Statt dessen sprach sie über die Colleges, von denen sie hoffte, daß er sie besuchen würde, und von den Möglichkeiten, die ihm offenstanden. Aber Maribeth verstand genau, was sie meinte, sie wußte, was Liz ihr mit all dem sagen wollte, und schließlich konnte sie nicht mehr anders; sie sah Liz direkt an und begann völlig ruhig zu sprechen.

»Ich werde ihn nicht heiraten, Mrs. Whittaker, jedenfalls nicht jetzt, das könnte ich ihm nicht antun. Er ist die ganze Zeit so lieb zu mir gewesen, er ist der einzige Freund, den ich habe, seit das alles passiert ist. Aber wir sind beide zu jung, und es würde alles kaputtmachen. Ich bin nicht sicher, ob er das wirklich versteht«, sagte sie traurig, »... aber mir ist es klar, daß wir nicht reif für ein Kind sind, jedenfalls bin ich das nicht. Man muß einem Kind so viel geben, man muß für seine Kinder dasein... man muß jemand sein, der ich noch gar nicht bin... man muß erwachsen sein.« Sie hatte Tränen in den Augen, und Liz war gerührt, diese junge Frau erwartete ein Baby, und war doch selbst fast noch ein Kind.

»Du wirkst sehr erwachsen auf mich, Maribeth. Vielleicht nicht erwachsen genug, um das alles zu schaffen, aber du hast eine Menge zu geben. Du wirst das tun, was für dich das richtige ist... und für das Baby. Ich möchte nur nicht, daß Tommy verletzt wird oder daß er eine Dummheit macht.«

»Das wird er nicht«, sagte Maribeth und wischte sich die Tränen aus den Augen, »das werde ich nicht zulassen. Natürlich, manchmal denke ich auch, ich möchte das Baby behalten, aber was dann? Was soll ich in einem Monat tun, oder in einem Jahr... oder wenn ich keine Arbeit finde, wenn mir niemand hilft? Und wie sollte Tommy seinen Schulabschluß machen, mit einem Baby?

Das kann er nicht, und ich kann es auch nicht. Ich weiß, daß es mein Baby ist und daß ich nicht so sprechen sollte, aber ich will das, was auch für das Baby das richtige ist. Es hat ein Recht auf so viel mehr, als ich ihm geben kann. Es hat ein Recht auf Eltern, die es heiß und innig lieben und die nicht Angst vor dieser Verantwortung haben, so wie ich. Ich möchte so gern für mein Baby dasein, aber ich weiß, daß ich dem nicht gewachsen bin... und das macht mir angst.« Dieser Gedanke zerriß ihr manchmal das Herz, vor allem in letzter Zeit, da das Baby immer größer und realer wurde und sich immer häufiger bewegte. Es war schwer, nicht dauernd daran zu denken, und wegleugnen ließ es sich schon lange nicht mehr. Aber dieses Kind zu lieben, das bedeutete für sie, sich von ihm zu trennen, um ihm ein besseres Leben zu ermöglichen und um selbst weiterzukommen.

»Hast du von Dr. MacLean schon etwas gehört?« fragte Liz. »Ob er schon jemanden gefunden hat?« Liz war neugierig, denn sie kannte eine Reihe kinderloser, junger Paare, die glücklich gewesen wären, das Baby bei sich aufzunehmen.

»Noch nicht«, sagte Maribeth mit einem besorgten Blick. »Ich hoffe, er hat verstanden, daß ich es ernst meine. Vielleicht glaubt er ja, daß Tommy und ich...« Sie zögerte weiterzusprechen, und Liz lachte auf.

»Ich glaube, das tut er, denn er hat mir vor einer Weile eine Art Wink gegeben, was für ein ›prima Kerl‹ Tom sei. Wahrscheinlich hat er gedacht, daß er der Vater ist. Ich habe das ja selber auch gedacht, als ich es zum ersten Mal gehört habe, und ich bin zu Tode erschrocken, das gebe ich ehrlich zu... aber ich glaube, es gibt Schlimmeres, und Tommy scheint recht gut mit der Situation klarzukommen, obwohl das Kind nicht von ihm ist, und das ist bestimmt noch schwieriger.«

»Er ist so lieb zu mir«, sagte Maribeth. Sie fühlte sich Tommys Mutter sehr nah, nicht einmal ihrer eigenen Mutter hatte sie sich in all den Jahren je so nah gefühlt. Diese Frau war warmherzig, liebenswürdig und klug, und sie schien nach einem Jahr voller Alpträume allmählich ihre Lebendigkeit wiederzugewinnen. Liz hatte sich zu lange ihrem Kummer ergeben, aber inzwischen war ihr das wohl selbst klargeworden.

»Wie wirst du die nächsten zwei Monate verbringen?« fragte Liz, während sie ihr ein Glas Milch einschenkte und ein paar Kekse auf den Tisch stellte.

»Ich werde arbeiten, denke ich, meine Aufgaben für die Schule weitermachen und auf das Baby warten. Es soll an Weihnachten kommen.«

»Das ist schon bald.« Liz sah sie liebevoll an. »Wenn ich dir irgendwie helfen kann, laß es mich wissen.« Sie wollte ihnen beiden helfen, nicht nur Tommy, sondern auch Maribeth. Und als Maribeth sich am Spätnachmittag verabschiedete, versprach Liz zu sehen, was sie in der Schule für sie ausrichten könne. Diese Aussichten versetzten Maribeth in große Aufregung, und als Tommy sie an diesem Abend ins Kino abholte, erzählte sie ihm alles.

»Sie sahen sich *Bwana, der Teufel* an, einen 3D-Film, für den sie sich Brillen mit farbigen Gläsern aufsetzen mußten, um den dreidimensionalen Effekt zu erleben. Es war der erste Film dieser Art, und sie waren beide begeistert. Nach dem Kino berichtete sie ihm noch einmal ausführlich von dem Nachmittag, den sie mit seiner Mutter verbracht hatte. Maribeth hatte große Hochachtung vor ihr, und Liz' Zuneigung zu ihr wurde mit jedem Tag größer, und sie hatte Maribeth für das kommende Wochenende zum Essen eingeladen. Als Maribeth Tommy davon erzählte, sagte er, daß sie inzwischen schon fast zur Familie gehöre und daß es ihm manchmal so vorkomme, als ob sie schon verheiratet wären. Er wurde rot, als er das Wort aussprach, aber es war nicht zu übersehen, daß der Gedanke ihm gefiel, denn er hatte in letzter Zeit viel darüber nachgedacht, nicht zuletzt deshalb, weil der Geburtstermin immer näher rückte.

»Das wäre doch gar nicht so schlecht, oder?« fragte er, als sie im Auto saßen und zu ihr fuhren, und versuchte, die Frage harmlos klingen zu lassen. »Verheiratet zu sein, meine ich.« Er sah rührend jung und unschuldig aus, als er das sagte, aber Maribeth hatte seiner Mutter und sich selbst bereits ihr Wort gegeben, daß sie ihn nicht heiraten würde.

»Bis du genug von mir hast, so in ein oder zwei Jahren oder sobald ich richtig alt werde, dreiundzwanzig zum Beispiel«, zog sie ihn auf. »Stell dir vor, das ist in sieben Jahren, da könnten wir schon acht Kinder haben, wenn ich in dem gleichen Tempo weitermache.« Sie verlor nie ihren Humor, aber sie wußte, daß er diesmal nicht scherzte.

»Sei ernst, Maribeth.«

»Das bin ich, das ist ja das Problem. Wir sind beide zu jung, und das weißt du.« Aber er war entschlossen, das Thema noch einmal anzusprechen, denn so leicht wollte er sich nicht abweisen lassen. Sie hatte immer noch zwei Monate vor sich, bis das Baby käme, und bevor diese zwei Monate vorbei wären, wollte er ihr einen ernsthaften Heiratsantrag machen.

Aber es war nicht einfach, sie wich ihm jedesmal aus. Er

war noch keinen Schritt weitergekommen, als sie eine Woche später zusammen Schlittschuhlaufen gingen, denn der erste Schnee war gefallen und lag schimmernd auf dem See. Tommy konnte nicht widerstehen, er mußte dorthin, es erinnerte ihn an Annie und an die vielen Male, die er sie zum Eislaufen mitgenommen hatte.

»Ich bin oft am Wochenende mit ihr hierhergegangen. Das letzte Mal waren wir hier in der Woche vor ... bevor sie starb.« Er zwang sich, das Wort auszusprechen, egal, wie weh es tat, denn er wußte, daß es an der Zeit war, den Tatsachen ins Gesicht zu sehen. Trotzdem, es war immer noch nicht einfach. »Es fehlt mir, wie sie mich immer gepiesackt hat, und wenn es irgendein Mädchen in meiner Umgebung gab, was hat sie mich damit immer aufgezogen! Deinetwegen hätte sie mich wahrscheinlich völlig verrückt gemacht.« Er lächelte, als er an seine kleine Schwester dachte.

Als sie zum ersten Mal bei ihm zu Hause gewesen war, hatte Maribeth Annies Zimmer gesehen, da sie aus Versehen die Tür geöffnet hatte, als sie das Badezimmer suchte. Es war alles noch da – ihr kleines Bett, ihre Puppen, die Wiege, in die sie die Puppen schlafen legte, das Bücherregal mit ihren Büchern, das Kopfkissen und die kleine rosafarbene Bettdecke. Der Anblick hatte Maribeth schier das Herz zerrissen, aber sie hatte keinem von ihnen gesagt, daß sie es gesehen hatte, dieses Zimmer hatte etwas von einem Heiligenschrein, und Maribeth verstand, wie sehr sie Annie vermißten.

Aber als sie Tommy jetzt zuhörte, wie er von ihr erzählte, all die Geschichten, wie sie ihm die Mädchen vergrault hatte, weil sie sie zu dumm oder zu häßlich fand, mußte sie lachen.

»Weißt du, wahrscheinlich hätte ich auch nicht vor ihr bestanden«, lachte sie und genoß es, mit ihm über das Eis zu gleiten, obwohl ihr ein wenig bange war, da sie nicht sicher war, ob sie das in ihrem Zustand überhaupt noch durfte. »Vor allem jetzt. Wahrscheinlich hätte sie gedacht, ich bin ein Elefant, und ehrlich gesagt, komme ich mir auch vor wie ein Elefant«, sagte sie. Dabei sah es immer noch graziös aus, wie sie in den Schlittschuhen, die sie sich von Julie geborgt hatte, über das Eis lief.

»Darfst du eigentlich noch Eislaufen?« fragte er, denn irgendwie hatte er das Gefühl, daß sie es eigentlich nicht mehr tun sollte.

»Es geht prima«, beruhigte sie ihn, »solange ich nicht hinfalle.« Und um ihm zu zeigen, daß sie nicht immer so ein Elefant gewesen war, drehte sie ein paar tadellose Pirouetten, und er staunte, wie gekonnt sie sich auf dem Eis bewegte, ihre Achter wirkten mühelos. Aber plötzlich blieb sie mit den Kufen hängen und landete mit einem dumpfen Plumps auf dem Eis. Tommy und ein paar andere Eisläufer hielten erschreckt inne und eilten ihr zu Hilfe. Sie war mit dem Kopf so hart aufgeschlagen, daß ihr einen Moment lang die Luft wegblieb. Drei Leute waren nötig, um sie wieder auf die Beine zu stellen, und als sie wieder aufrecht stand, fiel sie fast in Ohnmacht.

»Sie sollten sie besser ins Krankenhaus bringen«, sagte eine der Mütter, die mit ihren Kindern zum Eislaufen gekommen war, halblaut zu ihm. »Es könnte sein, daß die Wehen ausgelöst werden.« Einen Augenblick später half er ihr in den Wagen, um sie unverzüglich zu Dr. MacLean zu bringen. Er drückte aufs Gas, während er laut fluchte, wie sie beide so dumm sein konnten.

»Was machst du bloß für Sachen?« fragte er. »Und

warum lasse ich Idiot es auch noch zu? ... Wie fühlst du dich? Ist alles in Ordnung?« Er war völlig fertig mit den Nerven, als sie endlich ankamen. Wehen hatten sich noch keine bemerkbar gemacht, aber sie hatte starke Kopfschmerzen.

»Alles in Ordnung«, sagte sie und machte ein betretenes Gesicht. »Ich weiß ja, daß es blöd von mir war, aber ich hab es satt, so dick und plump und schwerfällig zu sein.«

»Das bist du nicht, du bist schwanger, da ist man eben dick und plump und schwerfällig. Und nur, weil du das Baby nicht willst, brauchst du es nicht gleich umzubringen.« Sie fing zu weinen an, als er das sagte. Beide waren wütend, während sie zu dem Eingang der Praxis eilten, Maribeth weinte immer noch, dann entschuldigte Tommy sich, aber kurz darauf schimpfte er schon wieder weiter, wie sie so fahrlässig sein konnte, sich Schlittschuhe anzuschnallen.

»Was ist passiert? Um Himmels willen, was ist denn los?« Der Arzt wurde nicht schlau aus den Brocken, die sie sich gegenseitig an den Kopf warfen. Das einzige, was er heraushörte, war, daß Maribeth sich den Kopf angeschlagen und das Baby zu töten versucht hatte. Dann weinte sie wieder, und schließlich gestand sie schluchzend, daß sie beim Schlittschuhlaufen gestürzt sei.

»Beim Schlittschuhlaufen?« Er machte ein verdutztes Gesicht, denn das war noch keiner seiner schwangeren Patientinnen eingefallen, allerdings war von denen auch keine sechzehn Jahre alt. Er erteilte den beiden eine kurze Lektion und schaffte es damit endlich, sie zu beruhigen: kein Reiten und kein Eislaufen mehr, und auch kein Fahrradfahren, weil man stürzen konnte, vor allem auf den vereisten Straßen, außerdem kein Skifahren. »Und kein

Football«, fügte er lächelnd hinzu. Tommy kicherte. »Ihr müßt euch jetzt zusammennehmen«, sagte er und erwähnte dann noch eine Aktivität, von der sie auch bis auf weiteres Abstand nehmen sollten. »Keinen Geschlechtsverkehr mehr bis nach der Entbindung.« Keiner von beiden sagte etwas, um richtigzustellen, daß sie noch gar nicht miteinander geschlafen hatten und daß Tommy überhaupt noch nie mit einer Frau geschlafen hatte.

»Kann ich mich darauf verlassen, daß du nicht mehr zum Eislaufen gehst?« Er sah Maribeth direkt in die Augen, und sie sagte kleinlaut: »Versprochen.«

Als Tommy hinausging, um den Wagen zu holen, erinnerte Maribeth den Arzt daran, daß sie das Baby nicht behalten wollte, und bat ihn noch einmal, nach Adoptiveltern Ausschau zu halten.

»Ist es dir damit ernst?« Er sah sie überrascht an. Der Sohn der Whittakers war ihr doch völlig ergeben und hätte sie jederzeit geheiratet. »Bist du sicher, Maribeth?«

»Ich bin... Ich glaube schon...« sagte sie. Sie versuchte, erwachsen zu klingen. »Ich bin nicht in der Lage, ein Kind aufzuziehen.«

»Hättet ihr nicht die Unterstützung von seiner Familie?« Er wußte, daß Liz Whittaker sich noch einmal Nachwuchs gewünscht hätte, aber vielleicht waren sie dagegen, daß ihr Sohn so jung ein Kind bekam, noch dazu ein uneheliches. Er hatte sie nie gefragt, da er dem Versprechen treu bleiben wollte, das er Tommy und Maribeth gegeben hatte.

Aber Maribeth hatte in der Sache eine klare Meinung. »Ich könnte das nicht annehmen, es wäre nicht richtig. Das Baby hat ein Recht darauf, richtige Eltern zu haben und nicht von halben Kindern aufgezogen zu werden. Wie soll ich mich um das Baby kümmern und gleichzeitig zur Schule gehen? Wie soll ich es ernähren? Meine Eltern lassen mich nicht wieder nach Hause kommen, wenn ich das Baby mitbringe.« Maribeth hatte Tränen in den Augen, als sie ihm ihre Situation erkärte. Tommy war wieder eingetreten, und der Arzt tätschelte ihr die Hand, er hatte Mitleid mit ihr, sie war einfach zu jung, um eine solche Last zu tragen.

»Ich werde sehen, was ich tun kann«, beruhigte er sie. Und dann sagte er zu Tommy, daß er sie zwei Tage ins Bett packen solle – keine Arbeit, kein Vergnügen, kein Sex, kein Schlittschuhlaufen.

»Ja, Sir«, antwortete Tommy. Auf dem Weg zum Wagen hielt er sie fest im Arm und paßte auf, daß sie nicht auf einer Eisplatte ausrutschte. Er fragte, was sie mit dem Arzt besprochen habe, da die beiden so ernste Gesichter gemacht hatten, als er wieder ins Zimmer gekommen war.

»Er hat gesagt, er will mir helfen, eine Familie für das Baby zu finden.« Weiter sagte sie nichts dazu, aber plötzlich fiel ihr auf, daß Tommy sie offenbar zu seiner Familie brachte, nicht zu ihr nach Hause. »Wo fahren wir hin?« fragte sie. Sie war immer noch völlig durcheinander, denn es war kein angenehmer Gedanke, ihr Kind wegzugeben, auch wenn sie davon überzeugt war, daß es die richtige Entscheidung war. Sie wußte trotzdem, daß es sehr schmerzhaft werden würde.

»Ich hab Mom angerufen«, erklärte er. »Der Arzt hat gesagt, du sollst nur zu den Mahlzeiten aufstehen und ansonsten im Bett bleiben, und da hab ich Mom gefragt, ob du über das Wochenende zu uns kommen kannst.«

»O nein... das kannst du nicht machen... ich kann doch nicht... wo soll ich denn...« Sie machte ein gequältes Gesicht, sie wollte sich nicht aufdrängen, aber es war alles bereits arrangiert. Seine Mutter hatte keine Sekunde gezögert, obwohl sie entsetzt war, was für eine verrückte Idee die beiden gehabt hatten, Eislaufen zu gehen.

»Es ist alles in Ordnung, Maribeth«, sagte Tommy ruhig. »Sie hat gesagt, du kannst in Annies Zimmer wohnen.« Ein winziges Stocken lag in seiner Stimme, als er das sagte, denn elf Monate lang hatte niemand dieses Zimmer betreten, aber seine Mutter hatte es angeboten. Als sie ankamen, war das Bett schon gemacht, seine Mutter hatte es frisch bezogen, und eine dampfende Tasse heiße Schokolade stand auch schon bereit.

»Ist alles in Ordnung?« fragte sie. Sie war ernsthaft beunruhigt, schließlich hatte sie selbst mehrere Fehlgeburten gehabt, und sie wollte nicht, daß Maribeth auch so etwas erleben mußte, vor allem jetzt nicht, so kurz vor der Entbindung. »Wie seid ihr auf diese tollkühne Idee gekommen? Ihr habt Glück, daß sie das Baby nicht verloren hat«, hielt sie Tommy vor, und die beiden sahen wie Kinder aus, die Schelte bekamen.

Als Maribeth in einem rosa Nachthemd, das Liz ihr geliehen hatte, in dem schmalen Bett in Annies Zimmer lag, sah sie wie ein kleines Mädchen aus – die leuchtendroten Zöpfe lagen auf dem Kissen, und ringsumher im Zimmer saßen Annies Puppen und starrten sie an. Maribeth schlief den ganzen Nachmittag, bis Liz zu ihr hineinging, um nach ihr zu sehen, sie befühlte ihre Wange, um sicherzugehen, daß sie kein Fieber hatte. Liz hatte noch einmal bei Dr. MacLean angerufen und war erleichtert, als er ihr sagte, er glaube nicht, daß dem Baby etwas passiert sei.

»Sie sind so jung«, sagte er mit einem Lächeln, als er mit

ihr telefonierte, und dann fügte er hinzu, es sei doch zu schade, daß Maribeth das Kind weggeben wolle. Aber dabei beließ er es, denn Liz sollte nicht glauben, daß er sich einmischen wollte. »Sie ist ein sehr nettes Mädchen«, sagte er versonnen, und Liz stimmte ihm zu. Als sie aufgelegt hatte, ging sie nach oben, um nach ihr zu sehen. Maribeth wachte gerade auf, sie sagte, die Kopfschmerzen seien besser geworden, doch ihr war immer noch nicht wohl dabei, in diesem Zimmer zu sein, denn sie wollte um keinen Preis, daß ihretwegen alles wieder aufgewühlt würde.

Aber Liz staunte im stillen, wie angenehm es war, Annies Zimmer zu betreten, wieder an dem kleinen Bett zu sitzen und in Maribeths große grüne Augen zu blicken. Das Mädchen hatte ein Gesicht, als ob sie nicht viel älter als Annie wäre.

»Wie fühlst du dich?« fragte Liz mit sanfter Stimme. Maribeth hatte fast drei Stunden geschlafen, während Tommy zum Eishockeyspielen gegangen war und sie in der Obhut seiner Mutter gelassen hatte.

»Ein bißchen steif, und die Schmerzen sind noch da, aber ich glaube, es geht mir schon besser. Ich hatte so eine Angst, als ich hingefallen bin, und einen Moment lang hab ich wirklich geglaubt, ich hätte das Baby umgebracht... ich konnte mich erst überhaupt nicht bewegen... und Tommy hat mich dauernd angebrüllt... es war gräßlich.«

»Das war der Schreck«, sagte Liz mit einem warmen Lächeln und zupfte die Bettdecke zurecht. »Ihr seid beide erschrocken, aber jetzt dauert es nicht mehr lange, noch sieben Wochen, vielleicht nur noch sechs, hat Dr. MacLean gesagt.« Für ein menschliches Wesen in ihrem Körper verantwortlich zu sein, das war eine schwere Aufgabe für so ein junges Mädchen. »Ich war jedesmal sehr aufgeregt, bevor meine Babys kamen... all die Vorbereitungen...« Sie unterbrach sich, da ihr einfiel, daß bei Maribeth alles ganz anders war, und sah sie traurig an. »Es tut mir leid«, sagte sie mit Tränen in den Augen, aber Maribeth lächelte und faßte sie an der Hand.

»Schon gut... Danke, daß ich hier sein darf... Ich mag dieses Zimmer... Es ist komisch, das zu sagen, weil ich Annie ja nie kennengelernt habe, aber ich hab sie wirklich lieb, ich träume manchmal von ihr, und Tommy hat mir schon so viel von ihr erzählt, daß es mir fast so vorkommt, als ob sie immer noch hier wäre... in unseren Köpfen und in unseren Herzen...« Sie hoffte, mit dem, was sie sagte, Liz' Gefühle nicht zu sehr aufzuwühlen, aber Liz nickte und lächelte.

»Dieses Gefühl habe ich auch. Sie ist immer bei mir.« So friedlich wie in letzter Zeit hatte sie sich seit langem nicht mehr gefühlt, und John ging es ebenso. Vielleicht waren sie endlich über den Berg, vielleicht würden sie es doch noch schaffen. »Tommy sagt, du glaubst, daß manche Menschen, ganz besondere Menschen, nur auf einen kurzen Besuch in unserem Leben vorbeikommen, um uns ein Geschenk zu bringen... Diese Idee gefällt mir... Sie ist nur so kurze Zeit bei uns gewesen... Fünf Jahre, das ist sehr wenig, aber es war ein einziges Geschenk. Ich bin froh, daß sie hier war, denn ich habe viel von ihr gelernt... Lachen, Lieben, Geben.«

»Das ist genau das, was ich meine«, erwiderte Maribeth sanft, und die beiden Frauen hielten sich fest an den Händen. »Sie hat Ihnen etwas beigebracht... Sie hat sogar mir etwas über Tommy beigebracht, obwohl ich sie gar nicht gekannt hab... Und mein Baby wird mir auch etwas beibringen, auch wenn ich es nur ein paar Tage erleben werde... oder ein paar Stunden.« Ihre Augen füllten sich mit Tränen, als sie das sagte. »Und ich will, daß es das schönste Geschenk bekommt, das es gibt... Eltern, die ihm ihre ganze Liebe geben.« Sie schloß die Augen und ließ die Tränen über ihre Wangen kullern, und Liz beugte sich zu ihr und küßte sie auf die Stirn.

»Das wird es auch. Und jetzt versuch, noch ein bißchen zu schlafen, das könnt ihr beide brauchen, du und dein Baby.« Maribeth nickte, unfähig, noch etwas zu sagen. Liz ging leise aus dem Zimmer, sie wußte, daß Maribeth noch eine schwere Zeit bevorstand, aber auch Momente großer Glücksgefühle.

Tommy kam erst am Spätnachmittag wieder nach Hause und hatte die Tür noch nicht hinter sich geschlossen, da fragte er schon, wie es Maribeth gehe. Seine Mutter beruhigte ihn. »Es geht ihr gut. Sie schläft noch.« Er spähte kurz zu ihr ins Zimmer. Sie lag tief schlafend in Annies Bett, eine von von Annies Puppen im Arm, und sah aus wie ein Engel.

Er wirkte plötzlich wie ein Erwachsener, als er wieder zurückkam und seine Mutter ansah.

»Du hast sie sehr gern, mein Sohn, stimmt's?«

»Ich werde sie eines Tages heiraten, Mom«, sagte er, sein Entschluß stand fest.

»Du solltest nicht so weitreichende Pläne machen. Keiner von euch beiden weiß, wohin das Leben euch führen wird.«

»Ich werde sie finden, und ich werde sie nicht gehen lassen. Ich liebe sie... und das Baby auch...« sagte er, und es klang nach einer unumstößlichen Entscheidung.

»Es wird hart für sie sein, es wegzugeben«, sagte Liz. Sie

machte sich um beide Kinder Sorgen, sie hatten sich viel aufgebürdet – Maribeth durch ein Mißgeschick, und Tommy aus Gutherzigkeit.

»Ich weiß, Mom.« Wenn es nach ihm gegangen wäre, dann hätte sie es nicht weggeben müssen.

Um die Abendessenszeit stand Maribeth auf und ging in die Küche hinunter, wo Tommy am Tisch saß und Schularbeiten machte. »Wie fühlst du dich?« fragte er und lächelte sie an. Sie sah erholt aus und war hübscher denn je.

»Wie ein schrecklicher Faulpelz.« Sie blickte entschuldigend zu seiner Mutter, die das Essen gerade gekocht hatte. Liz kochte oft dieser Tage, und Tommy war nicht der einzige, dem sie damit eine große Freude machte.

»Nehmen Sie Platz, junges Fräulein. Sie sollten nicht so viel herumspazieren. Sie wissen doch, was der Arzt gesagt hat, strenge Bettruhe oder zumindest Sesselruhe. Tommy, bitte schieb der Dame einen Stuhl unter. Nein, zum Schlittschuhfahren wird die Dame dich morgen nicht begleiten.« Beide grinsten sie an wie ungezogene Kinder, und sie gab jedem ein frischgebackenes Schokoladenplätzchen. Es gefiel ihr, wieder junge Leute im Haus zu haben, und sie war glücklich, daß Tommy Maribeth zu ihnen gebracht hatte, denn es machte Spaß, ein junges Mädchen um sich zu haben. Es erinnerte sie zwar immer wieder daran, daß sie Annie niemals als junges Mädchen würde erleben können, aber dennoch war es ein Genuß, mit Maribeth zusammenzusein. Auch John genoß es, und er war glücklich, sie alle in der Küche versammelt zu finden, als er aus dem Büro nach Hause kam, wo er unerwartet den Samstagnachmittag hatte zubringen müssen.

»Was ist hier los? Eine Versammlung?« witzelte er. Es

freute ihn, daß in dieser Küche, in der es so lange still gewesen war, endlich wieder Fröhlichkeit herrschte.

»Eine Strafpredigt. Tommy hat heute einen Mordanschlag auf Maribeth verübt, er hat sie zum Schlittschuhlaufen mitgenommen.«

»Ach du lieber Himmel... warum nicht gleich zum Footballspielen?« Er sah seinen Sohn an, immerhin schien Maribeth es überlebt zu haben.

»Wir dachten, Football probieren wir morgen aus, Dad, natürlich erst, wenn es mit Hockey nicht geklappt hat.«

»Ausgezeichnete Idee.« Er grinste die beiden an, glücklich, daß es keinen Beinbruch gegeben hatte. Nach dem Abendessen spielten sie erst Scharaden und dann Scrabble, und Maribeth gelang zweimal ein Wort mit sieben Buchstaben. Später erzählte Liz ihr, was dabei herausgekommen war, als sie Maribeths Arbeiten in ihrer Schule vorgelegt hatte. Der Direktor war bereit, ihr Testate und Zertifikate auszustellen, und wenn Maribeth bereit wäre, zum Jahresende vier Prüfungen abzulegen, für die Liz ihr die Aufgaben stellen würde, dann wollte er ihr nicht nur den erfolgreichen Abschluß der vorletzten Klasse, sondern auch noch die erste Hälfte des Abschlußjahres anerkennen. Die Arbeiten, die Liz ihm gezeigt hatte, waren erstklassig, und wenn sie sich in den Prüfungen ebenso geschickt anstellte, dann würde sie nur noch ein Semester bis zum High-School-Abschluß brauchen.

»Du hast es geschafft, meine Kleine«, gratulierte Liz ihr. Sie war stolz auf sie, gerade so, als ob sie eine ihrer Schülerinnen gewesen wäre.

»Nein, nicht ich«, sagte Maribeth strahlend, »Sie haben's geschafft.« Und dann stieß sie einen glücklichen

Jauchzer aus und klärte Tommy darüber auf, daß sie jetzt praktisch in der Abschlußklasse sei.

»Laß dir das bloß nicht zu Kopf steigen. Wenn sie will, kann meine Mom dich immer noch durchfallen lassen, denn mit Abschlußkläßlern ist sie äußerst streng.« Alle waren sie guter Laune an diesem Abend, sogar das Baby. Es schien wieder zu Kräften gekommen zu sein und boxte Maribeth alle fünf Minuten wie wild gegen den Bauch, man konnte es richtig sehen.

»Das Baby ist sauer auf dich«, sagte Tommy später, als er sich neben Maribeth auf die Bettkante setzte und die Hand auf ihren Bauch legte. »Ich glaube, mit Recht, das war wirklich blöd von mir... Tut mir leid...«

»Es braucht dir nicht leid zu tun, mir hat es Spaß gemacht«, grinste Maribeth, denn sie war immer noch in Hochstimmung wegen der guten Nachrichten, die Liz ihr überbracht hatte.

»Das bedeutet dir eine Menge, stimmt's? Mit der Schule, meine ich«, sagte er und musterte ihr Gesicht. Sie sprachen noch einmal über ihre Schularbeiten und über Maribeth' Chance, ein Jahr zu überspringen.

»Ich will nach Hause zurück, um die Schule abzuschließen, aber dann will ich so schnell wie möglich wegziehen. Selbst wenn es nur ein halbes Jahr ist, das wird mir wie eine Ewigkeit vorkommen.«

»Kommst du mich dann manchmal besuchen?« fragte er traurig, denn er haßte es, daran zu denken, wie es sein würde, wenn sie nicht mehr hier war.

»Ganz bestimmt«, sagte sie, aber es hörte sich nicht sehr überzeugend an. »Ich werde es versuchen, aber du kannst mich auch besuchen.« Allerdings wußten sie, daß er von ihrem Vater nicht so herzlich aufgenommen würde wie sie von seinen Eltern, die sich wie Tommy in Maribeth verliebt hatten und es nachfühlen konnten, warum Tommy sie so gern hatte. »Vielleicht kann ich den nächsten Sommer hier verbringen, bevor ich nach Chicago gehe.«

»Warum Chicago?« fragte er unwirsch, da es ihm immer weniger gefiel, sich nur mit einem Sommer abspeisen zu lassen. »Warum gehst du nicht hier aufs College?«

»Ich werde mich bewerben«, gab sie nach, »wir werden ja sehen, ob sie mich nehmen.«

»Bei deinen Noten werden sie dich mit Handkuß nehmen.«

»Das ist nicht gesagt«, schmunzelte sie. Er küßte sie, und sie dachten beide nicht mehr an Noten, Schule, College, nicht einmal mehr an das Baby, obwohl es ihn kräftig stieß, als er sie im Arm hielt.

»Ich liebe dich, Maribeth«, sagte er, »ich liebe euch beide, vergiß das nie.« Sie nickte, und dann hielten sie sich lange umarmt, während sie nebeneinander auf der Bettkante saßen und ruhig über all das sprachen, was ihnen etwas bedeutete. Seine Eltern waren bereits im Bett und wußten, daß er bei ihr war, aber sie vertrauten ihm. Und schließlich, als Maribeth zu gähnen anfing, lächelte Tommy sie an und ging dann in sein eigenes Zimmer und dachte noch lange nach, was die Zukunft ihnen beiden wohl bringen würde.

Achtes Kapitel

Als Liz wieder einmal mit Maribeth arbeitete, lud sie sie ein, Thanksgiving bei ihnen zu verbringen. Sie saßen über einem Geschichtsaufsatz, den Maribeth geschrieben hatte und der eine der Aufgaben war, die Liz ihr gestellt hatte, damit sie sich für die Aufnahme in die Abschlußklasse qualifizieren konnte. Maribeth saß jeden Abend nach der Arbeit noch stundenlang über den Schulaufgaben, und nicht selten blieb sie bis zwei oder drei Uhr morgens auf. Jetzt hatte sie ein Ziel vor Augen, und dieses Ziel verfolgte sie ehrgeizig, sie wollte so viele Testate wie möglich bekommen, bevor sie an ihre Schule zurückkehrte. Die Aufgaben, die Liz ihr stellte, waren ihr Ticket in die Freiheit, und sie wollte alles tun, um den High-School-Abschluß schon im Juni zu schaffen und dann zu versuchen, einen Studienplatz an einem College zu bekommen. Ihr Vater wäre natürlich dagegen, und deshalb wollte sie nach Chicago gehen.

Liz lotete inzwischen für sie die Möglichkeiten aus, wieder nach Grinell zu kommen und hier aufs College zu gehen. Aber unabhängig davon, wo Maribeth studieren wollte, Liz würde ihr auf jeden Fall eine Empfehlung schreiben, denn nach den Arbeiten, die sie von ihr kannte, war sie sicher, daß Maribeth ein Gewinn für jedes College wäre. Das Mädchen hatte einfach großes Pech, daß ihre eigenen Eltern ihr in keiner Weise dabei helfen wollten, eine gute Ausbildung zu bekommen.

»Mein Vater ist der Meinung, daß das für Mädchen nicht wichtig ist«, sagte Maribeth, als sie die Bücher zur Seite legten. Liz fing an, das Abendessen vorzubereiten, und Maribeth ging ihr dabei zur Hand. Es war ihr freier Tag, und am Nachmittag hatte sie Liz sogar beim Korrigieren geholfen und die Hefte der Schüler aus der zweiten Klasse mit den einfacheren Aufgaben übernommen. »Meine Mutter ist nicht aufs College gegangen. Ich glaube, sie hätte es tun sollen, denn sie liest mit Begeisterung, und sie freut sich, wenn sie etwas lernen kann. Dad mag es nicht mal, wenn er sie Zeitung lesen sieht, er behauptet, Frauen bräuchten solche Dinge nicht zu wissen, das verwirre sie bloß, sie sollen sich um die Kinder kümmern und das Haus sauberhalten und damit basta. Er sagt immer, man braucht nicht aufs College zu gehen, um zu wissen, wie man eine Windel wechselt.«

»Das ist ein schlichter, klarer Standpunkt«, sagte Liz und mußte sich anstrengen, ihre Wut im Zaum zu halten, denn so etwas ärgerte sie. Ihrer Meinung nach gab es keinen Grund, warum Frauen nicht beides können sollten, intelligent und gebildet sein und sich um Mann und Kinder kümmern. Sie war froh, daß sie dieses Jahr an die Schule zurückgekehrt war und wieder zu arbeiten angefangen hatte, denn sie hatte bereits vergessen gehabt, was für eine dankbare Aufgabe das Lehren war und wieviel Spaß es ihr machte. Sie war so lange zu Hause gewesen, daß sie die Befriedigung und Freude, die die Arbeit ihr brachte, mit der Zeit vergessen hatte. Die Arbeit füllte eine Lücke in ihrem Leben aus, die sie anders nicht hätte füllen können, sie hatte Freude daran, jeden Tag in diese aufgeweckten, neugierigen Kindergesichter zu sehen, und das linderte manchmal den Schmerz, der tief drinnen noch immer rumorte und der wohl nie ganz vergehen würde.

John und sie sprachen nicht darüber, sie sprachen nicht viel in diesen Tagen, denn es gab nicht viel zu sagen, aber die wenigen Worte, die sie wechselten, waren nicht mehr so scharf und gereizt wie vorher. In letzter Zeit hatte er immer wieder einmal ihre Hand berührt oder sie mit zärtlicher Stimme nach etwas gefragt, so daß es für Augenblicke fast wie früher war, bevor Annie gestorben war und bevor sie einander verloren hatten. Mittlerweile kam er auch nicht mehr jeden Tag so spät nach Hause, und Liz strengte sich an, sich wieder ans Kochen zu gewöhnen. Es war fast so, als ob die Begegnung mit Maribeth sie alle besänftigt und einander wieder nähergebracht hätte.

Während sie zusammen kochten, wiederholte Liz ihre Einladung für Thanksgiving.

»Ich möchte aber auf keinen Fall stören«, sagte Maribeth, und sie meinte es ehrlich. Sie hatte sich bereits freiwillig für die Feiertagsschicht im Restaurant gemeldet, für die paar versprengten Gäste, die zum Truthahnessen kommen würden. Die meisten anderen Frauen hatten Familie und Kinder und wollten gern zu Hause feiern, aber Maribeth hatte kein Zuhause und hatte sich gesagt, daß sie genausogut arbeiten könnte, damit wenigstens die anderen etwas von dem Tag hätten. Jetzt kam es ihr ein wenig schäbig vor, die anderen im Stich zu lassen, nur damit sie mit Tommy und seinen Eltern feiern könnte, und das erklärte sie Liz, während sie zusammen den Tisch deckten.

»Du bist sowieso schon viel zu weit, um noch soviel zu arbeiten«, schalt Liz sie aus. »Du solltest nicht mehr den ganzen Tag auf den Beinen sein.« Bis zum errechneten Geburtstermin war es nur noch ein Monat, und Maribeths Bauch war riesengroß.

»Das macht mir nichts aus«, sagte sie ruhig. Sie wollte nicht ständig an das Baby denken, aber das war leichter gesagt als getan, da sie immer häufiger spürte, wie es mit den Armen und Beinen strampelte und sie boxte.

»Wie lange willst du noch im Restaurant arbeiten?« fragte Liz, als sie sich für ein paar Minuten hinsetzten.

»Na ja, bis zuletzt.« Maribeth zuckte die Achseln, sie brauchte das Geld.

»Du solltest schon einige Tage vorher aufhören«, sagte Liz freundlich. »Gönne dir eine Erholung, wenigstens ein paar Tage, sogar in deinem Alter ist das für den Körper eine schwere Belastung, und außerdem würde ich es viel lieber sehen, wenn du noch mal Zeit hättest, dich in Ruhe auf die Prüfungen vorzubereiten.« Liz hatte die Prüfungstermine für Mitte Dezember angesetzt.

»Ich werde tun, was ich kann«, versprach Maribeth, und dann plauderten die beiden Frauen über andere Dinge, während sie sich wieder den Kochtöpfen zuwandten. Als Liz schließlich die Flammen des Herds kleiner drehte, um das Essen warm zu halten, kamen Tommy und sein Vater genau im rechten Moment herein. Sie waren beide bester Laune, Tommy hatte nach der Schule seinem Vater im Büro geholfen, und John hatte, zum ersten Mal seit Monaten, vom Büro aus zu Hause angerufen, um zu fragen, wann sie zum Essen zu Hause sein sollten.

»Hallo, Mädels, was habt ihr Schönes getrieben?« fragte John vergnügt, gab seiner Frau einen zaghaften Kuß und versuchte in ihren Augen zu lesen, wie sie es aufnahm. Sie schienen einander in letzter Zeit langsam wieder näherzukommen, aber zugleich waren beide ein wenig scheu, da sie einander so lange aus dem Weg gegangen waren, daß Intimitäten ihnen ungewohnt und fremd geworden waren. Auch Maribeth warf John einen liebevollen Blick zu und sah, wie Tommy bei ihr am Küchentisch stand, ihre Hand hielt und leise mit ihr sprach, sie hatten alle einen guten Tag gehabt.

Liz übertrug Tommy die Aufgabe, Maribeth noch einmal zu fragen, ob sie nicht doch an Thanksgiving zu ihnen kommen wollte. Und nachdem er und Maribeth sich ins Wohnzimmer gesetzt und zusammen Hausaufgaben gemacht hatten und er sie dann nach Hause fuhr, fragte er sie noch einmal. Es bedurfte keiner großen Überredungskunst, denn Maribeth empfand in diesen Tagen eine große Sehnsucht, sie war in vielen Dingen sehr empfindlich geworden und manchmal voller Angst. Sie hatte plötzlich den Wunsch, bei ihm zu bleiben, sich an ihn zu klammern, und ihre Gefühle waren von einer Heftigkeit, mit der sie nie gerechnet hätte; sie wollte viel öfter mit ihm zusammensein als vorher und war jedesmal erleichtert und glücklich, wenn er zur Tür hereinkam, ins Restaurant oder in ihr Zimmer oder in die Küche seiner Eltern. Sie hatte Tränen in den Augen, als sie sagte, ja, sie werde kommen.

»Alles in Ordnung?« fragte er zärtlich, als er ihre Tränen sah.

»Ja, mir geht's prima.« Sie wischte sich verschämt über die Augen. »Ich glaub, ich bin nur durcheinander. Ich weiß nicht... mich bringt im Moment alles zum Weinen. Deine Eltern sind so lieb zu mir, und dabei kennen sie mich gar nicht, deine Mom hilft mir mit der Schule und allem... sie haben so viel für mich getan, ich weiß gar nicht, wie ich ihnen danken soll.«

»Heirate mich«, sagte er ernst, und sie lachte.

»Ja, klar, das wäre das richtige, damit könnte ich ihnen die allergrößte Freude machen.«

»Das glaube ich wirklich, denn du bist das Beste, was meiner Familie seit Jahren passiert ist. Meine Eltern haben ein Jahr lang nicht mehr miteinander gesprochen, und wenn, dann haben sie sich angebrüllt oder sich Gemeinheiten an den Kopf geworfen. Sie lieben dich, Maribeth, wir alle lieben dich.«

»Das ist noch lange kein Grund, dein Leben auch noch kaputtzumachen, nachdem ich mein Leben schon verpfuscht habe. Sie sind einfach nur sehr nette Menschen.«

»Das bin ich auch«, sagte er, und sie kicherte. Er hielt sie fest im Arm und wollte sie nicht gehen lassen. »Ich werde dir noch viel besser gefallen, wenn wir verheiratet sind.«

»Du bist verrückt.«

»Ja«, grinste er, »nach dir, und so leicht wirst du mich nicht wieder los.«

»Das will ich doch gar nicht«, sagte sie, und die Tränen standen ihr schon wieder in den Augen, aber dann mußte sie über sich selbst lachen, denn ihre Gefühle schienen mit ihr Achterbahn zu fahren, aber Dr. MacLean hatte ihr bereits erklärt, daß das normal sei. Sie war im neunten Monat, da gingen eine Menge bedeutender Veränderungen in ihr vor, und aufgrund ihres Alters und ihrer schwierigen Lebenssituation, hatte er gesagt, würden die üblichen Stimmungsschwankungen bei ihr bestimmt ziemlich heftig sein.

Tommy begleitete sie vor die Haustür, und sie blieben noch lange auf den Stufen stehen. Es war eine kalte, klare Nacht, und als er sie zum Abschied küßte, spürte er sie und das Baby, und in diesem Moment wußte er, er wollte sie für immer und ewig, und er weigerte sich, den Gedanken zu akzeptieren, daß sie ihn nicht heiraten, daß sie vielleicht nie mit ihm schlafen und von ihm ein Kind bekommen würde, er wollte einfach alles mit ihr teilen. Er gab ihr noch einen Kuß, dann rannte er die Stufen hinunter. Sie sah ihm nach: Er sah schön aus und ein bißchen zerzaust.

»Du strahlst ja richtig, worüber bist du denn so glücklich?« fragte seine Mutter, als er wieder zurückkam.

»Sie kommt an Thanksgiving«, sagte er, aber sie spürte, daß da noch etwas anderes war. Wenn er mit ihr zusammengewesen war, war er jedesmal in Hochstimmung.

»Hat sie sonst noch was gesagt?« Seine Mutter betrachtete ihn aufmerksam, denn zwischendurch machte sie sich immer wieder Sorgen um ihn, weil sie wußte, wie sehr er in Maribeth verliebt war, aber sie wußte auch, daß Maribeth wichtigere Probleme hatte. Sie war gesund und kräftig, aber das war in ihrem Fall nicht das Problem, sie mußte ohne Ehemann und ohne Familie ein Kind gebären, und sie mußte sich von diesem Kind trennen, falls sie es sich nicht doch noch anders überlegte, und anschließend stand ihr die Rückkehr in schwierige Familienverhältnisse bevor.

»Hat sie ernsthaft vor, das Baby wegzugeben?« fragte Liz, die die letzten Teller abtrocknete. Tommy knabberte ein paar Kekse, er sprach gern mit seiner Mutter, sie verstand etwas vom Leben, und sie wußte viel über Mädchen.

»Ich glaube, ja, aber ich finde, sie ist verrückt, wenn sie das tut, aber sie sagt, sie weiß, daß sie es nicht schaffen würde, sich richtig um das Kind zu kümmern. Ich nehme ihr nicht ab, daß sie es wirklich weggeben will, aber sie glaubt, sie muß es für das Wohl ihres Babys tun.«

»Dann bringt sie ein schweres Opfer«, sagte Liz traurig.

»Ich versuche dauernd, es ihr auszureden, aber sie will nichts davon hören.«

»Vielleicht ist es richtig so, richtig für sie, vielleicht weiß sie am besten, was sie kann und was sie nicht kann. Sie ist sehr jung, und sie hat niemanden, der ihr hilft, denn was sie über ihre Familie erzählt, das klingt mir nicht danach, daß sie von denen irgend etwas erwarten kann.« Auch wenn Liz es sich nicht wirklich vorstellen konnte, mußte sie gerechterweise zugeben, daß Maribeths Situation alles andere als einfach war.

»Genau dasselbe sagt sie auch, sie sagt, sie weiß, daß es für sie die richtige Entscheidung ist, und ich glaube, daß das der Grund ist, warum sie so wenig über das Baby spricht und warum sie nicht anfängt, Babysachen zu kaufen. Sie will sich gar nicht erst an das Kind binden.« Aber er wollte noch immer, daß sie ihn heiratete und das Baby behielt. Für ihn wäre das die richtige Entscheidung gewesen, denn er war bereit, Verantwortung nicht nur für sich, sondern auch für sie und ihr Kind zu übernehmen, so hatten seine Eltern ihn erzogen.

»Du mußt auf das hören, was sie will, Tom«, warnte Liz ihn. »Sie weiß, was das richtige für sie ist, egal, wie du dazu stehst. Versuch nicht, sie zu etwas anderem zu drängen...«, und sie sah ihn direkt an, »... oder dich selbst in etwas zu verwickeln, dem du nicht gewachsen bist. Ihr seid beide sehr jung, und heiraten und Kinder bekommen sind keine Dinge, in die man sich einfach so hineinstürzen kann, und schon gar nicht, um jemandem aus der Patsche zu helfen. Das ist bestimmt eine schöne Vorstellung, aber sie wirklich zu leben, das ist etwas anderes, und dazu ist man mit sechzehn einfach noch nicht reif genug.« Nicht einmal mit vierzig oder fünfzig... sie und John hatten in diesem letzten Jahr herzlich wenig getan, um einander zu helfen, und ihr wurde jetzt erst klar, wie einsam sie beide gewesen waren, wie allein und wie unfähig, den anderen zu stützen.

»Ich liebe sie, Mom«, sagte Tommy aufrichtig und spürte, wie sein Herz sich zusammenkrampfte. »Ich will nicht, daß sie das alles allein durchstehen muß.« Er war ehrlich zu seiner Mutter, und sie kannte ihn gut und wußte, wieviel er für Maribeth tun wollte, aber er mochte noch so gute Absichten haben, und Maribeth mochte noch so reizend sein, Liz wollte nicht, daß die beiden heirateten – noch nicht und nicht in dieser Situation und vor allem nicht aus den falschen Gründen.

»Aber sie ist nicht allein, du bist für sie da.«

»Ich weiß, aber das ist nicht das gleiche«, erwiderte er niedergeschlagen.

»Sie muß die Lösung allein finden, denn es geht ja um ihr Leben. Laß sie den richtigen Weg für sie selbst finden, und das wird dann der richtige Weg für euch beide sein, und eines Tages werdet ihr zusammensein.«

Er nickte, aber in Wirklichkeit wünschte er sich, er könnte sie alle überzeugen, daß sie das Kind behalten und ihn heiraten sollte, das wäre das richtige, aber das wollte ja nicht einmal Maribeth, geschweige denn seine Eltern. Sie waren alle unglaublich stur.

Trotzdem – an Thanksgiving, als sie alle zusammen um den Tisch saßen, sahen sie aus wie eine glückliche Familie. Liz hatte ihre schönste Spitzentischdecke aufgelegt, ein Hochzeitsgeschenk, das bereits Johns Großmutter gehört hatte, und das gute Geschirr herausgeholt, das sie nur zu besonderen Anlässen benutzte. Maribeth trug ein dunkelgrünes Seidenkleid, das sie eigens für die Ferientage gekauft hatte, und das volle rote Haar fiel ihr in großen Wellen auf die Schultern, und mit ihren großen grünen Augen sah sie wie ein kleines Mädchen aus, und sie war trotz ihres riesigen Bauches unglaublich hübsch. Liz hatte ein hellblaues Kleid angezogen und sich ein wenig geschminkt, was seit langer Zeit nicht mehr vorgekommen war, die beiden Männer trugen Anzüge, und das ganze Haus strahlte eine festliche, behagliche Atmosphäre aus.

Maribeth hatte für Liz einen Strauß großer, gelber Chrysanthemen mitgebracht, und außerdem eine Schachtel Pralinen, an der Tommy sich gütlich tat. Als sie nach dem Essen alle zusammen vor dem Kamin saßen, sahen sie aus, als ob sie seit hundert Jahren eine Familie wären, aber in Wirklichkeit war es der erste größere Feiertag, den sie ohne Annie verbrachten, und Liz hatte sich sehr davor gefürchtet. Den ganzen Tag hatte sie immer wieder an Annie gedacht, aber weil Tommy und Maribeth ständig in ihrer Nähe waren, schien der Schmerz irgendwie gemildert zu werden. Am Nachmittag wollten John und Liz einen langen Spaziergang machen, während Tommy Maribeth zu einer kleinen Spritztour mit dem Auto einlud. Maribeth war glücklich, den Tag mit Tommy und seiner Familie zu verbringen. Sie hatte im Restaurant zwar angeboten, zu arbeiten, aber man hatte ihr den Tag freigegeben.

»Kein Eislaufen, ihr zwei!« rief Liz ihnen hinterher, als sie wegfuhren. John und sie nahmen den Hund mit, sie wollten auf einen Sprung bei Freunden vorbeischauen. Für zwei Stunden später hatten sie sich alle wieder zu Hause verabredet, um zusammen ins Kino zu gehen.

»Wohin möchtest du?« fragte Tom, nachdem sie losgefahren waren. Er hatte den Weg zum See eingeschlagen, aber Maribeth hatte einen seltsamen Wunsch. Er war überrascht und zugleich erleichtert, denn er hatte sich den ganzen Tag nichts anderes gewünscht, als dorthin zu fahren, aber er hatte geglaubt, wenn er ihr das sagte, würde sie ihn für sentimental halten.

»Würde es dich sehr stören, wenn wir kurz beim Friedhof anhalten, nur für ein paar Minuten? Ich dachte bloß... Ich hatte heute dauernd das Gefühl, auf ihrem Platz zu sitzen, und hab mir immer gewünscht, sie wäre auch dabei, damit deine Eltern wieder glücklich sein können. Ich weiß nicht... Ich will nur kurz anhalten und ihr guten Tag sagen.«

»Ja«, sagte Tommy, »ich auch.« Dasselbe Gefühl hatte er auch gehabt, nur daß ihm seine Eltern nicht unglücklich vorgekommen waren, sie waren so gut gelaunt und freundlich wie lange nicht mehr.

Auf dem Weg zum Friedhof hielten sie kurz an, um Blumen zu kaufen. Sie nahmen einen Strauß kleiner gelber und rosafarbener Teerosen mit Schleierkraut, der mit einem rosafarbenen Band gebunden war. Am Grab legten sie ihn liebevoll direkt vor den kleinen weißen Marmorgrabstein hin.

»Hallo, Kleine«, sagte Tommy leise. Er mußte an die großen blauen Augen denken, die immer so gestrahlt hatten. »Mom hat den Truthahn heute ziemlich gut hingekriegt, aber die Füllung hättest du gehaßt: mit Rosinen.«

Sie saßen eine ganze Weile am Grab und dachten an Annie, hielten sich an den Händen, sprachen aber nicht. Es war schwierig, sich vorzustellen, daß sie nun schon fast ein Jahr tot war.

»Tschüß, Annie«, sagte Maribeth leise, als sie wieder

gingen, aber sie wußten beide, daß sie Annie im Herzen mit sich nahmen. Sie folgte ihnen überallhin, sie war immer gegenwärtig: in Tommys Erinnerungen, in dem Zimmer, in dem Maribeth schlief, in Liz' Augen, wenn sie an sie dachte.

»Sie war so ein großartiges Kind«, sagte Tommy im Weggehen mit stockender Stimme. »Ich kann einfach nicht glauben, daß sie fort ist.«

»Sie ist nicht fort«, sagte Maribeth sanft. »Du kannst sie nur nicht sehen, aber sie ist immer bei dir.«

»Ich weiß«, sagte er und zuckte die Achseln, in diesem Moment sah er aus wie sechzehn, keinen Tag älter. »Aber sie fehlt mir immer noch sehr.«

Maribeth nickte und drückte sich an ihn. Der Feiertag ließ sie an ihre eigene Familie denken, und während sie über Annie sprachen, spürte sie, wie sehr sie Noelle vermißte, denn seit sie von zu Hause weggegangen war, hatte sie nicht mehr mit ihr gesprochen, und vor ein paar Monaten hatte ihre Mutter ihr am Telefon gesagt, daß ihr Vater Noelle ihre Briefe vorenthielt. Wenigstens würde sie sie bald wiedersehen... Aber was, wenn ihr etwas zustieß... wie Annie... allein der Gedanke daran jagte ihr einen Schauder über den Rücken.

Auf dem Heimweg war Maribeth sehr still, und Tommy wußte, daß ihr irgend etwas auf der Seele lag. Er fragte sich, ob es vielleicht doch ein Fehler gewesen war, mit ihr zu Annies Grab zu fahren, denn sie war hochschwanger, und vielleicht war es ihr doch auf die Stimmung geschlagen.

»Alles in Ordnung? Möchtest du dich hinlegen?« fragte er, als sie ankamen.

»Es geht mir gut«, sagte sie und schluckte die Tränen

hinunter. Seine Eltern waren noch nicht wieder zu Hause, da Tommy und sie früh zurückgekommen waren, und dann verblüffte sie ihn wieder einmal. »Glaubst du, deine Eltern hätten etwas dagegen, wenn ich bei mir zu Hause anrufe? Ich dachte nur, vielleicht... weil doch Feiertag ist... Ich würde ihnen gern einen schönen Feiertag wünschen.«

»Na klar... das ist eine prima Idee.« Er war sicher, daß seine Eltern nichts dagegen haben würden, und falls doch, dann würde er ihnen das Geld für das Telefongespräch aus der eigenen Tasche bezahlen. Er ließ sie allein, und sie gab der Vermittlung die Nummer und wartete.

Ihre Mutter kam als erste an den Apparat, sie klang aufgeregt und außer Atem, und im Hintergrund war Lärm zu hören. Maribeth wußte, daß an Thanksgiving immer ihre Tanten mit ihren Männern und Kindern zu ihnen kamen. Die Kinder waren alle noch recht klein und machten ein großes Getöse, so daß ihre Mutter kaum etwas verstehen konnte.

»Wer?... Hört auf! Ich kann überhaupt nichts hören! Wer ist da?«

»Ich bin's, Mom«, sagte Maribeth etwas lauter. »Maribeth. Ich wollte euch einen schönen Feiertag wünschen.«

»O mein Gott!« sagte ihre Mutter und brach sofort in Tränen aus. »Dein Vater bringt mich um.«

»Ich wollte nur Hallo sagen, Mom.« Maribeth hatte plötzlich große Sehnsucht, sie zu umarmen und an sich zu drücken, sie spürte erst jetzt, wie sehr sie sie vermißte. »Du fehlst mir, Mom.« Ihre Augen wurden feucht, und Margaret Robertson schluchzte laut, als sie das hörte.

»Geht's dir gut?« fragte sie leise und hoffte, daß niemand sie hören würde. »Hast du es schon bekommen?«

»In einem Monat.« Während sie das sagte, gab es am anderen Ende der Leitung plötzlich ein Gerangel, zankende Stimmen waren zu hören, ihrer Mutter wurde der Hörer aus der Hand gerissen, und dann drang eine scharfe Stimme an Maribeth' Ohr.

»Wer ist da?« bellte ihr Vater, obwohl ihm die Tränen seiner Frau hätten verraten können, wer anrief.

»Hallo, Daddy, ich wollte euch nur einen schönen Feiertag wünschen.« Ihre Stimme zitterte, aber sie versuchte, gelassen zu klingen.

»Ist es vorbei? Du weißt schon, was ich meine.« Er war brutal und gnadenlos.

»Noch nicht... Ich dachte nur... Ich wollte...«

»Ich hab gesagt, du sollst hier nicht anrufen, bevor es vorbei ist. Komm heim, wenn du alles erledigt hast und den Balg los bist, vorher brauchst du nicht anzurufen. Hast du verstanden?«

»Ich hab verstanden, ich... Daddy, bitte...« Sie hörte, wie im Hintergrund ihre Mutter weinte, und auch Noelles Stimme glaubte sie zu erkennen, die ihn anschrie, das könne er nicht machen, aber er machte es einfach. Als Maribeth zu weinen anfing, legte er auf, die Vermittlung kam wieder in die Leitung, und Maribeth wurde gefragt, ob das Gespräch beendet sei.

Sie weinte so heftig, daß sie nicht einmal antworten konnte. Sie legte den Hörer auf, saß da wie ein verlorenes, kleines Kind und schluchzte. Tommy kam wieder ins Zimmer und erschrak. »Was ist passiert?«

»Er hat mich... nicht mit Mom... sprechen lassen...« schluchzte sie, »und er hat gesagt, ich soll nicht mehr anrufen, bis ich den... Balg los bin. Er... ich...« Sie schaffte es nicht einmal, ihm zu sagen, wie sie sich fühlte, aber es war leicht zu erkennen. Er überredete sie, sich hinzulegen, weil sie so sehr weinte, daß er Angst hatte, sie würde das Baby bekommen, und eine halbe Stunde später, als seine Eltern nach Hause kamen, hatte sie sich noch immer nicht beruhigt.

»Was ist passiert?« fragte seine Mutter mit besorgter Miene.

»Sie hat bei ihren Eltern angerufen, und ihr Vater hat einfach aufgelegt. Ich glaube, sie hat gerade mit ihrer Mutter gesprochen, da kam er und hat ihr den Hörer aus der Hand gerissen und hat gesagt, sie darf nicht mehr anrufen, bis sie das Baby weggegeben hat. Das hört sich grauenhaft an, Mom, wie soll sie dorthin zurückgehen?«

»Ich weiß es nicht«, antwortete Liz mit einem bekümmerten Gesicht. »Wie ein Vater benimmt er sich wirklich nicht, aber an ihrer Mutter scheint sie sehr zu hängen ... es ist ja nur bis Juni ...« Aber Liz konnte sich lebhaft vorstellen, daß Maribeth harte Zeiten bevorstanden, wenn sie wieder nach Hause zu ihren Eltern kam.

Sie ging leise in Annies Zimmer und setzte sich auf die Bettkante zu Maribeth, die immer noch weinte.

»Du darfst dich von ihm nicht so fertigmachen lassen«, sagte sie ruhig, nahm Maribeths Hände und streichelte sie sanft, wie sie es bei Annie immer getan hatte. »Das ist nicht gut für dich, und für das Baby auch nicht.«

»Warum muß er nur so gemein sein? Warum kann er mich nicht wenigstens mit Noelle und Mom sprechen lassen?« Ryan nicht zu sprechen, das machte ihr nichts aus, denn er war genau wie ihr Vater.

»Er glaubt, sie vor dir beschützen zu müssen, weil du einen Fehler gemacht hast. Vielleicht ist es ihm peinlich, was passiert ist.«

»Mir ist es auch peinlich, aber das ändert doch nichts an meinen Gefühlen für sie.«

»Ich glaube nicht, daß er das versteht. Du bist ein großartiges Mädchen, Maribeth, du bist klug und hast ein großes Herz, du hast eine Zukunft, Maribeth, er hat keine.«

»Was für eine Zukunft hab ich denn? Die ganze Stadt wird über mich reden, alle werden es wissen. Obwohl ich weggegangen bin, werden die Leute reden, von irgend jemand werden sie es erfahren, und alle werden mich verachten. Die Jungen werden denken, ich bin leicht zu haben, und die Mädchen werden mich für billig halten. Mein Dad wird mich nie aufs College gehen lassen, wenn ich die Schule abgeschlossen habe, er wird verlangen, daß ich bei ihm in der Werkstatt arbeite oder daß ich daheim bei meiner Mom bleibe, und dann bin ich lebendig begraben genauso wie sie.«

»Nein, das mußt du nicht«, sagte Liz ruhig. »Du mußt nicht alles genauso machen wie sie, und du weißt doch, wer du bist, du weißt, daß du nicht billig bist oder leicht zu haben. Du wirst die Schule abschließen und dich selbst entscheiden, was du tun willst ... und dann wirst du genau das tun.«

»Er wird mich nie mehr mit ihnen sprechen lassen, ich werde nie wieder mit meiner Mom sprechen können.« Sie fing wieder wie ein kleines Kind zu schluchzen an, und Liz nahm sie in die Arme und hielt sie fest an sich gedrückt. Das war alles, was sie für sie tun konnte. Es brach ihr das Herz, dieses wunderbare Mädchen zu diesen schrecklichen Leuten zurückgehen zu lassen, und jetzt verstand sie auch, warum Tommy sie heiraten wollte, denn es war das einzige, womit er ihr helfen zu können glaubte. Liz hätte sie am liebsten einfach dabehalten und vor ihnen beschützt, aber es war ihre Familie, und Liz wußte, daß Maribeth sie auf ihre Art vermißte. Sie hatte die ganze Zeit von nichts anderem gesprochen als davon, nach Hause zurückzukehren, sobald sie das Baby geboren hatte.

»Wenn du erst wieder zu Hause bist, dann wird er bestimmt wieder lieb zu dir sein«, sagte Liz, die ihr Mut machen wollte, aber Maribeth schüttelte nur den Kopf und schneuzte in Liz' Taschentuch.

»Nein, das wird er nicht, er wird noch schlimmer sein, er wird es mir immer wieder vorhalten, genauso, wie er es bei meinen Tanten macht. Ständig hackt er darauf herum, daß sie heiraten mußten, weil sie schwanger waren, und dann schämen sie sich, jedenfalls die eine. Sie fängt jedesmal zu weinen an, wenn er wieder davon anfängt. Die andere hat ihm einmal eine Szene gemacht und gesagt, wenn er noch ein Wort darüber verliert, dann bezieht er Prügel von ihrem Mann, und von da an hat er bei ihr den Mund gehalten.«

»Vielleicht solltest du daraus eine Lehre ziehen«, sagte Liz, nachdem sie einen Moment nachgedacht hatte. »Vielleicht mußt du ihm klarmachen, daß du dir das nicht gefallen lassen wirst.« Aber Maribeth war ein sechzehnjähriges Mädchen, wie sollte sie sich gegen ihren Vater auflehnen? Liz half ihr nach einer Weile beim Aufstehen und kochte ihr eine Tasse Tee. Die beiden Männer hatten vor dem Kamin gesessen und miteinander geplaudert, und dann gingen sie doch noch alle zusammen ins Kino, und als sie wieder zurückkamen, war Maribeth wieder guter Laune.

»Sie tut mir so leid«, sagte Liz zu John, als sie nebeneinander im Bett lagen. Sie waren wieder freundlicher zueinander und sprachen offen über die Probleme. Die ohrenbetäubende Stille, die so lange über ihrem Schlafzimmer gelegen hatte, war endlich vorüber.

»Tommy hat auch Mitleid mit ihr«, sagte er. »Es ist ein Jammer, daß ihr diese dumme Schwangerschaft passiert ist.« Das stand außer Frage, aber worüber Liz sich im Augenblick Sorgen machte, das waren Maribeth' Eltern.

»Ich finde die Vorstellung furchtbar, daß sie zu ihnen zurückgehen soll, aber aus irgendeinem merkwürdigen Grund will sie es.«

»Sie hat sonst niemanden, und sie ist sehr jung, aber auf Dauer wird das nicht gutgehen. Sie will aufs College, und ihr Vater kommt damit nicht klar.«

»Er muß ein wahrer Tyrann sein, und er scheint damit durchzukommen. Vielleicht wenn jemand mit ihm sprechen würde...« sagte Liz nachdenklich. »Sie braucht einen Ausweg, eine Alternative, damit sie weiß, wo sie hingehen kann, wenn sie daheim nicht mehr zurechtkommt.«

»Ich will nicht, daß sie Tommy heiratet«, sagte er bestimmt. »Noch nicht jedenfalls, sie sind zu jung, und sie hat einen großen Fehler gemacht, über den sie erst mal wegkommen muß. Tommy ist der Sache nicht gewachsen, auch wenn er nichts lieber täte, als sie zu heiraten.«

»Das weiß ich auch«, fuhr Liz ihn an, manchmal ärgerte sie sich immer noch über ihn. Niemand wollte, daß Tommy jetzt schon eine Ehe einging, aber sie war ebensowenig bereit, Maribeth im Stich zu lassen. Es hatte einen Grund, daß Maribeth in ihrer aller Leben getreten war, sie war ein bemerkenswertes Mädchen, und Liz hatte nicht die Absicht, sie nun wieder sich selbst zu überlassen, sie wollte ihr helfen.

»Ich finde, du solltest dich da heraushalten. Sie wird ihr Baby bekommen, und dann wird sie zu ihnen zurückgehen, und wenn sie ein Problem hat, kann sie jederzeit bei uns anrufen. Ich bin sicher, daß Tommy mit ihr in Kontakt bleibt, er ist verrückt nach dem Mädchen, und er wird sie bestimmt nicht an dem Tag vergessen, an dem sie von hier weggeht.« Dennoch würde die Entfernung zwischen ihren Wohnorten ihre Liebe auf eine harte Probe stellen.

»Ich möchte mit ihnen sprechen«, sagte Liz unvermittelt und sah ihn an. Er schüttelte den Kopf. »Ich meine, mit ihren Eltern.«

»Misch dich nicht in ihre Angelegenheiten.«

»Das sind nicht deren Angelegenheiten, das sind Maribeth' Angelegenheiten. Diese Leute haben sie mit ihren Problemen allein gelassen in einer Situation, in der sie sie wirklich gebraucht hätte, sie haben sie völlig sich selbst überlassen und ihr jede Hilfe verweigert, und damit haben sie in meinen Augen jedes Recht verloren, über sie zu bestimmen.«

»Möglicherweise sehen sie das völlig anders.« Er lächelte, manchmal rührte es ihn, wie anteilnehmend sie sein konnte, wie sehr sie sich um alles kümmerte, aber manchmal machte es ihn auch verrückt. Sie hatte sich lange Zeit um überhaupt nichts mehr gekümmert, und in gewisser Hinsicht war er froh darüber, daß Maribeth diese Eigenschaft in ihr wieder zum Leben erweckt hatte. »Sag mir Bescheid, wenn du einen Entschluß gefaßt hast«, sagte er und lächelte Liz an. Sie knipste das Licht aus.

»Kommst du mit, wenn ich zu ihnen fahre?« fragte sie ihn ohne Umschweife. »Ich will sie besuchen, noch bevor Maribeth zurückgeht – auch meinetwegen.« Plötzlich spürte sie Muttergefühle für Maribeth, und vielleicht würde sie ja eines Tages ihre Schwiegermutter werden. Aber egal, was passieren würde, jetzt im Moment ging es ihr darum, das Mädchen nicht schutzlos seinen kaltherzigen Eltern zu überlassen.

»Eigentlich gefällt mir die Idee.« Er grinste sie im Dunkeln an. »Ich glaube, es würde mir Spaß machen zu sehen, wie du ihm eine Lektion erteilst«, sagte er schmunzelnd, und sie lachte. »Du brauchst mir nur zu sagen, wann du fahren willst«, fügte er ruhig hinzu, sie nickte.

»Morgen rufe ich sie an«, sagte sie nachdenklich, dann drehte sie sich auf die Seite und sah ihren Mann an. »Danke, John.« Sie waren wieder Freunde, nicht mehr, aber das war immerhin etwas.

Neuntes Kapitel

Am Morgen nach Thanksgiving gab Maribeth im Restaurant bekannt, daß sie kündigen wolle. Sie hatte noch einmal mit Liz darüber gesprochen und ihr schließlich zugestimmt, daß sie noch ein wenig Zeit brauchte, um sich gründlich auf die Prüfungen vorzubereiten. Das Baby würde voraussichtlich unmittelbar nach Weihnachten zur Welt kommen, und bis zum Fünfzehnten würde sie noch arbeiten. Für die Zwischenzeit bis nach der Entbindung wollten die Whittakers, daß sie bei ihnen wohnte, denn Liz fand, daß sie nicht allein sein sollte, falls irgend etwas passierte, und alle miteinander bekräftigten noch einmal, daß sie sie wirklich bei sich haben wollten.

Maribeth war überwältigt von der Freundlichkeit dieses Angebots und fand sofort Gefallen an der Vorstellung, bei ihnen zu wohnen. Der Gedanke an die bevorstehende Entbindung machte sie langsam nervös, aber das war nicht der einzige Grund. Wenn sie bei den Whittakers bleiben konnte, dann hieß das auch, daß sie noch mehr mit Liz würde arbeiten können und vielleicht noch weitere Testate von der Schule bekäme, und von der Aussicht, näher bei Tommy zu sein, einmal ganz zu schweigen; es sah alles nach einem idealen Arrangement aus. Liz hatte John davon überzeugt, daß sie letztendlich auch für Tommy nichts Besseres tun konnten, als sie dazubehalten, bis das Baby geboren wäre.

»Sie braucht jemanden für die Zeit danach«, erklärte

Liz. »Es wird ziemlich hart für sie sein, wenn sie das Baby nicht mehr hat.« Sie wußte, wie schmerzhaft das für Maribeth werden würde. Maribeth würde schrecklich zu leiden haben, und sie wollte für sie dasein. Ohne es recht zu merken, hatte sie dieses Mädchen liebgewonnen und ins Herz geschlossen, und das Band zwischen ihnen war durch die gemeinsame Arbeit noch stärker geworden. Maribeth war außergewöhnlich talentiert und wißbegierig und von einem unermüdlichen Fleiß, und es war ihr innigster Wunsch, zu lernen, das war ihre einzige Hoffnung auf die Zukunft.

Alle im Restaurant waren traurig, daß sie sie verlassen wollte, aber sie hatten Verständnis. Maribeth erkärte, sie wolle zu ihrer Familie zurückkehren, um das Baby dort zu bekommen, denn sie hatte nicht verraten, daß sie in Wirklichkeit nie verheiratet gewesen war und daß sie das Baby nicht behalten würde. An ihrem letzten Arbeitstag hatte Julie eine kleine Überraschung für sie vorbereitet, sie bekam von allen Geschenke für ihr Baby: ein Paar Stiefelchen, ein Strampelhöschen, das eine der Frauen gestrickt hatte, eine blaurosa Decke mit kleinen Entchen darauf, einen Teddybären, Spielzeug, einen Karton Windeln von einem der Aushilfskellner und einen Kinderstuhl, den Jimmy für sie gekauft hatte.

Als Maribeth all die kleinen Dinge sah, die sie ihr gebracht hatten, kamen ihr vor Rührung die Tränen, aber es war nicht nur die Liebenswürdigkeit der Menschen, die ihr ans Herz ging, sondern viel mehr die plötzliche Klarheit, daß sie ihr Kind nie das Strampelhöschen tragen oder mit dem Teddy spielen sehen würde. Und zum ersten Mal begriff sie, was es wirklich bedeutete, das Baby wegzugeben, denn plötzlich war das Kind so real wie nie zuvor; es hatte Pullover und Söckchen und Mützchen und Windeln und einen Teddybär und einen Kinderstuhl, und das einzige, was es nicht hatte, waren ein Daddy und eine Mommy. Als sie an diesem Nachmittag nach Hause in ihr Zimmer kam, rief sie bei Dr. MacLean an und fragte ihn, ob er bei der Suche nach Adoptiveltern für das Baby schon Erfolg gehabt habe.

»Ich habe an drei Paare gedacht«, sagte er zögernd, »aber bei dem ersten Paar bin ich nicht sicher, ob sie die Richtigen wären.« Der Vater hatte ihm gestanden, daß er ein Alkoholproblem habe, weshalb Avery MacLean ihm ungern ein Baby anvertrauen wollte. »Das zweite Paar hat inzwischen erfahren, daß die Frau selbst schwanger geworden ist, und von der dritten Familie weiß ich noch nicht, ob sie ein Kind adoptieren will, ich habe sie noch nicht gesprochen, denn wir haben ja noch ein bißchen Zeit.«

»Zwei Wochen, Dr. MacLean... zwei Wochen...« Sie wollte das Baby nicht erst mit nach Hause nehmen und es dann wieder weggeben müssen, dann wäre die Qual noch viel größer, und außerdem wußte sie, daß sie nach der Entbindung nicht mit dem Baby zu den Whittakers gehen konnte, denn das konnte sie ihnen nicht zumuten.

»Wir finden schon jemanden, Maribeth, ich verspreche es, und wenn nicht, dann kannst du das Baby auch für ein paar Wochen im Krankenhaus lassen. Wir werden das richtige Paar finden, aber wir wollen keinen Fehler machen, nicht wahr?« Sie stimmte ihm zu, doch als ihr Blick auf den Kinderstuhl in der Ecke fiel, wirkte er auf einmal sehr bedrohlich. Sie hatte allen versprechen müssen, sie nach der Geburt anzurufen, um ihnen zu sagen, ob es ein Junge oder ein Mädchen geworden war. Sie hatte ihr Wort gegeben, aber daß sie alle belogen hatte, hatte den Abschied nur noch schlimmer gemacht, vor allem bei Julie.

»Paß gut auf dich auf, hörst du?« hatte Julie zu ihr gesagt. »Ich meine ja immer noch, daß du Tommy heiraten solltest.« Und nachdem sie gegangen war, waren sich alle einig gewesen, daß sie es sich, wenn das Baby erst auf der Welt wäre, womöglich doch noch überlegen werde. Und Dr. MacLean gingen die gleichen Gedanken durch den Kopf, als er den Hörer aufgelegt hatte. Er wollte ihr nicht dabei helfen, das Baby wegzugeben, wenn absehbar war, daß sie und Tommy es später bereuen würden. Er hatte schon mit dem Gedanken gespielt, sich mit Liz darüber zu unterhalten, um herauszubekommen, was sie von der Sache hielt und ob die beiden es wirklich ernst damit meinten, das Baby zur Adoption freizugeben, aber er wußte nicht, wie die jungen Leute es aufnehmen würden, wenn er sich mit Tommys Eltern beriet. Es war eine sensible Situation, und er spürte, daß Maribeth es jetzt eilig hatte, sie wollte eine Lösung, das war nicht zu übersehen. Also hatte er ihr – und sich selbst – das Versprechen gegeben, daß er sich ernsthaft bemühen werde, möglichst rasch geeignete Adoptiveltern ausfindig zu machen.

Am Tag nach ihrem Abschied im Restaurant zog Maribeth mit Tommys Hilfe mit all ihren Sachen in Annies Zimmer um. Die Babysachen, die sie bekommen hatte, brachte sie in Kartons verpackt in der Garage unter. Sie wollte sie ins Krankenhaus schicken, damit sie den Adoptiveltern übergeben werden könnten, es schnürte ihr immer wieder die Kehle zu, diese Sachen zu sehen, da sie ihr die Wirklichkeit schmerzhaft nahebrachten.

Am Samstag morgen erklärte Liz, daß sie und John wegfahren müßten und erst am nächsten Tag wiederkämen. John müßte sich auf ein paar Gemüsemärkten im Nachbarstaat umsehen, und sie wollten bis Sonntag bleiben. Sie spürte ein kleines Unbehagen, die beiden allein zu lassen, aber sie und John hatten sich ausführlich darüber unterhalten und waren schließlich übereingekommen, daß man sich auf sie verlassen konnte.

Tommy und Maribeth freuten sich darauf, zwei Tage allein zu sein. Sie waren beide fest entschlossen, sich anständig zu benehmen und seine Eltern nicht zu enttäuschen; und so hochschwanger, wie Maribeth war, hielt die Versuchung sich allerdings auch in Grenzen.

Am Samstag nachmittag machten sie Weihnachtseinkäufe. Maribeth kaufte eine kleine Kamee für Tommys Mutter. Sie mußte zwar für ihre Verhältnisse viel Geld dafür ausgeben, aber die Anstecknadel war so schön, daß sie sicher war, Liz würde sie tragen. Für seinen Vater kaufte sie eine besondere Pfeife, mit der man bei Wind und Wetter spazierengehen konnte. Während sie durch die Geschäfte schlenderten, blieb sie immer wieder stehen, wenn sie an Babysachen vorbeikamen, aber sie zwang sich jedesmal, die Dinge wieder zurückzulegen und nichts zu kaufen.

»Warum kaufst du ihm nicht etwas, das du ihm als Geschenk mitgeben kannst? Einen Teddy zum Beispiel oder ein kleines Medaillon oder so was?« Tommy glaubte, wenn sie dem Baby etwas kaufte, das sie ihm in sein neues Leben bei den neuen Eltern mitgeben könnte, dann würde sie vielleicht über diese innere Unruhe hinwegkommen. Aber als er ihr den Vorschlag machte, schüttelte sie den Kopf, und ihre Augen füllten sich mit Tränen. Sie wollte nicht, daß das Baby irgend etwas von ihr trug, das würde sie nur in Versuchung bringen, nach ihm Ausschau zu halten oder bei jedem Kind, dem sie begegnete, nach ihrem Medaillon zu suchen.

»Ich muß mich davon lösen, Tommy, ich darf es nicht festhalten.«

»Es gibt Dinge, von denen kann man sich nicht lösen«, sagte er und sah sie bedeutungsvoll an. Sie nickte, sie wollte sich nicht von Tommy lösen, und von dem Baby auch nicht, aber manchmal mußte man im Leben gerade das aufgeben, was man am meisten liebte, manchmal gab es keine Kompromisse und keine Möglichkeit zu einem Handel. Ihm war das genauso bewußt, aber er hatte im Leben schon etwas verloren, das er nie und nimmer hatte verlieren wollen, und er war nicht bereit, Maribeth und ihr Baby aufzugeben.

Sie fuhren mit ihren Paketen nach Hause, und Maribeth kochte ein Abendessen, und da seine Eltern nicht vor dem nächsten Nachmittag zurückkommen würden, waren sie allein, und es war so, als wären sie verheiratet. Sie umsorgte ihn, sie spülte das Geschirr, und dann setzten sie sich vor den Fernseher und schauten sich *Your Show of Shows* und anschließend die *Schlagerparade* an. Und als sie so nebeneinandersaßen wie ein jung verheiratetes Paar, sah Maribeth zu ihm hinüber und kicherte, und er zog sie zu sich auf seinen Schoß und küßte sie.

»Ich komme mir vor, als ob wir schon verheiratet wären«, sagte er, und es gefiel ihm, und er spürte, wie sich das Baby bewegte, als er sie im Arm hielt und ihr den Bauch streichelte, denn dafür, daß sie nie zusammen geschlafen hatten, waren sie erstaunlich intim, manchmal war es kaum vorstellbar, daß sie es noch nie getan hatten. Als sie auf seinem Schoß saß, spürte sie, wie sich zwischen seinen Beinen plötzlich Leben regte. Sie küßte ihn und spürte, wie er härter wurde, aber schließlich war er erst sechzehn, und fast alles, was sie tat, erregte ihn.

»Ich weiß nicht, was ich davon halten soll, daß du auf Vier-Zentner-Mädchen stehst«, neckte sie ihn und stand auf. Sie ging im Zimmer auf und ab und rieb sich den schmerzenden Rücken. Sie waren den ganzen Nachmittag auf den Beinen gewesen, und in letzter Zeit schien das Baby tiefer zu liegen als vorher, entweder würde es sehr bald auf die Welt kommen, oder es würde ein sehr großes Baby werden. Sie war ein hochgewachsenes Mädchen, aber ihre Hüften waren schmal, sie war immer schlank gewesen. Maribeth bekam langsam Panik, wenn sie daran dachte, daß sie bald ein Kind gebären sollte.

Später am Abend gestand sie Tommy ihre Angst. Er hatte Mitleid mit ihr und hoffte, daß es nicht so schlimm werden würde, wie sie beide befürchteten.

»Vielleicht spürst du ja gar nichts davon«, sagte er und hielt ihr eine Schale mit Eiskrem hin, aus der sie mit zwei Löffelchen aßen.

»Ich hoffe es«, sagte sie und versuchte ihre Angst zu verscheuchen. »Was wollen wir morgen machen?«

»Warum besorgen wir nicht den Baum und schmücken ihn, bevor Mom und Dad wiederkommen? Das wäre doch eine schöne Überraschung für sie.« Der Vorschlag gefiel ihr, denn es machte ihr Spaß, etwas für sie zu tun, da sie sich dann so vorkam, als ob sie zur Familie gehörte. Als sie sich an diesem Abend in Annies Bett legte, kam Tommy zu ihr und saß lange bei ihr auf der Bettkante, dann legte er sich neben sie auf das schmale Bett, das einmal Annie gehört hatte. »Wir könnten im Bett meiner Eltern schlafen, weißt du? Da hätten wir genügend Platz, und sie würden es gar nicht merken.« Aber sie hatten versprochen, daß sie anständig bleiben würden, und Maribeth wollte, daß er sein Versprechen hielt.

»Doch, das würden sie«, sagte sie bestimmt. »Eltern merken alles.«

»Das glaubt meine Mom auch«, grinste er. »Komm schon, Maribeth, so eine gute Gelegenheit kommt so bald nicht wieder. Meine Eltern fahren alle fünf Jahre mal weg.«

»Ich glaube nicht, daß es deiner Mom recht wäre, wenn wir in ihrem Bett schlafen«, entgegnete sie spröde.

»Na gut, dann komm in mein Bett, das ist größer als dieses hier«, bettelte er und fiel zum zehnten Mal aus Annies Bett auf den Boden. Sie kicherte, es war überhaupt nicht nötig, daß sie zusammen schliefen, aber sie wollten es beide, es war so gemütlich beieinanderzuliegen.

»Also gut.« Sie folgte ihm in sein Zimmer, und sie kuschelten sich zusammen in sein Bett, er in seinem Pyjama, sie im Nachthemd. Sie schlangen die Arme umeinander, kicherten und plauderten wie zwei Kinder, und dann küßte er sie, sehr sanft, sehr lange und fest, und beide fühlten die Erregung aufsteigen, aber zwei Wochen vor ihrer Entbindung konnten sie ohnehin nicht viel tun. Er küßte ihre Brüste, und sie stöhnte und streichelte ihn, und er wurde so hart und steif, daß es ihm fast weh tat, als sie ihn anfaßte. Sie sagte sich immer wieder, daß es nicht richtig war, was sie taten, aber sie glaubte es nicht wirklich, und er auch nicht. Bei ihm zu sein, war nicht falsch, es fühlte sich an wie der einzige Platz, an dem sie immer sein wollte, für alle Zeit, und während sie neben ihm lag, den dicken Bauch zwischen sich und ihm, fragte sie sich zum ersten Mal, ob sie vielleicht eines Tages wirklich zusammensein würden.

»Jetzt ist es genau so, wie ich es will«, sagte Tommy, als er sie im Arm hielt und sie beide müde wurden. Sie hatten einander immer weiter erregt, solange sie es aushielten, aber dann hatten sie beschlossen, das Spiel abzubrechen und wieder ruhig zu werden, denn bei Maribeth hatten die Liebkosungen bereits leichte Kontraktionen ausgelöst. »Ich will einfach für den Rest meines Lebens mit dir zusammensein«, murmelte er schläfrig, »und eines Tages wird das Baby in deinem Bauch unser Baby sein, Maribeth... das ist es, was ich will...«

»Das will ich auch...« Sie meinte es wirklich so, aber sie wollte auch noch andere Dinge, genauso wie seine Mutter, bevor sie seinen Vater geheiratet hatte.

»Ich kann auf dich warten, aber nicht zu lang, mein Dad hat auch auf meine Mom gewartet«, sagte er und spürte, wie gut er sich in ihren Armen fühlte. »Nicht ein, zwei Jahre«, grinste er und küßte sie. »Wir könnten doch heiraten und dann zusammen aufs College gehen.«

»Und wovon sollen wir leben?«

»Wir könnten hier wohnen«, sagte er. »Wir könnten hier in der Stadt aufs College gehen und bei meinen Eltern wohnen.« Aber diese Vorstellung gefiel ihr nicht, auch wenn sie seine Eltern sehr gern hatte.

»Wenn wir heiraten – falls wir heiraten«, sagte sie unnachgiebig und gähnte, »dann will ich, daß wir beide Erwachsene sind und für uns selbst sorgen können, und außerdem will ich, daß wir erst dann Kinder bekommen, wenn wir sie ernähren können, egal, wie alt wir dafür werden müssen.«

»Ja, und wenn wir dafür sechzig werden müssen«, sagte er grinsend, gähnte ebenfalls und gab ihr einen Kuß. »Du sollst nur wissen, daß ich dich eines Tages heiraten werde,

Maribeth Robertson, damit du dich schon mal an den Gedanken gewöhnen kannst, das ist alles.«

Sie widersprach ihm nicht, sondern lächelte ihn nur an. Und dann sank sie in seinen Armen langsam in den Schlaf, und ihre Gedanken waren bei Annie, bei Tommy und bei ihrem Baby.

Zehntes Kapitel

Am nächsten Morgen standen sie früh auf und kauften den Weihnachtsbaum, und Tommy besorgte auch noch einen zweiten, kleineren Baum, einen ganz winzigen Christbaum, den er zusammen mit dem großen im Wagen verstaute. Als sie nach Hause kamen, kramte er den Weihnachtsschmuck heraus, und dann verbrachten sie fast den ganzen Nachmittag damit, den Baum zu schmücken. Bei einigen Dekorationen stiegen Tommy die Tränen in die Augen. Es waren die, die seine Mutter zusammen mit Annie gebastelt hatte.

»Meinst du, wir sollten sie weglassen?« fragte Maribeth nachdenklich. Sie überlegten gemeinsam, denn es könnte sein, daß es seine Mutter traurig machte, wenn sie sie sah, aber wenn sie nicht am Baum hingen, dann wäre es vielleicht für alle noch viel trauriger. Es war keine leichte Entscheidung, aber schließlich kamen sie überein, sie doch aufzuhängen, weil es sonst so gewesen wäre, als ob Annie verleugnet werden sollte. Es war besser, die Erinnerungen zu akzeptieren, als so zu tun, als ob es Annie nie gegeben hätte. Gegen drei Uhr war es soweit, sie waren sich einig, daß der Baum fertig war und daß er großartig aussah.

Mittags hatte Maribeth Sandwiches mit Thunfisch für sie gemacht, und als sie nach dem Essen die restlichen Dekorationen wieder aufräumten, behielt Tommy eine kleine Schachtel zurück und schaute Maribeth mit einem seltsamen Blick an.

»Stimmt was nicht?«

Er schüttelte den Kopf, aber sie wußte, daß ihm irgend etwas durch den Kopf ging. »Nein. Ich muß bloß noch mal weg. Kommst du mit, oder bist du zu müde?«

»Ich bin nicht müde. Wohin denn?«

»Wart's ab.« Er holte ihre Mäntel, nahm die kleine Schachtel, und sie gingen zum Wagen hinaus, als es gerade zu schneien begann. Der kleine Christbaum lag noch im Wagen, und Tommy legte die kleine Schachtel daneben. Maribeth wußte erst nicht genau, was er im Sinn hatte, aber als sie ein Stück gefahren waren, wurde ihr klar, was er vorhatte. Sie waren auf dem Weg zum Friedhof, er wollte Annie einen kleinen Weihnachtsbaum bringen.

Er holte den kleinen Baum aus dem Wagen, und Maribeth trug die Schachteln mit den Dekorationen, den kleinsten Stücken des Christbaumschmucks, alles das, was Annie besonders geliebt hatte: winzige Teddybären, Spielzeugsoldaten mit Blasinstrumenten und kleine Engelchen, eine Perlenkette und ein Stück Silberlametta. Tommy steckte das Bäumchen in einen kleinen hölzernen Ständer und baute es feierlich auf dem Grab auf, und dann behängten sie es mit dem Christbaumschmuck, das Ritual dauerte nur ein paar Minuten, dann war der Baum fertig, und beiden klopfte das Herz, als sie davorstanden. Tommy mußte daran denken, wie sehr Annie Weihnachten geliebt hatte, er hatte Maribeth schon einmal davon erzählt, aber jetzt brachte er kein einziges Wort heraus. Er stand einfach nur da, die Tränen rannen ihm über die Wangen, und er versank in der Erinnerung an sein geliebtes Schwesterchen und an den tiefen Schmerz, den es ihm bereitet hatte, sie zu verlieren.

Als er den Blick zu Maribeth hob und den riesigen Bauch unter ihrem Mantel sah, ihre sanften Augen, ihr rotes Haar, das unter dem Wollschal herausschaute, da ging ihm das Herz über, und nie hatte er sie so sehr geliebt wie in diesem Augenblick.

»Maribeth«, sagte er sanft, und er wußte, daß Annie einverstanden gewesen wäre mit dem, was er tat. Es war richtig, es hier zu tun, sie hätte sich gewünscht, an seinem Leben teilzuhaben, an seiner Zukunft. »Heirate mich... bitte... ich liebe dich...«

»Ich liebe dich auch«, sagte sie und trat einen Schritt auf ihn zu, faßte ihn an der Hand und sah ihm in die Augen. »Aber ich kann nicht... nicht jetzt... verlang nicht von mir, daß ich das tue...«

»Ich will dich nicht verlieren...« Er schaute auf das kleine Grab, in dem seine Schwester lag, und auf den kleinen Christbaum, den sie ihr gebracht hatten. »Ich habe sie verloren... Ich will dich nicht auch noch verlieren... bitte, laß uns heiraten.«

»Noch nicht«, sagte sie sanft.

»Versprichst du mir, mich später zu heiraten?«

»Ich gebe dir am heutigen Tag mein feierliches Versprechen, Thomas Whittaker, daß ich dich ewig lieben werde.« Sie meinte jedes Wort, das sie sagte, ernst, und sie wußte, sie würde nie vergessen, was er ihr bedeutete, vom ersten Augenblick an, als sie ihn kennengelernt hatte. Aber was daraus folgte, wohin das Leben jeden von ihnen führen würde, das konnte keiner wissen, und man konnte nichts versprechen. Sie wollte für immer zu seinem Leben gehören, aber wer wußte, wohin das Leben sie führen würde?

»Versprichst du, daß du mich heiraten wirst?«

»Wenn es richtig ist, wenn es das ist, was wir beide wollen.« Sie war immer aufrichtig.

»Ich werde immer für dich dasein«, sagte er feierlich, und sie wußte, daß er es ehrlich meinte.

»Und ich für dich, ich werde immer deine Freundin sein, Tommy... Ich werde dich immer lieben.« Und wenn sie Glück hatten, dann würde sie eines Tages seine Frau sein. Sie wollte es auch, jetzt, mit sechzehn, aber sie war klug genug zu wissen, daß die Dinge sich noch ändern konnten. Vielleicht auch nicht, vielleicht würde ihre Liebe mit der Zeit nur noch größer werden und eines Tages so stark sein, daß ihr nichts mehr etwas anhaben konnte, aber vielleicht waren sie auch wie Blätter, die vom Wind des Lebens auseinandergetrieben wurden.

»Ich werde bereit sein, dich zu heiraten, wann immer du willst«, beteuerte er.

»Danke«, sagte sie und streckte sich, um ihn zu küssen. Er gab ihr einen Kuß und wünschte, sie hätte ihm alles versprochen, aber er gab sich auch mit dem zufrieden, was sie ihm im Augenblick versprechen konnte.

Dann standen sie schweigend vor dem Bäumchen, sahen es an und dachten an seine Schwester. »Ich glaube, sie liebt dich auch«, sagte Tommy leise. »Ich wünschte, sie könnte hier sein.« Er nahm Maribeth' Hand und führte sie zum Wagen zurück, denn seit sie das Haus verlassen hatten, war es kälter geworden. Auf dem Heimweg schwiegen beide. Es gab jetzt ein Band zwischen ihnen, etwas sehr Friedliches, etwas sehr Starkes und Reines, und beide wußten, daß sie eines Tages zusammenkommen konnten, daß es aber auch anders kommen konnte. Sie würden es versuchen, sie würden füreinander dasein, und für Sechzehnjährige war das viel mehr, als manche Menschen in einem ganzen Leben fertigbrachten. Sie hatten Hoffnung, sie hatten ein Versprechen, und sie hatten Träume, es war ein Fundament für einen guten Anfang gelegt – ein Geschenk, das sie einander gegeben hatten.

Zu Hause setzten sie sich ins Wohnzimmer und sahen sich alte Fotoalben an und lachten über die Kinderfotos von Tommy und von Annie. Maribeth bereitete ein Abendessen vor, das fertig auf dem Herd stand, als Tommys Eltern zurückkamen. Liz und John freuten sich, nach Hause zu kommen, und sie waren von dem geschmückten Weihnachtsbaum begeistert. Liz stand lange davor und betrachtete versonnen den vertrauten Christbaumschmuck, dann drehte sie sich um und lächelte ihren Sohn an.

»Ich bin froh, daß ihr Annies Basteleien auch aufgehängt habt. Ich hätte sie vermißt, wenn sie nicht dagewesen wären.« Es hätte ausgesehen, als ob sie versuchen wollten, zu vergessen, daß es Annie je gegeben hatte, und das wollte Liz auf keinen Fall.

»Danke, Mom.« Er freute sich, daß sie die richtige Entscheidung getroffen hatten, dann gingen sie alle in die Küche und setzten sich zum Abendessen. Maribeth fragte seine Eltern, wie ihre Reise gewesen sei, und Liz sagte, es sei alles gut verlaufen. Sie wirkte nicht gerade begeistert, aber John nickte zustimmend, und wenn man die Umstände in Betracht zog, dann war tatsächlich alles gut verlaufen. Beide machten einen zufriedenen Eindruck und waren den ganzen Abend freundlich zueinander. Liz glaubte allerdings, an Tommy und Maribeth eine Veränderung festzustellen, sie kamen ihr ernster und ruhiger vor, als sie es sonst immer gewesen waren, und wenn sie Blicke wechselten, dann schien ein starkes Band sie zu verbinden, das vorher nicht dagewesen war.

»John, du glaubst doch auch nicht, daß sie irgend etwas angestellt haben, als wir weg waren, oder?« fragte sie ihn, als sie später am Abend in ihrem Schlafzimmer waren. Er grinste sie amüsiert an.

»Wenn du das meinst, was ich annehme, daß du meinst, kann ich dir nur sagen, nicht mal ein Sechzehnjähriger ist in der Lage, ein derartiges Hindernis zu überwinden. Mach dir darüber bitte keine Sorgen.«

»Du glaubst doch nicht, daß sie geheiratet haben, oder?«

»Dafür bräuchten sie unsere Erlaubnis. Warum fragst du?«

»Sie kommen mir irgendwie verändert vor, vertrauter, wie eine verschworene Einheit, so wie eben Verheiratete aussehen oder zumindest aussehen sollten.« Auch für sie beide hatte die Reise eine größere Vertrautheit gebracht, und als sie allein in ihrem Hotelzimmer gewesen waren, waren sie einander so nah gekommen wie seit langer Zeit nicht mehr, später hatte John sie zu einem schönen Essen ausgeführt, und in der Nacht hatten sie vollendet, was am frühen Abend begonnen hatte.

»Ich glaube, sie sind einfach sehr verliebt ineinander, das müssen wir akzeptieren«, sagte John ruhig.

»Glaubst du, daß sie eines Tages wirklich heiraten werden?«

»Das wäre für beide nicht das schlechteste, immerhin haben sie schon eine Menge miteinander durchgemacht. Es kann sein, daß sich herausstellt, daß das alles zuviel war, aber es kann auch sein, daß sie das erst richtig zusammenbringt, aber das wird die Zeit zeigen. Sie sind zwei prächtige junge Menschen, und ich hoffe, daß sie zusammenbleiben.«

»Aber sie möchte noch damit warten«, sagte Liz, die Maribeth gut verstehen konnte. John lächelte wehmütig.

»Ich kenne diese Sorte von Frauen.« Zwar war es nicht immer einfach mit ihnen, aber sie waren wertvoll. »Wenn es so sein muß, dann werden sie einen Weg finden, es schließlich zu schaffen, und wenn nicht, dann haben sie trotzdem etwas erlebt, was viele ihr ganzes Leben lang nicht erleben. In gewisser Hinsicht beneide ich sie sogar.« Was ihn an den beiden faszinierte, das hatte etwas mit dem Neuanfang zu tun, der ihnen gegönnt war. Ein neues Leben zu beginnen, einen Strich unter das Alte zu ziehen und noch einmal von vorn anzufangen, das war es, was er mit Liz auch gern getan hätte. Aber für ihn und sie war es in mancherlei Hinsicht inzwischen zu spät.

»Ich beneide sie überhaupt nicht für das, was ihr noch bevorsteht«, sagte Liz traurig.

»Du meinst die Entbindung?« Er klang überrascht, denn Liz hatte über ihre Geburten nie geklagt.

»Nein, ich meine, daß sie ihr Kind weggeben muß, das wird nicht leicht sein.« Er nickte, ihm tat sie auch leid, beide taten sie ihm leid, weil sie noch eine Menge Schmerz durchzustehen hatten, weil sie noch erwachsen werden mußten, aber dennoch beneidete er sie um das, was sie verband, und um das, was die Zukunft noch für sie bereithielt, ob allein oder gemeinsam.

Liz kuschelte sich zärtlich an John, während er einschlief, und Maribeth und Tommy saßen noch lange im Wohnzimmer und sprachen miteinander.

Sie fühlten sich genau so, wie seine Mutter sie gesehen hatte, vertrauter, wie eine verschworene Einheit, sie fühlten sich beide stärker als je zuvor, und Maribeth hatte zum ersten Mal das Gefühl, eine Zukunft zu haben.

Am nächsten Morgen holte der Wecker alle aus dem Bett. Maribeth duschte und zog sich an und kam gerade rechtzeitig, um Liz bei der Vorbereitung des Frühstücks zu helfen. Liz hatte für diesen Tag Maribeth' Externenprüfung angesetzt, die darüber entscheiden sollte, ob sie die erste Hälfte des Abschlußjahres überspringen konnte. Tommy hatte an diesem Tag ebenfalls Prüfungen, und am Frühstückstisch sprachen sie von nichts anderem. Die Schule hatte ein kleines Zimmer im Verwaltungsgebäude für Maribeths Prüfung reserviert, in dem sie keinem anderen Schüler begegnen würde, und Liz sollte den Vormittag mit ihr dort verbringen. Die Schule war Maribeth auf jede erdenkliche Weise entgegengekommen; dank Liz' Einsatz hatten sie alles getan, um ihr zu helfen. Als Tommy sich vor dem Schuleingang von ihr trennte, wünschte er ihr viel Glück und rannte dann in seine Klasse.

Der Rest der Woche verging wie im Flug, und das folgende Wochenende war das letzte vor Weihnachten. Liz erledigte ihre restlichen Weihnachtseinkäufe, und als sie auf dem Heimweg war, zögerte sie einen Moment und ging dann zurück, entschlossen, Annie endlich einen Besuch abzustatten. Monatelang hatte sie es immer wieder hinausgeschoben, aus Angst, daß es zu schmerzhaft sein würde, aber heute hatte sie das Gefühl, daß es der richtige Zeitpunkt war.

Sie fuhr durch das Tor in den Friedhof und zu der Stelle, wo sie Annie beerdigt hatten, aber als sie näher kam, stockte ihr der Atem. Sie sah den kleinen Christbaum, leicht zur Seite geneigt, den Christbaumschmuck im Winde schaukelnd, so wie Tommy und Maribeth ihn verlassen hatten. Langsam ging sie darauf zu, richtete das Bäumchen wieder auf, befestigte das Lametta wieder auf den Zweigen und betrachtete die vertrauten kleinen Gegenstände, die Annie noch im letzten Jahr zu Hause an den Baum gehängt hatte. Ihre kleinen Hände hatten sie so vorsichtig angefaßt und genau dort aufgehängt, wo sie sie haben wollte, und jetzt fiel ihrer Mutter jedes Wort, jeder Laut, jeder Augenblick und der stille Schmerz des vergangenen Jahres wieder ein, und sie spürte, wie sich endlich die Schleusen öffneten und die Tränenflut aus ihr herausbrach. Lange stand sie reglos da und weinte, weinte um ihr kleines Mädchen, und sie sah den kleinen Baum an, den Tommy und Maribeth für sie aufgestellt hatten. Sie streichelte die stacheligen Zweige wie einen kleinen Freund und flüsterte ihren Namen... und der Klang ihres Namens berührte ihr Herz wie die winzige Hand eines Babys.

»Ich liebe dich, mein Kleines... Ich werde dich immer lieben... süße, süße Annie...« Sie konnte ihr nicht Lebewohl sagen, und sie wußte, sie würde es nie können. Dann fuhr sie nach Hause, unendlich traurig, aber zugleich seltsam zufrieden.

Als sie nach Hause kam, war sie erleichtert, daß noch keiner da war. Sie ging ins Wohnzimmer und blieb lange vor dem Baum sitzen, versunken in den Anblick der vertrauten Dekoration. Es würde hart sein, Weihnachten ohne ihr kleines Mädchen zu feiern, aber jeder Tag ohne sie war hart, es war hart, ohne sie zu frühstücken, zu Mittag und zu Abend zu essen, ohne sie Ausflüge zu machen, zum See oder sonst irgendwohin zu fahren. Es war hart, morgens aufzustehen und zu wissen, daß sie nicht da war, aber trotzdem wußte sie, daß sie weitermachen mußten. Wenn sie doch nur gewußt hätten, daß es so schnell vorüber sein würde! Aber was hätten sie dann anders gemacht? Hätten sie sie mehr geliebt, hätten sie ihr mehr Spielzeug gegeben, hätten sie mehr Zeit mit ihr verbracht? Sie hatten alles getan, was sie konnten, aber als Liz nun vor dem Baum saß und träumte, wußte sie, sie hätte ihr Leben dafür gegeben, wenn sie nur noch einen Kuß, nur noch eine Umarmung, nur noch einen Augenblick mit ihrer Tochter hätte erleben können.

Sie saß immer noch so da, in Gedanken an Annie versunken, als Tommy und Maribeth nach Hause kamen, voller Leben, mit eiskalten, roten Wangen, übersprudelnd von Geschichten, wo sie gewesen waren und was sie erlebt hatten.

Sie lächelte, als sie hereinkamen, und Tommy sah sofort, daß sie geweint hatte.

»Ich will euch beiden danke sagen«, sagte sie mit erstickter Stimme, »daß ihr das Bäumchen zu... danke...«, sagte sie leise und ging schnell aus dem Zimmer. Maribeth und Tommy wußten nicht, was sie zu ihr sagen sollten. Manchmal wünschte Maribeth, sie könnte irgend etwas tun, damit es ihnen allen wieder besserging, denn sie litten noch immer so sehr, weil sie Annie verloren hatten.

Ein Weilchen darauf kam John nach Hause, die Arme mit Päckchen beladen. Liz war inzwischen in der Küche und bereitete das Abendessen vor, und als er zur Tür hereinkam, lächelte sie ihn an.

An Heiligabend gingen sie alle zusammen zur Christmette, und als sie in der kleinen Kirche saßen, schnarchte John leise, er war in der überheizten, weihrauchgeschwängerten Luft eingeschlummert. Liz mußte an Annie denken, die auch jedesmal eingeschlafen war, wenn sie zwischen ihnen auf der Kirchenbank saß, vor allem im letzten Jahr, als sie bereits krank gewesen war, ohne daß sie davon wußten. Als sie wieder zu Hause waren, ging John sofort ins Bett, während Liz noch die letzten Geschenke unter den Baum legte. Es war anders dieses Jahr, für sie alle, es gab keinen Brief an den Weihnachtsmann, keine Möhren für das Rentier, kein Mitspielen bei der Legende um den Weihnachtsmann, und am nächsten Morgen würde es keine entzückten Schreie geben.

Als Liz gerade wieder aus dem Zimmer gehen wollte, kam ihr aus dem Flur Maribeth entgegen, die sich mit Armen voller Geschenke abschleppte, Liz eilte ihr zu Hilfe. Maribeth war so schwerfällig geworden, so behäbig, und seit einigen Tagen wurde ihr alles unbequem. Das Baby hatte sich bereits gesenkt, und sie war heilfroh, daß sie ihre Prüfungen schon hinter sich hatte. Liz rechnete damit, daß das Baby nicht mehr lange auf sich warten ließe.

»Komm, laß dir helfen«, sagte sie und nahm ihr die Geschenke ab, denn Maribeth konnte sich nur noch mit großer Mühe bücken.

»Ich kann mich kaum noch bewegen«, stöhnte sie kopfschüttelnd, und Liz lächelte. »Ich kann nicht sitzen, ich kann nicht aufstehen, ich kann mich nicht bücken, und ich weiß überhaupt nicht mehr, wie meine Füße aussehen.«

»Jetzt dauert es nicht mehr lange, bald ist alles vorbei«, munterte Liz sie auf, und Maribeth nickte schweigend, dann sah sie Liz in die Augen. Seit Tagen schon hatte sie auf eine Gelegenheit gewartet, Liz einmal ohne Tommy oder seinen Vater zu sprechen.

»Hast du ein paar Minuten Zeit für mich? Ich würde gern mit dir sprechen«, sagte Maribeth.

»Jetzt?« Liz machte ein erstauntes Gesicht. »Klar.« Sie setzten sich ins Wohnzimmer neben den Baum, nur eine Armlänge von den Dekorationen entfernt, die Annie gebastelt hatte. Liz fühlte sich inzwischen wohler bei ihrem Anblick, und die Trauer, die sie beim ersten Mal empfunden hatte, war vorbei, jetzt war es fast so, als ob Annie hier wäre, es war fast wie ein Besuch von ihr.

»Ich hab lange darüber nachgedacht«, sagte Maribeth, und Liz sah ihr an, daß sie angespannt war. »Ich weiß nicht, wie du darüber denken wirst oder wie du reagierst, aber... Ich... Ich will euch mein Baby schenken.« Sie hielt den Atem an, nun war es ausgesprochen.

»Du willst *was*?« Liz starrte sie an, als ob sie nichts verstanden hätte, da die Ungeheuerlichkeit dessen, was Maribeth gesagt hatte, ihr Denkvermögen blockierte. »Wie meinst du das?« fragte sie entgeistert, Babys waren keine Gegenstände, die man an Freunde zu Weihnachten verschenken konnte.

»Ich wünsche mir, daß du und John es adoptiert«, sagte Maribeth mit fester Stimme.

»Warum?« Liz war wie betäubt, sie hatte nie daran gedacht, ein Baby zu adoptieren. Noch einmal ein Baby zu bekommen, das schon, aber eines zu adoptieren, das war ihr nie in den Sinn gekommen, und sie hatte nicht die geringste Ahnung, wie John reagieren würde. Davon gesprochen hatten sie zwar einmal, vor langer Zeit, noch bevor Tommy zur Welt gekommen war, aber damals hatte John es rundheraus abgelehnt.

»Ich will euch das Baby geben, weil ich euch liebe und weil ihr wunderbare Eltern seid«, sagte Maribeth leise, und es war das größte Geschenk, das sie ihnen machen konnte, und zugleich das größte Geschenk, das sie ihrem Baby machen konnte. Sie zitterte noch immer, aber ihre Stimme war jetzt ruhiger, sie wußte, was sie tat, sie wußte es genau. »Ich kann mein Baby nicht großziehen. Ich weiß, daß alle mich für verrückt halten, weil ich es weggeben will, aber ich weiß auch, daß ich ihm nicht das geben kann, was es braucht. Ihr könnt es, ihr würdet es lieben und euch darum kümmern, genauso wie ihr euch um Annie und Tommy gekümmert habt. Vielleicht werde ich eines Tages in der Lage sein, ein Kind aufzuziehen, aber jetzt bin ich es nicht, und es wäre nicht fair, keinem gegenüber, egal, wie Tommy darüber denkt. Ich will, daß ihr es aufnehmt, ich werde es nie zurückfordern, ich werde nie hierherkommen und Unruhe stiften. Wenn ihr wollt, dann komme ich niemals wieder... Ich wüßte, wie gut es das Baby bei euch hat und wie gut ihr zu ihm seid, und das wäre mir genug, denn das ist es, was ich meinem Baby wünsche.« Sie hatte zu weinen angefangen, und Liz weinte auch. Sie nahm Maribeths Hände und hielt sie fest.

»Ein Baby ist kein Geschenk, das man jemandem machen kann, wie ein Spielzeug oder ein Gegenstand, es ist ein Leben. Verstehst du das?« Sie wollte sicher sein, daß Maribeth wußte, was sie tat.

»Das weiß ich. Ich habe seit neun Monaten über nichts anderes nachgedacht. Glaub mir, ich weiß, was ich tue.« Es klang, als ob sie sich tatsächlich im klaren über ihre Entscheidung war, aber Liz saß noch immer der Schreck in den Gliedern. Was, wenn sie ihre Meinung doch wieder änderte? Und was war mit ihrem Sohn? Wie würde er es aufnehmen, wenn sie Maribeths Baby adoptierten? Und John? Liz drehte sich der Kopf.

»Was ist mit dir und Tommy? Ist es dir ernst mit ihm?« Aber wie sollte sie das wissen mit sechzehn, wie sollte sie so eine einschneidende Entscheidung treffen können?

»Ja, das ist es, aber ich will nicht, daß unsere Liebe so anfängt. Dieses Baby ist von Anfang an nicht für mich bestimmt gewesen, das fühle ich. Ich war nur dazu bestimmt, es für eine gewisse Zeit bei mir aufzunehmen, um es an den richtigen Ort und zu den richtigen Menschen zu bringen. Eines Tages will ich Tommy vielleicht heiraten und mit ihm Kinder bekommen, aber nicht dieses hier, es wäre ihm gegenüber auch nicht fair, obwohl er das im Augenblick völlig anders sieht.« Liz stimmte ihr zu, aber sie staunte, das aus Maribeth' Mund zu hören. Sie glaubte, daß die beiden eines Tages einen neuen Anfang bräuchten, falls es überhaupt je etwas mit ihnen werden würde, was im Augenblick noch niemand wissen konnte. Mit sechzehn einen Anfang zu machen und das auch noch mit dem Kind eines anderen Mannes, das war eine schwierige Aufgabe. »Aber auch wenn wir heiraten sollten, würde ich nicht versuchen, dir das Baby wieder wegzunehmen, es müßte nicht einmal erfahren, daß ich seine Mutter bin.« Sie flehte Liz an, bettelte darum, daß sie ihr Kind aufnehmen und ihm das Leben und die Liebe geben würde, die es verdiente und die sie ihm nicht geben konnte. »Ich fühle, daß es dazu bestimmt war, euer Baby zu werden, daß ich deshalb hierhergekommen bin, weil dieses Baby... wegen all dem, was passiert ist...« Sie stockte, und Liz' Augen füllten sich mit Tränen, »wegen Annie.«

»Ich weiß nicht, was ich sagen soll, Maribeth«, gestand Liz aufrichtig, die Tränen liefen ihr über die Wangen. »Es ist das schönste Geschenk, das mir irgend jemand auf der Welt machen könnte, aber ich weiß nicht, ob es richtig ist. Man kann sich doch nicht einfach von einer anderen Frau das Baby schenken lassen.«

»Aber wenn die andere Frau das will, wenn das alles ist, was sie geben kann? Denn alles, was ich meinem Baby geben kann, ist eine Zukunft, ein Leben mit Menschen, die es lieben und die ihm diese Zukunft geben. Es ist nicht fair, daß du dein kleines Mädchen verloren hast, und es ist nicht fair, daß mein Kind ein Leben ohne Zukunft, ohne Hoffnung, ohne Zuhause und ohne Geld haben soll. Wenn ich es behalte, dann bleibt mir nichts anderes übrig, als für den Rest meiner Tage bei Jimmy D's zu arbeiten, und von dem, was ich da verdiene, könnte ich nicht mal einen Babysitter bezahlen.« Weinend sah sie Liz in die Augen, weinend flehte sie sie an, ihr Baby aufzunehmen.

»Du könntest hierbleiben«, sagte Liz ruhig. »Wenn du nicht weißt, wohin, dann kannst du bei uns bleiben, du mußt deswegen nicht dein Baby weggeben, Maribeth, das werde ich nicht zulassen, du mußt es nicht hergeben, um ihm ein besseres Leben zu ermöglichen. Du kannst bei uns bleiben wie eine Tochter, wenn du willst, und wir werden dir helfen.« Sie wollte dieses Mädchen nicht zwingen, ihr Baby aufzugeben, nur weil sie es nicht ernähren konnte, das kam ihr falsch vor, unrecht, und wenn sie das Kind annehmen würde, dann nur, wenn sie sicher sein konnte, daß Maribeth das wirklich wollte, und nicht, weil sie sich kein Baby leisten konnte.

»Ich *will* es euch geben«, wiederholte Maribeth. »Ich will, daß ihr es bekommt, daß ihr es aufzieht. Ich schaffe es einfach nicht, Liz«, sagte sie und weinte leise. Liz nahm sie in die Arme und drückte sie an sich. »Ich kann nicht... Ich bin nicht stark genug... Ich weiß nicht, wie es gehen soll... Ich kann für dieses Baby nicht sorgen... bitte... hilf mir... nimm es an, als dein Baby... Niemand versteht, wie das ist, zu wissen, daß man es nicht kann, und dennoch das Beste für das Baby zu wollen. Bitte!« Sie sah Liz flehentlich an, und beide Frauen weinten.

»Du könntest immer zu uns kommen, weißt du, wann immer du willst, denn falls wir das tun sollten, dann will ich nicht, daß du deswegen wegbleibst. Niemand muß wissen, daß es dein Kind ist... das Kind müßte es auch nicht wissen... nur wir... wir lieben dich, Maribeth, und wir wollen dich nicht verlieren.« Liz wußte nur zu gut, wieviel sie Tommy bedeutete, und sie wollte ihm um keinen Preis in die Quere kommen, aus Eigensucht und weil sie noch ein Kind haben wollte. Es war eine einmalige Gelegenheit, es war ein unschätzbares Geschenk, aber sie brauchte Zeit, um alles zu verarbeiten. »Laß mich mit John darüber sprechen«, sagte sie ruhig.

»Bitte sag ihm, wie sehr ich es will«, flehte Maribeth und klammerte sich an Liz' Hand. »Bitte... ich will nicht, daß mein Baby zu fremden Leuten kommt. Es wäre so wunderbar, wenn es hier bei euch bleiben könnte... bitte, Liz...«

»Wir werden sehen«, sagte Liz sanft und wiegte Maribeth in ihren Armen, sie wollte sie trösten und beruhigen. Es hatte sie sehr erregt, diese Dinge auszusprechen und darum zu flehen, daß sie ihr Baby adoptierten.

Als Maribeth sich wieder ein wenig beruhigt hatte, holte Liz ihr eine Tasse warme Milch, und sie sprachen noch ein wenig über das Thema. Dann brachte sie sie in Annies Bett, deckte sie gut zu, gab ihr einen Gutenachtkuß und ging schließlich in ihr eigenes Schlafzimmer.

Nachdem sie eingetreten war, blieb sie einen Moment einfach nur stehen und betrachtete John. Sie fragte sich, was er wohl sagen würde, sie fragte sich, ob das Ganze mehr als nur eine verrückte Idee war. Sie mußten auch an Tommy denken, was, wenn er dagegen wäre? Es gab tausenderlei Dinge zu bedenken. Aber allein schon die

Vorstellung ließ ihr Herz so heftig klopfen, wie sie es schon lange nicht mehr gespürt hatte... das war das größte Geschenk aller Zeiten... ein Geschenk an sie... und zugleich ein Geschenk, das sie selbst nicht mehr geben konnte... einem Kind das Leben zu schenken... noch einmal ein Kind zu bekommen.

John regte sich leicht im Schlaf, als sie zu ihm ins Bett schlüpfte. Sie wünschte, er würde aufwachen, damit sie ihn fragen konnte, aber das tat er nicht. Statt dessen schlang er die Arme um sie und zog sie an sich, wie er es immer getan hatte, all die Jahre vor dem Schicksalsschlag. Jetzt tat er es wieder, und sie lag in seinen Armen und war völlig in Gedanken versunken, in all die Fragen, was sie fühlte, was sie wollte, was richtig für sie alle wäre. Maribeth hatte lauter gute Gründe angeführt, weshalb es das beste wäre, wenn sie das Kind bei sich aufnahmen, aber es war schwierig, herauszufinden, ob es tatsächlich das richtige wäre oder ob sie nur der Verführung erlag, weil sie sich so sehr danach sehnte, noch einmal ein Kind zu haben.

Sie lag lange da, ohne einschlafen zu können, und wünschte sich, John würde aufwachen, bis er schließlich die Augen aufschlug und sie ansah, als ob er ihren inneren Aufruhr gespürt hatte. Er war noch im Halbschlaf, als er sie ansprach. »Ist irgendwas passiert?« flüsterte er in die Dunkelheit.

»Was würdest du sagen, wenn ich dich frage, was du davon hältst, noch mal ein Kind zu bekommen?« fragte sie. Sie war hellwach und wünschte, er wäre auch ein bißchen wacher.

»Ich würde sagen, du bist verrückt«, lächelte er und ließ die Augen wieder zufallen, und es dauerte keine Minute, da war er wieder eingeschlafen, aber das war nicht die Antwort, die sie haben wollte.

Sie lag die ganze Nacht wach neben ihm, zu aufgeregt, um zu schlafen, zu nervös, zu sehr von Fragen bedrängt, von Ängsten, Sorgen, Sehnsüchten. Erst kurz vor Tagesanbruch schlief sie für eine halbe Stunde ein, und als sie wieder erwachte, stand sie auf, ging im Nachthemd in die Küche und kochte sich eine Tasse Kaffee. Lange saß sie da, starrte in die Tasse, trank in winzigen Schlückchen, und um acht Uhr wußte sie, was sie wollte. Sie hatte es schon lange vorher gewußt, aber sie war sich nicht sicher gewesen, ob sie auch den Mut hätte, es in die Tat umzusetzen, aber jetzt wußte sie, daß sie es tun mußte, nicht nur für Maribeth und das Kind, sondern auch für sich selbst und John, und vielleicht sogar für Tommy. Das Schicksal wollte ihr ein Geschenk machen, und dieses Geschenk würde sie auf keinen Fall zurückweisen.

Sie nahm ihre Kaffeetasse, ging zurück ins Schlafzimmer und weckte ihn auf. Er war überrascht, daß sie schon aufgestanden war, denn dieses Jahr gab es keinen Grund, aus dem Bett zu springen und ins Wohnzimmer zu stürzen, um zu sehen, was der Weihnachtsmann unter den Baum gelegt hatte. Sie konnten ausschlafen und ein bißchen später aufstehen, und von Maribeth und Tommy war auch noch nichts zu hören.

»Hi«, sagte sie und lächelte ihn an. Es war ein kleines, schüchternes Lächeln, das er lange nicht mehr an ihr gesehen hatte und das ihn an die Zeit erinnerte, als sie beide noch ganz jung gewesen waren.

»Du siehst aus wie eine Frau, die zu allem entschlossen ist«, schmunzelte er, drehte sich auf den Rücken und streckte sich.

»Das bin ich, ich hatte gestern abend ein langes Gespräch mit Maribeth.« Sie ging auf das Bett zu, setzte sich neben ihn und betete im stillen, daß er es ihr nicht abschlagen würde. Keine Überredungskunst der Welt konnte ihr jetzt helfen, keine Verzögerungstaktik und keine Ausflüchte, sie wußte, daß sie ihn einfach nur fragen mußte, aber sie hatte eine Heidenangst davor, da es ihr sehr viel bedeutete. Sie fürchtete sich entsetzlich davor, daß er dagegen wäre. »Sie will, daß wir das Baby behalten«, sagte sie leise.

»Wir alle?« Er starrte sie an. »Tommy auch? Sie will ihn heiraten?« John setzte sich im Bett auf, er war zutiefst beunruhigt. »Ich hab es befürchtet, daß das passieren würde.«

»Nein, nicht wir alle. Sie will ihn nicht heiraten, nicht jetzt jedenfalls. Du und ich, sie will, daß wir das Kind adoptieren.«

»Wir? Warum?« Er war mehr als schockiert, er war völlig durcheinander.

»Weil sie uns für gute Menschen und für gute Eltern hält.«

»Aber was ist, wenn sie ihre Meinung ändert? Und was sollen wir mit einem Baby anfangen?« Das Entsetzen stand ihm ins Gesicht geschrieben. Liz lächelte ihn an, eine solche Neuigkeit, gleich morgens nach dem Aufwachen, das hatte ihm einen Schlag versetzt.

»Das gleiche, was wir mit den beiden anderen angefangen haben: zwei Jahre lang jede Nacht fünfmal aufstehen und sehnsüchtig darauf warten, daß wir endlich eine Nacht durchschlafen können, und dann von früh bis spät dieses Glück genießen bis ans Ende unserer Tage ... oder ihrer Tage«, fügte sie traurig hinzu, beim Gedanken an

Annie. »Es ist ein Geschenk, John... für einen Augenblick, für ein Jahr, für so lange, wie es dem Schicksal gefällt, es in unseren Händen zu lassen, und ich will dieses Geschenk nicht ablehnen, denn ich will meine Träume nicht noch einmal aufgeben... Ich hätte nie geglaubt, daß wir noch mal ein Kind haben können, Dr. MacLean sagt, daß ich keines mehr bekommen kann... aber jetzt ist dieses Mädchen in unser Leben getreten, und durch dieses Mädchen macht das Schicksal uns das Angebot, uns unsere Träume zurückzugeben.«

»Was ist, wenn sie das Kind in ein paar Jahren zurückhaben will, sobald sie erwachsen ist und geheiratet hat, vielleicht sogar Tommy geheiratet hat?«

»Sie sagt, daß sie das nicht tun wird, und abgesehen davon glaube ich, daß wir uns gesetzlich dagegen schützen können. Aber ich glaube ihr, sie wird es nicht tun, denn sie ist der festen Überzeugung, daß das Baby ein besseres Leben haben wird, wenn sie es weggibt, und das meint sie ehrlich und ist sich darüber im klaren, daß sie selbst nicht für das Kind sorgen kann. Sie hat mich angefleht, daß wir das Baby aufnehmen.«

»Du brauchst nur zu warten, bis sie es gesehen hat«, sagte er in sarkastischem Ton. »Das schafft keine Frau, ein Baby neun Monate auszutragen und es dann einfach wegzugeben.«

»Manche schaffen es«, sagte Liz bestimmt. »Ich glaube, Maribeth schafft es. Nicht, weil ihr das Kind egal ist, sondern im Gegenteil, weil es ihr so sehr am Herzen liegt, denn für sie ist es ein Liebesdienst, sie tut es aus Liebe. Sie will, daß es ihrem Kind gutgeht, dafür kann sie es weggeben, dafür will sie es uns geben.« Sie sah ihren Mann an, die Tränen standen ihr in den Augen und rollten langsam über ihre Wangen. »John, ich will es. Ich will es mehr, als ich jemals etwas gewollt habe... bitte sag nicht nein... bitte laß es uns tun.« Er sah ihr fest und lange in die Augen, während sie sich einzureden versuchte, daß sie ihn nicht dafür hassen würde, wenn er nein sagen würde. Sie fürchtete, daß er sich überhaupt keine Vorstellung davon machen konnte, was sie durchgemacht hatte und wie sehr sie sich dieses Kind wünschte, nicht als Ersatz für Annie, die nie wieder zu ihnen zurückkehren würde, sondern um wieder nach vorn schauen zu können, um von diesem Kind Fröhlichkeit und Lachen und Liebe zu bekommen, um wieder ein strahlendes kleines Licht in ihrer Mitte zu haben. Das war alles, was sie wollte, und sie hatte nicht die geringste Ahnung, wie sie ihm das je begreiflich machen sollte. Aber eines wußte sie, wenn er es ihr abschlagen würde, dann würde sie zugrunde gehen.

»Also gut, Liz«, sagte er sanft und nahm ihre Hände in die seinen. »In Ordnung, Baby... Ich verstehe...« sagte er, und die Tränen rannen ihm über die Wangen. Liz fiel ihm um den Hals, sie hatte ihm unrecht getan und ihn falsch eingeschätzt. Er verstand sie, er verstand alles, er war immer noch der gleiche Mann, der er immer gewesen war, und in diesem Augenblick liebte sie ihn mehr, als sie ihn je geliebt hatte. Sie hatten soviel durchgemacht, und sie hatten es überlebt. »Wir werden ihr sagen, daß wir es tun, aber zuerst müssen wir mit Tommy sprechen. Es geht nur, wenn er genauso empfindet wie wir.«

Liz stimmte ihm zu. Sie konnte es kaum erwarten, daß Tommy aufwachte. Zwei Stunden später stand er auf, noch vor Maribeth, und ohne lange Vorrede erzählte seine Mutter ihm von Maribeth' Angebot. Einen Moment lang war er wie benommen, aber dann wurde mit einem Mal alles hell und klar. Er hatte in letzter Zeit immer deutlicher gespürt, wie ernst es ihr damit war, das Baby wegzugeben, und wie sehr sie davon überzeugt war, daß das die richtige Entscheidung war; er hatte begriffen, daß sie es wirklich wollte, daß sie dem Kind ein besseres Leben ermöglichen wollte, und da sein Gefühl ihm inzwischen sagte, daß er sie deswegen noch lange nicht verlieren würde, war er nicht mehr so blind von dem Gedanken besessen, sie zu einer Heirat zu überreden und das Baby gemeinsam aufzuziehen. Im Grunde, sagte er sich jetzt, war das die ideale Lösung, und er mußte die Hoffnung nicht aufgeben, daß er und Maribeth eines Tages zusammen Kinder bekommen würden, und für das Kind, das sie jetzt bekam, war es die perfekte Lösung, und er konnte in den Augen seiner Mutter sehen, wie viel es ihr bedeutete. Seine Eltern wirkten auf einmal vertrauter und intimer miteinander, während sie mit ihm sprachen. Sein Vater, der neben Liz saß und ihre Hand hielt, strahlte Stärke und Ruhe aus. Irgend etwas war ungeheuer aufregend an diesem Augenblick, da sie dabei waren, den Beginn eines neuen Lebens mitzuerleben, und zugleich für sie alle ein neues Leben anfing.

Als Maribeth aufstand, wurde sie schon erwartet. Die drei saßen bereit, sie hatten einstimmig beschlossen, ihr Baby zu adoptieren, und als sie ihr die Entscheidung mitgeteilt hatten, sah Maribeth jeden einzelnen an und begann vor Erleichterung zu weinen. Dann dankte sie ihnen, umarmte jeden und mußte noch mehr weinen, denn es war für jeden von ihnen ein Moment großer Gefühle. Es war ein Augenblick der Liebe und der Hoffnung, ein Augenblick des Gebens und Teilens, ein Augenblick des Neuanfangs, dank dieses Geschenks, das Maribeth ihnen gebracht hatte.

»Du bist sicher?« fragte Tommy Maribeth am Nachmittag, als sie zu einem Spaziergang aufbrachen. Sie nickte, sie war sich ihrer Sache absolut sicher, das sah man ihr an. Nach dem Auspacken der Geschenke hatten sie ein großes Festmahl eingenommen, und nun hatten die beiden seit dem Vormittag zum ersten Mal Gelegenheit, allein miteinander zu sprechen.

»Es ist genau das, was ich will«, sagte sie, und sie fühlte sich so ruhig und stark wie schon lange nicht mehr, und voller Tatendrang. Sie gingen zu Fuß den Weg bis zu dem Teich, auf dem sie Eislaufen gewesen waren, und wieder zurück. Es waren mehrere Meilen, aber sie sagte, sie hätte sich noch nie so gut gefühlt. Sie hatte das Gefühl, als ob ihr auf einmal nichts mehr im Wege stand und daß sie genau das getan hatte, wozu sie hierhergekommen war. Sie war dazu bestimmt gewesen, ihnen ein Geschenk zu bringen, und dieses Geschenk hatte sie ihnen nun übergeben, und jetzt waren sie alle reicher geworden um die Freude, an der sie alle teilhatten.

Als sie wieder zu Hause waren, blieben sie auf den Stufen vor dem Eingang stehen, und er küßte sie und fühlte, wie sich ihr Körper plötzlich anspannte, und erschreckt klammerte sie sich an seine Hand. Er versuchte sie festzuhalten, aber sie krümmte sich in seinen Armen.

»O mein Gott! O mein Gott!...« murmelte er, von Panik ergriffen, und setzte sie vorsichtig auf die Stufen. Sie preßte sich die Hände gegen den Bauch und hielt die Luft an, um die Krämpfe zu ertragen. Er stürzte ins Haus, um seine Mutter zu holen, und als Liz herauskam, saß Maribeth mit weit aufgerissenen Augen da, und die Angst stand ihr ins Gesicht geschrieben. Die Wehen hatten eingesetzt, und der Schmerz war viel stärker, als sie erwartet hatte.

»Es ist alles gut, es ist alles gut.« Liz versuchte beide zu beruhigen und schickte Tommy zu seinem Vater. Sie wollte Maribeth ins Haus schaffen und den Arzt anrufen. »Kinder, Kinder, was habt ihr denn gemacht? Seid ihr bis Chicago gelaufen?«

»Nur zum Teich und zurück«, sagte Maribeth und schnappte nach Luft. Der Schmerz kam schon wieder, es waren lange, starke Krämpfe, und sie begriff nichts. »Es sollte doch ganz anders losgehen«, sagte sie zu Liz, als sie sich, von ihr und John gestützt, ins Haus hineinschleppte. Tommy stand mit kreidebleichem Gesicht reglos da. »Heute früh hatte ich Bauchweh, aber das war ganz schnell wieder vorbei«, sagte Maribeth. Sie konnte noch gar nicht glauben, was mit ihr passierte, es hatte doch gar keine Vorwarnung gegeben.

»Hast du schon Krämpfe gehabt?« fragte Liz ruhig, »oder Rückenschmerzen?« Es kam oft vor, daß man die ersten Anzeichen der Wehen falsch deutete.

»Gestern abend hatte ich Rückenschmerzen, und heute morgen, als ich Bauchweh hatte, leichte Krämpfe, aber ich dachte, das kommt von dem vielen Essen gestern abend.«

»Dann hast du möglicherweise schon seit gestern abend Wehen«, sagte Liz ruhig. Das hieß, daß sie keine Zeit verlieren durften, sie mußte so schnell wie möglich ins Krankenhaus. Der Spaziergang hatte offenbar die Geburtswehen ausgelöst, der errechnete Termin war der nächste Tag, sie war also gut in der Zeit, aber ihr Baby schien es auf einmal eilig zu haben. Fast war es so, als ob das Baby jetzt, da klar war, daß die Whittakers es bei sich aufnehmen würden, zur Welt kommen könnte und keine Minute länger mehr warten wollte.

Sobald sie Maribeth ins Haus gebracht hatten, begann Liz die Abstände zwischen den Wehen zu messen, und John rief den Arzt an. Tommy setzte sich neben Maribeth, hielt ihr die Hand und sah sie voller Mitleid an, aber seine Eltern waren beide die Ruhe selbst, liebenswürdig und einfühlsam, und Liz wich nicht von Maribeth' Seite. Die Wehen traten jetzt im Abstand von drei Minuten auf, und als John vom Telefon zurückkam, sagte er, Dr. MacLean habe sie gebeten, sofort zu kommen. Er erwarte sie in fünf Minuten in der Klinik.

»Müssen wir jetzt gleich los?« fragte Maribeth. Sie schaute von Liz zu Tommy und dann zu John und wirkte schrecklich jung und ängstlich. »Können wir nicht noch einen Moment hierbleiben?« Sie war kurz davor zu weinen, aber Liz erklärte ihr ruhig, daß es sich nicht mehr aufschieben ließe, es war Zeit zu gehen.

Tommy packte ein paar Sachen für sie in eine Tasche, und fünf Minuten später saßen sie bereits im Wagen. Liz und Tommy setzten sich mit Maribeth zusammen auf die Rückbank, und John fuhr so schnell, wie die vereisten Straßen es erlaubten. Als sie im Krankenhaus ankamen, standen Dr. MacLean und eine Krankenschwester bereits mit einem Rollstuhl am Eingang, sie setzten Maribeth hinein und wollten sie zum Lift schieben, da streckte sie ängstlich die Hände nach Tommy aus.

»Laß mich nicht allein«, bettelte sie, und leise weinend griff sie nach seiner Hand. Dr. MacLean lächelte die beiden an, es würde alles gutgehen, sie war jung und gesund und hatte bis jetzt alles ohne Komplikationen überstanden, sie würde auch die letzte Hürde gut nehmen.

»Du wirst Tommy in einem Weilchen wiedersehen«, beruhigte er Maribeth, »zusammen mit deinem Baby.«

Aber daraufhin weinte sie nur noch lauter, und Tommy küßte sie zärtlich.

»Ich kann nicht mitkommen, Maribeth, sie lassen mich nicht, du mußt jetzt tapfer sein. Beim nächsten Mal werde ich dabeisein«, sagte er und befreite sich sanft aus ihrem Klammergriff, damit sie sie auf die Station bringen konnten, aber Maribeth wandte ihre angstvollen Augen zu Liz und fragte, ob sie nicht mitkommen könne. Der Arzt nickte, zum Zeichen seines Einverständnisses, und Liz folgte ihnen. Ihr klopfte das Herz, als sie hinter dem Rollstuhl in den Lift einstieg und dann ins Geburtszimmer trat. Maribeth wurde entkleidet, und der Arzt untersuchte sie, um festzustellen, wie weit der Muttermund schon geöffnet war. Inzwischen konnte sie die Schmerzen kaum mehr ertragen, und die Krankenschwester gab ihr eine Beruhigungsspritze. Danach ging es ihr besser, obwohl die Schmerzen noch immer sehr stark waren. Als der Arzt mit der Untersuchung fertig war, sagte er, es werde nicht mehr lange dauern, denn der Muttermund war bereits geöffnet, und sie konnte mit dem Pressen beginnen.

Maribeth wurde in den Kreißsaal gebracht, und Liz blieb die ganze Zeit an ihrer Seite. Maribeth klammerte sich an ihre Hand und sah sie an, und in ihrem Blick lag bedingungsloses Vertrauen. »Versprich mir, daß du es dir nicht noch mal überlegst... Du wirst es nehmen, Liz, nicht wahr? Du wirst es lieben... Du wirst mein Baby immer lieben...«

»Ich verspreche es«, sagte Liz, überwältigt von Maribeth' Vertrauen und von der Liebe, die sie mit ihr verband. »Ich werde es immer lieben... Ich liebe dich, Maribeth... Danke...« sagte sie, und dann wurde das Mädchen von den Schmerzen davongerissen. Die nächsten Stunden waren ein hartes Stück Arbeit für sie, denn das Baby hatte sich in eine ungünstige Lage gedreht, und sie mußten es mit der Zange holen. Die Schwester stülpte Maribeth eine Maske auf das Gesicht und gab ihr Lachgas. Sie geriet in einen Zustand von Schmerz, Betäubung und Verwirrung, aber Liz hielt ununterbrochen ihre Hand, und kurz nach Mitternacht war es endlich soweit! Ein kleiner Schrei gellte durch den Kreißsaal, die Krankenschwester nahm Maribeth die Maske ab, und sie konnte ihr Töchterchen sehen. Sie war noch immer benommen, aber als sie das kleine Gesichtchen sah, lächelte sie, dann hob sie die Augen zu Liz, ihr Blick war voller Erleichterung und Glück.

»Du hast ein kleines Mädchen bekommen«, sagte sie zu Liz. Nicht einmal unter dem Einfluß des Betäubungsmittels hatte sie Zweifel darüber, wessen Baby es war.

»Das ist *dein* kleines Mädchen«, korrigierte der Arzt und lächelte Maribeth an, dann gab er das Baby Liz in den Arm. Maribeth war zu erschöpft, um es zu halten, und als Liz in das kleine Gesichtchen sah und die blonden Haare entdeckte und diese Augen voller Unschuld und Liebe, erschauerte sie vor Rührung.

»Hallo«, sagte sie zu dem Kind auf ihren Armen, das nun das ihre sein sollte, und sie fühlte sich fast genauso wie bei der Geburt ihrer beiden eigenen Kinder. Sie wußte, diesen Augenblick würde sie nie vergessen, und wünschte, John hätte ihn mit ihr zusammen erleben können. Es war ein großes Glück gewesen, bei der Geburt dabeizusein, es plötzlich herauskommen zu sehen und schreien zu hören, als ob es nach ihnen rufen wollte, als ob es lauthals schreien wollte: »Hallo, hier bin ich, ich hab's geschafft!« Nachdem Maribeth noch eine zweite Beruhigungsspritze bekommen hatte und eingeschlafen war, durfte Liz das Baby zur Säuglingsstation bringen, wo es gewogen und gewaschen wurde. Liz stand dabei und schaute zu und hielt dem Baby das kleine Händchen, und ein paar Minuten später tauchten John und Tommy vor dem Schaufenster auf und starrten herein.

Liz durfte das Baby noch einmal auf den Arm nehmen. Sie ging zum Fenster und hielt es hoch, um es John zu zeigen, und John begann zu weinen, als er ihr Töchterchen sah. Liz bedeutete ihm mit Lippenbewegungen: »Ist sie nicht schön?« John sah auf einmal nur noch seine Frau und alles, was sie zusammen durchgemacht hatten, und es war schwer, in diesem Moment nicht an Annie und ihre Geburt zu denken, aber dieses Baby war ganz anders, und es war nun ihr Baby.

»Ich liebe dich«, flüsterte er durch die Fensterscheibe und sah an ihren Lippen, daß sie dasselbe zu ihm sagte. Sie liebte ihn auch, und in einem blitzartigen Moment, in dem sich Dankbarkeit und Entsetzen mischten, wurde ihr klar, daß sie es beinahe nicht geschafft hätten, aber sie hatten es geschafft, erstaunlicherweise und dank Maribeth und des Geschenks, das sie ihnen gebracht hatte, und dank der Liebe, die sie immer verbunden hatte, auch wenn sie zeitweilig verschüttet gewesen war.

Tommy bekam große Augen, als er das Baby sah, und war erleichtert, als kurz darauf seine Mutter zu ihnen herauskam und er sie fragen konnte, wie es Maribeth ging. Liz beruhigte ihn, es gehe ihr gut, sie sei sehr tapfer gewesen und schlafe jetzt.

»War es sehr schlimm für sie, Mom?« fragte er. Er war überwältigt, daß sie es geschafft hatte, aber er hörte nicht auf, sich Sorgen um sie zu machen, denn das Baby wog gute acht Pfund, ein schweres Kind für jede Frau, geschweige denn für ein sechzehnjähriges Mädchen, die keine Ahnung gehabt hatte, was ihr bevorstand. Beim nächsten Mal wäre es einfacher für sie, und die Belohnung wäre größer.

»Es ist harte Arbeit, mein Junge«, sagte Liz, die sehr beeindruckt von Maribeth war.

»Wird sie alles gut überstehen?« Seine Augen fragten nach tausend weiteren Dingen, die er nicht verstand, aber seine Mutter beruhigte ihn.

»Ja, das wird sie. Ich verspreche es dir.«

Eine Stunde später wurde Maribeth in ihr Zimmer gebracht. Sie war noch immer benommen und verwirrt, aber als sie Tommy sah, griff sie sofort nach seiner Hand und beteuerte ihm ihre Liebe und schwärmte ihm vor, wie schön das Baby sei. Liz, die dabeistand und es hörte, fühlte plötzlich eine Welle von Angst und Panik in sich aufsteigen. Was, wenn Maribeth sich doch noch entschloß, Tommy zu heiraten und das Baby zu behalten?

»Hast du sie gesehen?« fragte Maribeth Tommy, und Aufregung lag in ihrer Stimme. Liz blickte zu John, und er nahm ihre Hand, um sie zu beruhigen, er wußte, was in ihr vorging, denn er selbst fühlte die gleiche Angst.

»Sie ist wunderschön«, sagte Tommy und gab Maribeth einen Kuß. Er war besorgt, weil sie so blaß aussah. »Sie sieht genauso aus wie du«, sagte er, was nicht stimmte, denn das Baby hatte blonde Haare, nicht feuerrote.

»Ich finde, sie sieht aus wie deine Mom.« Maribeth lächelte Liz an. Sie fühlte, daß es zwischen ihr und dieser Frau ein Band gab, das sie mit keinem anderen Menschen je wieder haben würde, denn Liz war bei der Geburt ihres

Babys dabeigewesen, und Maribeth wußte, daß sie es ohne Liz nicht geschafft hätte.

»Was für einen Namen willst du ihr geben?« fragte sie Liz, bevor sie langsam in den Schlaf sank. Liz fühlte eine Welle der Erleichterung, vielleicht würde Maribeth es sich doch nicht anders überlegen, vielleicht würde das Baby doch ihr Kind werden. Es war so schwer zu glauben, selbst jetzt noch.

»Was hältst du von Kate?« fragte Liz, als Maribeth gerade die Augen zufielen.

»Gefällt mir«, flüsterte sie mit geschlossenen Augen, »ich liebe dich, Liz ...« Und dann schlief sie ein, noch immer Tommys Hand haltend.

»Ich liebe dich auch, Maribeth«, sagte Liz, drückte ihr einen Kuß auf die Wange und gab den anderen Zeichen, daß es Zeit war, Maribeth allein zu lassen. Es war inzwischen drei Uhr morgens, und Maribeth hatte eine harte Nacht hinter sich und brauchte Schlaf. Als sie alle zusammen leise den Flur hinuntergingen, blieben sie noch einmal vor dem Fenster zur Säuglingsstation stehen, und da lag sie, warm eingewickelt in eine Decke, das rosige Gesichtchen ihnen zugewandt, und starrte Liz direkt in die Augen, gerade so, als ob sie seit langem auf sie gewartet hätte. Es war, als ob sie von Anfang an für diese Familie bestimmt gewesen wäre. Als die drei so vor dem Fenster standen, bickte Tommy seine Eltern an und lächelte, auch Annie hätte dieses Schwesterchen geliebt, das wußte er.

Elftes Kapitel

Die nächsten zwei Tage waren für alle voller Hektik und wirbelnder Gefühle. John und Tommy holten Annies alte Wiege, um sie frisch zu streichen, und Liz schmückte sie bis tief in die Nacht mit meterweise rosafarbener Gaze und Satinbändern. Sie kramten alte Sachen heraus und schafften neue an, und mitten in dem ganzen Trubel nahm Tommy sich die Zeit, zu Annies Grab zu fahren, und saß lange vor dem Weihnachtsbäumchen, das er ihr mit Maribeth gebracht hatte, dachte über das Baby nach und daran, daß Maribeth sie bald verlassen und nach Hause zurückkehren würde. Irgendwie war alles so schrecklich schnell gegangen, und es kam ihm vor, als ob alles auf einmal passierte – das meiste davon brachte Glück, aber einiges tat sehr weh.

Seine Mutter war so glücklich, wie er sie das ganze letzte Jahr nicht mehr gesehen hatte, aber wenn er Maribeth ansah, war sie stets ernst und still. Sie hatte nach der Geburt des Babys ein langes Gespräch mit John und Liz gehabt, und die beiden hatten ihr versichert, daß sie es verstehen würden, wenn sie ihre Meinung geändert hätte, aber Maribeth war felsenfest dabei geblieben, daß an der Entscheidung nichts zu rütteln sei. Es machte sie traurig, das Baby wegzugeben, aber sie war sich jetzt sicherer denn je, daß es so richtig war. Am nächsten Tag rief John seinen Anwalt an und bat ihn, alles vorzubereiten, damit Maribeth das Baby zur Adoption freigeben konnte.

Der Anwalt setzte die notwendigen Papiere auf und kam mit den Unterlagen zu Maribeth, erklärte ihr alles ausführlich, und drei Tage nach Kates Geburt leistete Maribeth ihre Unterschrift. Sie verzichtete auf die vorgesehene Bedenkzeit, unterzeichnete die Unterlagen mit zitternder Hand, und dann umarmte sie Liz ganz fest. Sie baten die Schwester, ihr an diesem Tag das Kind nicht hereinzubringen, denn sie brauchte die Zeit, um innerlich Abschied zu nehmen und zu trauern.

Tommy blieb an diesem Abend lange bei Maribeth. Sie war seltsam ruhig, nachdem sie diesen großen Schritt getan hatte, aber auch etwas wehmütig.

»Beim nächsten Mal wird es anders sein, das schwör ich dir«, sagte Tommy zärtlich und küßte sie. Sie hatten so viel miteinander durchgemacht, daß das Band zwischen ihnen unzertrennlich war, das wußten beide, aber Maribeth brauchte Zeit, um wieder Atem zu schöpfen und sich von allem zu erholen. Am Neujahrstag entließ der Arzt sie und ihr Baby aus dem Krankenhaus, und Tommy kam zusammen mit seinen Eltern in die Klinik, um sie abzuholen.

Liz trug das Baby zum Wagen, während John Erinnerungsfotos schoß. Zu Hause verbrachten sie alle zusammen einen ruhigen Nachmittag, und jedesmal, wenn das Baby zu schreien anfing, stand Liz auf, um nach ihm zu sehen, und Maribeth versuchte, es zu überhören. Sie wollte nicht zu Kate gehen, sie war jetzt nicht mehr ihre Mutter, sie wollte sich zwingen, zwischen sich und dem Baby einen Abstand herzustellen, aber sie wußte, daß sie für das Baby immer einen Platz in ihrem Herzen haben würde, doch sie würde ihm keine Mutter sein. Sie würde nicht für Kate dasein, wenn sie mitten in der Nacht schrie oder wenn sie eine Erkältung hatte, und sie würde ihr keine Geschichten vorlesen. Bestenfalls würden sie, falls ihre Lebenswege weiterhin so nah beieinander verliefen, Freunde werden, aber nicht mehr, und schon jetzt hieß ihre Mutter Liz, nicht Maribeth.

Spät in der Nacht wiegte Liz das schlafende Baby in ihren Armen, und John betrachtete die beiden. »Du liebst sie schon jetzt, stimmt's?« Liz nickte glücklich, und sie konnte es immer noch nicht fassen, daß John seine Zustimmung gegeben hatte. »Also die nächsten zwei Jahre keinen Schlaf, vermute ich.«

»Es wird dir nicht schaden.« Sie lächelte ihn an, und er kam durch das Zimmer auf sie zu und küßte sie. Das Baby hatte sie wieder zueinandergeführt, es hatte ihnen die Hoffnung zurückgebracht und die Erinnerung daran, wie süß das Leben am Anfang sein konnte und was für ein Geschenk es war, dies miterleben zu dürfen.

Kates Geburt hatte auch Tommy und Maribeth näher zusammengebracht. Sie hatte das Gefühl, ihn noch viel mehr zu brauchen als vorher, und sie dachte mit Bangen daran, wie weh es tun würde, von ihm wegzugehen. Sie fühlte sich auf einmal so verletzlich, als ob sie es nicht aushalten würde, ohne ihn durch die Welt zu gehen, und die Vorstellung, ohne ihn nach Hause zurückzukehren, machte ihr angst, und sie schob es immer wieder hinaus, ihre Eltern anzurufen, um ihnen zu sagen, daß das Baby geboren war, aber sie brachte es einfach nicht fertig. Sie war noch nicht dazu bereit, wieder zurückzukehren.

»Möchtest du, daß ich anrufe?« fragte Liz zwei Tage, nachdem Maribeth aus dem Krankenhaus entlassen worden war. »Ich will dich nicht drängen, aber ich glaube, deine Mutter sollte wissen, daß es dir gutgeht. Sie macht sich bestimmt Sorgen.«

»Warum?« fragte Maribeth mit einem unglücklichen Gesicht. Sie hatte die ganze Woche über viel nachgedacht, auch über ihre Eltern. »Warum ausgerechnet jetzt, nachdem mein Vater sie das ganze Jahr nicht mit mir hat sprechen lassen? Sie war nicht da, als ich sie gebraucht hab, aber du warst da«, sagte Maribeth rundheraus. Es war die Wahrheit, das ließ sich nicht leugnen, sie hatte ihren Eltern gegenüber nicht mehr die gleichen Gefühle wie früher, nicht einmal bei ihrer Mutter. Nur für Noelle empfand sie noch dasselbe wie eh und je.

»Ich glaube, deine Mutter konnte nicht anders«, sagte Liz, während sie das Baby behutsam in die Wiege legte, da sie es gerade gefüttert hatte. »Sie ist keine starke Frau.« Diese Beschreibung war treffender, als Liz es wissen konnte, Maribeth' Mutter war der Tyrannei ihres Vaters hilflos ausgeliefert. »Ich bin nicht einmal sicher, ob sie versteht, wie sehr sie dich im Stich gelassen hat«, sagte Liz traurig.

»Hast du mit ihr gesprochen?« fragte Maribeth und machte ein verwirrtes Gesicht, denn wie konnte Liz das alles wissen? Liz zögerte einen langen Moment, ehe sie antwortete, aber dann rang sie sich dazu durch, ihr reinen Wein einzuschenken, auch wenn sie Maribeth damit einen Schreck einjagen würde.

»Ich habe sie mit John zusammen besucht, nach Thanksgiving, denn wir hatten das Gefühl, daß wir dir das schuldig sind. Zu dem Zeitpunkt wußten wir noch nicht einmal, daß du uns dein Baby geben wolltest, aber ich wollte sehen, in was für eine Familie du zurückkehren wirst. Du kannst jederzeit hier bei uns bleiben, wenn du möchtest, daran hat sich nichts geändert, ich möchte, daß du das weißt. Ich glaube, daß sie dich lieben, Maribeth, aber dein Vater ist ein sehr beschränkter Mann. Er kann tatsächlich nicht verstehen, warum du studieren möchtest, denn das war es, worüber ich mit ihm sprechen wollte, da ich sicher sein wollte, daß er dir erlaubt, aufs College zu gehen. Du hast nur noch ein paar Monate bis zu deinem Schulabschluß, und du mußt jetzt deine Bewerbungen einreichen, denn mit deinen Talenten bist du es dir selber schuldig zu studieren.«

»Und was hat mein Vater gesagt?« Sie begriff immer noch nicht, daß Liz zu ihren Eltern gefahren war. Sie hatten tatsächlich eine Fahrt von zweihundertfünfzig Meilen auf sich genommen, um die Eltern kennenzulernen, die ihre Tochter in diesem letzten halben Jahr vollkommen allein gelassen hatten.

»Er hat gesagt, es war gut genug für deine Mutter, daheim zu bleiben und die Kinder aufzuziehen, da wird es für dich auch gut genug sein«, gab Liz unumwunden zu. Sie verschwieg ihr lediglich, daß er hinzugefügt hatte, »falls sie jetzt noch einen Mann findet«, was er nach ihrem Fehltritt bezweifelte. »Er scheint den Unterschied nicht zu verstehen, er scheint nicht einmal zu sehen, daß du etwas Besonderes bist, mit all deinen Begabungen.« Sie und John wollten für Maribeth auch etwas tun, sie hatten sich bereits darüber unterhalten. »Ich glaube, er denkt, wir haben dir völlig den Kopf verdreht mit dieser Idee, daß du studieren solltest, und ich will bloß hoffen, daß wir das tatsächlich getan haben«, sagte sie mit einem Lächeln, »sonst wäre ich nämlich sehr enttäuscht – offen gesagt«, sie machte eine kurze Pause, da John gerade ins Zimmer kam, »wir möchten etwas mit dir besprechen. Wir hatten eine größere Geldsumme beiseite gelegt für Annies Ausbildung, und für Kate werden wir jetzt auch ein Sparkonto anlegen, aber das hat noch Zeit, und für Tommys Studium haben wir schon vor langer Zeit das erforderliche Geld gespart. Wir wollen dir gern das Geld geben, das für Annie bestimmt war, Maribeth, damit du dir um dein Studium keine Sorgen machen mußt. Du kannst hierher zurückkommen und hier aufs College gehen, oder dich irgendwo anders bewerben, ganz wie du willst.«

Maribeth war wie vom Donner gerührt. John fuhr fort: »Ich habe mich mit deinem Vater darüber unterhalten, und wir haben uns darauf geeinigt, daß du nach Hause zurückkehren und im Frühjahr deinen Schulabschluß machen sollst, und dann bist du frei hinzugehen, wohin du willst. Du kannst hierher zurückkommen und bei uns wohnen.« Er sah Liz an, und sie nickte, sie waren alle drei bereits übereingekommen, daß Maribeth Kate gegenüber immer sagen würde, sie sei eine Freundin, aber nicht ihre Mutter. Eines Tages vielleicht, wenn sie erwachsen wäre und es erfahren müßte, konnten sie es ihr sagen, aber in der Zwischenzeit wollte Maribeth ihr die Wahrheit vorenthalten, denn sie wollte niemanden verletzen, weder John noch Liz, noch Kate. »Nun steht deinem Studium nichts mehr im Weg, Maribeth, es hängt nur noch von dir ab. Ich glaube, zu Hause wirst du es nicht einfach haben, denn dein Vater ist ein schwieriger Mann, aber ich glaube, er hat sich auch ein paar Gedanken über dich gemacht, er sieht ein, daß es einfach ein Fehler war, und er wird ihn sicherlich nicht vergessen, aber ich glaube, er würde sich freuen, wenn du wieder nach Hause kommst. Vielleicht könntet ihr in den nächsten paar Monaten alle miteinander Frieden schließen, bevor du wegziehst, um aufs College zu gehen.«

»Mir graut vor der Vorstellung, wieder daheim zu wohnen«, gestand Maribeth, doch da stand Tommy auf, setzte sich neben sie und hielt ihr die Hand; ihm graute genauso vor der Vorstellung, daß sie weggehen würde, und er hatte ihr schon versprochen, sie so oft wie möglich zu besuchen, obwohl die Entfernung ziemlich groß war, aber sie wußten beide, daß sechs Monate keine Ewigkeit waren, es kam ihnen nur so lange vor.

»Wir wollen dich nicht drängen zurückzugehen«, sagte Liz in aller Deutlichkeit, »aber ich glaube, du solltest es tun, nur für eine Weile, deiner Mutter zuliebe und um für dich selber Klarheit zu schaffen.« Und dann sagte sie Maribeth etwas, wovon sie John versprochen hatte, daß sie es nicht sagen würde. »Aber ich glaube, länger solltest du nicht bei ihnen bleiben. Sie werden dich lebendig begraben, wenn du nicht aufpaßt.« Maribeth lächelte über die genaue Beschreibung, denn bei ihren Eltern zu leben, das war wie langsames Ertrinken.

»Ich weiß, daß sie es versuchen werden, aber jetzt können sie nicht mehr viel ausrichten, dank eurer Hilfe.« Sie schlang die Arme um Liz und drückte sie an sich. Obwohl sie leise gesprochen hatten, war Kate aufgewacht und hatte zu schreien angefangen. Maribeth schaute zu, wie Liz sie aus der Wiege hob, und dann nahm Tommy sie auf den Arm. Manchmal reichten sie sie herum wie eine Puppe, und jeder herzte und küßte sie und spielte mit ihr. Es war genau das, was Kate brauchte, genau das, was Maribeth für ihr Baby gewünscht hatte, und als sie sie so beobachtete da wußte Maribeth, daß Kate ein glückliches Leben haben würde, ein Leben, wie es ihr zustand.

Tommy behielt sie ein Weilchen auf dem Arm, dann hielt er sie Maribeth hin, die einen Moment lang zögerte, dann aber die Hände nach ihr ausstreckte und sie nahm.

Das Baby suchte instinktiv ihre Brust und schmiegte sich an sie. Maribeths Brüste waren noch immer schwer von der Milch, die Kate nie getrunken hatte, und die gepuderte Babyhaut roch süß und angenehm, und als Maribeth sie Tommy zurückgegeben hatte, war sie unendlich traurig, denn es war noch immer schrecklich schwer, sie so nah bei sich zu haben. Sie wußte, daß sich das in dem Moment verlieren würde, wenn sie in ihrem eigenen Leben wieder neue Wege beschritten hatte.

»Ich werde sie heute abend anrufen«, sagte Maribeth, denn ihr war klar, daß sie zu ihren Eltern zurückgehen mußte, wenigstens vorläufig. Sie mußte mit ihnen Frieden schließen, und erst dann wäre sie frei weiterzugehen, ihr eigenes Leben zu leben, aber als sie schließlich anrief, war alles wie immer. Ihr Vater war grob und unfreundlich und fragte nur, ob sie es »losgeworden« sei und »die Sache erledigt« hätte.

»Ich habe das Baby bekommen, Dad«, sagte sie kühl. »Es ist ein Mädchen.«

»Interessiert mich nicht. Hast du es weggegeben?« fragte er scharf, und Maribeth spürte, wie alles, was sie je für ihn empfunden hatte, zu einem Häuflein Asche zusammenfiel.

»Freunde von mir haben sie adoptiert«, sagte sie und krallte sich in Tommys Hand. Ihre Stimme zitterte, aber sie hörte sich viel erwachsener an, als sie sich fühlte, und vor Tommy brauchte sie keine Geheimnisse zu haben. »In ein paar Tagen komme ich nach Hause.« Als sie das sagte, drückte sie wieder Tommys Hand, und sie ertrug den Gedanken kaum, von ihnen allen weggehen zu müssen, es war einfach zu schrecklich. Plötzlich kam es ihr völlig falsch vor, zu ihren Eltern zurückzukehren, aber sie rief sich in Erinnerung, daß es ja nicht für lange war. Und dann tat ihr Vater etwas, das sie überraschte.

»Deine Mutter und ich kommen dich abholen«, sagte er mürrisch. Maribeth war verblüfft, warum machten sie sich die Mühe? Sie wußte nicht, daß die Whittakers darauf gedrungen hatten, als sie bei ihren Eltern zu Besuch waren, denn sie hatten es nicht richtig gefunden, daß sie unmittelbar nach der Trennung von ihrem Baby ganz allein mit dem Bus fahren sollte. Und da war zum ersten Mal ihre Mutter gegen ihren Vater aufgestanden und hatte so lange gebettelt, bis er eingewilligt hatte. »Wir kommen nächstes Wochenende, wenn's recht ist.«

»Kann Noelle auch mitkommen?« fragte sie hoffnungsvoll.

»Mal sehen«, antwortete er knapp.

»Kann ich Mom sprechen?« Er sagte nichts mehr, gab aber den Hörer weiter, und ihre Mutter brach sofort in Tränen aus, als sie die Stimme ihrer Tochter hörte. Sie wollte wissen, wie es ihr ging, ob es eine schwere Geburt gewesen sei, ob es ein hübsches Kind sei, und ob es ihr ähnlich sehe.

»Sie ist wunderschön, Mom«, sagte Maribeth, die Tränen liefen ihr über die Wangen, und Tommy wischte sie ihr zärtlich mit den Fingern ab. »Sie ist wirklich süß.« Ein paar Minuten lang weinten beide, und dann kam Noelle an den Apparat, die halb umgekommen war vor Sehnsucht, endlich wieder Maribeth' Stimme zu hören, und ihr Gespräch war ein lautes Durcheinander von Ausrufen und belanglosen Neuigkeiten. Noelle konnte es kaum erwarten, daß Maribeth wieder nach Hause kam. Sie war inzwischen auf der High-School und staunte nicht schlecht, als sie erfuhr, daß Maribeth direkt in die Abschlußklasse kommen würde. »Und dann werde ich ein Auge auf dich haben, paß nur auf, daß du mir keine Schande machst«, sagte Maribeth. Sie war glücklich, endlich wieder mit ihr sprechen zu können, und vielleicht hatte Liz doch recht, vielleicht ging es nicht anders, als daß sie zu ihnen zurückkehrte, egal, wie schwierig es sein würde, wieder im Haus ihrer Eltern zu wohnen, nach all dem, was in der Zwischenzeit passiert war. Schließlich legte sie auf und erzählte Tommy, daß sie am nächsten Wochenende kommen würden, um sie abzuholen.

Die nächsten paar Tage vergingen wie im Flug. Maribeth erholte sich und bereitete sich auf ihre Abreise vor. Liz hatte sich von der Arbeit beurlauben lassen, um sich um das Baby zu kümmern, und es schien eine Unmenge von Dingen zu geben, die für ein Kind zu tun waren, außer Füttern und Baden und Windelwechseln und Wäschewaschen. Maribeth wurde allein schon vom Zuschauen todmüde, und dies verdeutlichte es ihr erneut, daß sie all das nie und nimmer geschafft hätte.

»Ich könnte das nicht, Liz«, sagte sie offen, denn sie hätte nie gedacht, daß ein Baby soviel Arbeit machte.

»Du könntest es, wenn du müßtest«, sagte Liz. »Eines Tages wirst du es können, du wirst selber Kinder haben, und dann... wenn es der richtige Mann und der richtige Zeitpunkt ist, dann geht es leicht, dann wirst du reif dafür sein.«

»Jetzt war ich es nicht«, bekräftigte Maribeth noch einmal. Vielleicht wäre es anders gewesen, wenn das Baby von Tommy gewesen wäre. Aber es war müßig, sich solche Fragen zu stellen, denn alles, was sie zu tun hatte, war, loszulassen und Abschied zu nehmen, und das war hart genug. Der Gedanke, Tommy zu verlassen, war kaum zu ertragen, und von Liz und John wegzugehen, das tat fast genauso weh, von Kate ganz zu schweigen.

Sie weinte viel, der geringste Anlaß genügte, und schon brach sie in Tränen aus. Tommy machte jeden Nachmittag nach der Schule einen Ausflug mit ihr, und sie unternahmen lange Spaziergänge. Einmal fuhren sie zum See und lachten bei der Erinnerung daran, wie er sie ins Wasser geschubst und entdeckt hatte, daß sie schwanger war. Ein andermal fuhren sie zu Annies Grab und bauten den kleinen Christbaum ab. Alle Orte, an denen sie gewesen waren, suchten sie noch einmal auf, als ob es darum ginge, sich jeden Platz, jeden Tag und jeden Augenblick für immer ins Gedächtnis einzuprägen.

»Ich werde wiederkommen«, versprach sie ihm. Er sah sie an und wünschte, er könnte die Zeit entweder zurück- oder vordrehen, um aus der schmerzhaften Gegenwart wegzukommen.

»Und wenn nicht, dann werde ich dir folgen. Es ist nicht vorbei, es wird nie vorbei sein zwischen uns.« Daran glaubten sie beide aus tiefstem Herzen. Ihre Liebe würde eine Brücke schlagen von der Vergangenheit in die Zukunft, und alles, was sie noch brauchten, war ein wenig Zeit, um erwachsen zu werden. »Ich will nicht, daß du von mir fortgehst«, sagte er und sah ihr tief in die Augen.

»Und ich will nicht von dir fortgehen«, flüsterte sie. »Ich werde mich hier am College bewerben.« Und an ein paar anderen Orten, aber sie war sich noch nicht sicher, wie es sein würde, so nah bei ihrem Baby zu sein. Doch sie wollte Tommy nicht verlieren, und es war schwierig, sich vorzustellen, was die Zukunft für sie beide bringen würde, denn im Augenblick war nur das sicher, was bereits gewesen war, und diese Vergangenheit war kostbar.

»Ich werde dich besuchen«, schwor er.

»Ich dich auch«, sagte sie, und zum hundertsten Mal mußte sie die Tränen hinunterschlucken.

Der Tag des Abschieds war im Handumdrehen da. Ihre Eltern kamen in einem neuen Wagen, den ihr Vater in seiner Werkstatt hergerichtet hatte, und Noelle war ebenfalls mitgekommen, eine kreischende Vierzehnjährige mit nagelneuer Zahnspange. Maribeth weinte, als sie ihre Schwester sah, und schloß sie fest in ihre Arme. Die beiden Schwestern wollten sich gar nicht mehr loslassen, so glücklich waren sie, einander wiedergefunden zu haben, und auch wenn sich noch soviel verändert hatte, zwischen ihnen beiden war alles geblieben, wie es immer gewesen war.

Die Whittakers luden Maribeth' Familie ein, zum Mittagessen zu bleiben, aber ihre Eltern sagten, sie müßten zurückfahren. Margaret stand da und sah ihre Tochter an, in den Augen nichts als Kummer und Reue über all das, was sie ihr nicht hatte geben können, es hatte ihr an Mut gefehlt, und jetzt schämte sie sich, daß sich jemand anders um Maribeth gekümmert hatte.

»Ist alles in Ordnung?« fragte sie. Sie war schüchtern, als ob sie Angst hätte, sie anzufassen.

»Es geht mir gut, Mom.« Maribeth sah prächtig aus und wirkte viel älter, eher wie achtzehn als wie sechzehn. Sie war erwachsen geworden und kein kleines Mädchen mehr, sondern eine Mutter. »Wie geht es dir?« fragte sie, und ihre Mutter brach in Tränen aus, von Gefühlen überwältigt. Sie fragte, ob sie das Baby sehen könne, und als sie es sah, weinte sie wieder und sagte, es sehe genauso aus, wie Maribeth als Baby ausgesehen habe.

Sie packten Maribeth' Gepäck in den Wagen, und dann

stand sie da, und ein großer Kloß steckte in ihrem Hals. Sie ging noch einmal ins Haus und in Liz' Zimmer, nahm die schlafende Kate aus der Wiege und drückte sie fest an sich. Das Baby merkte nichts davon, es schlief tief, während eine wichtige Person sich aus seinem Leben verabschiedete, um niemals wieder als die gleiche zurückzukommen, um vielleicht überhaupt nie mehr wiederzukommen. Maribeth wußte, daß es im Leben keine Gewißheiten gab, nur Versprechen und Geflüster im Wind.

»Ich verlasse dich jetzt«, flüsterte sie dem schlafenden Baby ins Ohr. »Vergiß nie, wie sehr ich dich liebe.« Da öffnete das Baby die Augen und blickte sie an, als ob es genau zuhören wollte, was Maribeth zu sagen hatte. »Ich werde nicht mehr deine Mommy sein, wenn ich wieder hierherkomme... ich bin schon jetzt nicht mehr deine Mommy... sei ein braves Mädchen... und gib für mich auf Tommy acht«, sagte sie und küßte das Kind und schloß ihm die Augen. Es spielte keine Rolle, was sie alles darüber gesagt hatte, daß sie nicht in der Lage sei, ihm etwas zu geben und ihm das Leben zu ermöglichen, das es verdiente, denn in ihrem Inneren, in ihrem Herzen, würde Kate immer ihr Baby sein, sie würde sie immer lieben, das wußte sie. »Ich werde dich immer lieben«, flüsterte sie in den weichen Haarflaum und legte Kate in die Wiege zurück. Ein letztes Mal noch sah sie sie an und sagte sich, daß sie ihr von nun an nie wieder so nah sein würde – dies war ihr letzter Moment als Mutter und Tochter. »Ich liebe dich.« Dann wandte sie sich abrupt zum Gehen und stieß mit Tommy zusammen, der dagestanden und sie beobachtet hatte und stille Tränen über ihren Kummer vergoß.

»Du mußt sie nicht aufgeben«, sagte er mit erstickter

Stimme. »Ich wollte dich heiraten, und ich will es immer noch.«

»Ich will es auch. Ich liebe dich, aber es ist besser so, und das weißt du auch. Sie freuen sich so sehr... und wir haben noch das ganze Leben vor uns«, sagte sie. Sie umarmte ihn, drückte sich an ihn und zitterte, als sie seine feste Umarmung spürte. »O Gott, wie ich dich liebe, aber Kate liebe ich auch, und was soll ich denn sonst für sie tun? Deine Eltern haben dieses Glück verdient.«

»Du bist ein wunderbarer Mensch«, sagte er und umarmte sie mit all seiner Kraft. Er wollte sie beschützen, sie abschirmen gegen das, was ihr geschehen war, er wollte immer zu ihr halten.

»Das bist du auch«, sagte sie, und dann ließ sie das Baby zurück, und sie gingen langsam zusammen hinaus, und sie schwankte, denn dies alles ging fast über ihre Kräfte. Als sie John und Liz zum Abschied küßte, weinten beide, und sie mußte ihnen versprechen, sie anzurufen und sooft wie möglich zu Besuch kommen. Nichts wollte sie mehr als das, aber sie hatte noch immer Angst, daß sie es so verstehen könnten, als ob sie sich in Kates Leben drängen wollte, aber trotzdem mußte sie sie alle wiedersehen, Liz, John und Tommy. Sie wußten ja gar nicht, wie sehr sie sie brauchte, und sie wünschte sich noch immer eine Zukunft mit Tommy.

»Ich liebe dich«, sagte Tommy. Er sagte es mit fester Stimme, wie eine unumstößliche Wahrheit, er kannte all ihre Ängste, ihre Bedenken, daß sie sich zu weit in Kates und seiner Familie Leben hineindrängen könnte, aber er würde sie nicht loslassen. Sie wußte das, und es war ihr ein Trost. Sie wußte, daß er für sie da wäre, wenn sie zu ihm wollte, und jetzt wollte sie das, und sie hoffte, daß es so bleiben würde. Aber wenn sie alle zusammen eines gelernt hatten, dann war es die Ungewißheit der Zukunft, denn nichts, was sie sich je gewünscht oder was sie geplant hatten, war so eingetroffen, wie sie es erwartet hatten. Niemals hatten sie daran gedacht, daß Annie sie so früh und so plötzlich verlassen würde, und genausowenig hatten sie mit Kate gerechnet, die fast ebenso plötzlich zu ihnen gekommen war, oder mit Maribeth, die in ihrem Leben aufgetaucht war wie ein Engel, der zu Besuch kommt und ein Geschenk bringt. Das einzige, was sie wußten, war, daß es nur sehr wenig gab, auf das man sich verlassen konnte.

»Ich liebe euch alle so sehr«, sagte Maribeth und umarmte jeden noch einmal. Sie konnte sich kaum losreißen, bis sie eine unerwartet freundliche Hand auf ihrem Arm spürte – es war die Hand ihres Vaters.

»Komm, Maribeth, laß uns nach Hause fahren«, sagte er, und auch er hatte Tränen in den Augen. »Du hast uns gefehlt.« Dann half er ihr in den Wagen. Vielleicht war er gar nicht das Scheusal, als das sie ihn in Erinnerung hatte, sondern nur ein Mann mit Schwächen und mit unklaren Vorstellungen, vielleicht waren sie auf irgendeine Weise alle erwachsener geworden, vielleicht war die Zeit dafür reif gewesen.

Tommy und seine Eltern sahen ihr nach, als sie davonfuhr. Sie hofften, daß sie wiederkommen würde, und sie wußten, wenn das Leben gütig wäre, dann würde sie wiederkommen, zu Besuch oder für immer. Sie waren dankbar, sie zu kennen, denn sie hatten einander große Geschenke gemacht – Liebe, neues Leben, Weisheit –, und Maribeth hatte ihnen ihre Lebendigkeit zurückgebracht, und sie hatten ihr eine Zukunft gegeben.

»Ich liebe euch«, flüsterte Maribeth, als sie davonfuhren, und sah noch lange durch das Rückfenster des Wagens ihres Vaters. Sie winkte, so lange sie konnte, und die Whittakers standen noch lange vor ihrem Haus und dachten an sie und an die schönen Zeiten, bis sie schließlich hineingingen zu dem Geschenk, das Maribeth ihnen gebracht hatte.